Greg Howard

Ein Flüstern im Wind

Aus dem Englischen von
Beate Schäfer

dtv

Ausführliche Informationen über
unsere Autoren und Bücher
www.dtv.de

Die Übersetzerin dankt der Max-Geilinger-Stiftung
und dem Übersetzerhaus Looren für die Förderung
der Arbeit an diesem Buch.

[loːrən]
Übersetzerhaus Looren

MIX
Papier aus verantwortungsvollen Quellen
FSC
www.fsc.org
FSC® C083411

2020 dtv Verlagsgesellschaft mbH & Co. KG, München

Titel der Originalausgabe: ›The Whispers‹
Originally published by G. P. PUTNAM'S SONS,
an imprint of Penguin Random House LLC, New York

Umschlaggestaltung und -illustration: buxdesign/Lisa Höfner
unter Verwendung eines Fotos von shutterstock.com
Gesetzt aus der Berling
Satz: C.H.Beck.Media.Solutions, Nördlingen
Druck und Bindung: CPI books GmbH, Leck
Printed in Germany · ISBN 978-3-423-64072-5

Für Mama und Papa
und für Tucker, den besten Hund in der Geschichte der Hunde

Die Hoffnung sieht,
dass es trotz aller Dunkelheit Licht gibt.

Desmond Tutu

Es gab einmal einen Jungen, der das Flüstern hörte. Wenn die Sonne gegen Ende des Tages träge in die Baumwipfel sank und die Abenddämmerung den Wald hinterm Haus wie durch Magie zum Leben erweckte, dann vernahm er es. Die Stimmen flüsterten so sanft, dass man sie auch mit dem Wind verwechseln konnte oder mit den ersten Tropfen eines Sommerregens. Doch nach und nach wurden sie lauter, und bald war der Junge überzeugt, dass sie seinen Namen riefen. Also folgte er ihnen. Die Flüsterstimmen führten ihn zu einer Lichtung tief im Wald. In der Mitte war ein verwitterter alter Baumstumpf, auf dem Boden lag trockenes Laub wie ein knisternder brauner Teppich. Der Junge stellte sich neben den Baumstumpf, wartete und lauschte. Auch wenn er die Flüsterwesen nicht sehen konnte, wusste er doch, sie waren da. Ihre feinen Stimmen hüllten ihn ein, kitzelten seine Ohren und füllten jeden Winkel des schattendunklen Waldes.

Nach einer Weile geduldigen Wartens bemerkte der Junge, dass die wirren Wisperlaute allmählich Sinn ergaben. Die Flüsterer hatten viel zu erzählen. Sie wussten alles – kannten sämtliche Geheimnisse des Universums. Sie erzählten dem Jungen, welche Farbe der Mond hat, aus der Nähe betrachtet, und wie viel Fläche der Erdkugel von Ozeanen bedeckt ist. Sie sagten ihm sogar, wie lange er leben würde – 26 332 Tage. Das gefiel dem Jungen, denn es klang nach einer ziemlich langen Zeit. Aber während ihm die Wesen immer weiter kluge Dinge ins Ohr flüsterten, zeigten sie sich dem Jungen doch nie. Nur aus den Augenwinkeln heraus nahm er die blassblauen Lichter wahr, die um ihn herumhuschten. Er wollte die Flüsterer so gerne sehen, wollte unbedingt herausfinden, wie sie waren. Groß oder winzig? Dünn oder dick oder haarig? Bestanden sie aus Haut und Fleisch und Knochen wie er selbst oder vielleicht aus Baumrinde oder Blättern oder Erde? Vielleicht auch aus etwas ganz anderem?

Die Flüsterer sagten dem Jungen, wenn er bereit wäre, ihnen Opfergaben zu bringen, würden sie seine Herzenswünsche erfüllen. Der Junge wusste nicht recht, was mit Opfergaben gemeint war, und er wünschte sich sowieso nicht viel. Jedenfalls kaum etwas, das man Herzenswunsch nennen konnte. Vielleicht ein paar neue Turnschuhe, damit die anderen in der Schule aufhörten, ihn wegen seiner alten, abgetragenen zu ärgern. Vielleicht auch eine bessere Arbeit für seinen Vater, damit er weniger Geldsorgen hätte. Außerdem wünschte der Junge sich sehr, seine Mutter wieder einmal lächeln zu sehen, was sie in letzter Zeit kaum noch tat. Aber nichts auf der Welt wünschte er sich sehnlicher, als die Flüsterer mit eigenen Augen zu sehen.

Als seine Mutter eines Tages wieder einmal ihre ganz besondere Brombeermarmelade kochte, fragte der Junge sie, was denn eine Opfergabe sei. Sie überlegte einen Moment und antwortete dann, das sei so etwas wie ein Geschenk, mit dem man jemandem seinen Respekt zeigt. Der Junge betrachtete das Werk seiner Mutter, das auf dem Küchentisch stand. Alle liebten diese Brombeermarmelade. Wenn die Mutter sie auf einem Bauernmarkt in der Umgebung feilbot, waren am Ende des Tages immer alle Gläser ausverkauft. Und auch der Junge selbst konnte nie genug davon bekommen, für ihn war es die beste Marmelade der Welt. Bestimmt wäre das eine gute Opfergabe für die Flüsterer. Als seine Mutter die Küche verließ, nahm der Junge eins der Gläser und versteckte es unter seinem Bett.

Am nächsten Abend ging er bei Sonnenuntergang wieder auf die Lichtung im Wald, das Marmeladenglas unterm Arm, und stellte es den Flüsterern auf den verwitterten Baumstumpf. Zufrieden mit seiner Opfergabe sagte der Junge laut auf, was er sich wünschte, und lief dann schnell nach Hause, denn er wollte die Wesen auf keinen Fall verscheuchen.

Als sein Vater an dem Abend nach Hause kam, hatte

er bessere Laune als sonst, und die Sorgenfalten in seinem Gesicht waren verschwunden. Er erzählte seiner Familie, er sei befördert worden, und am nächsten Tag solle die Mutter mit dem Jungen einkaufen gehen und ihm neue Kleidung für die Schule besorgen, auch neue Schuhe. Diese Neuigkeit ließ die Mutter lächeln. Der Junge war verblüfft: Für nur ein Glas Marmelade waren ihm gleich drei Herzenswünsche erfüllt worden. Bestimmt würden sich ihm die Flüsterer zeigen, wenn er ihnen eine Opfergabe brachte, die noch viel besser war als die Brombeermarmelade seiner Mutter. Und er wusste auch schon, was er ihnen geben würde.

Als der Junge am nächsten Tag vom Einkaufen mit seiner Mutter zurück war, stahl er sich bei Sonnenuntergang aus dem Haus und brachte seine neuen Turnschuhe zur Lichtung im Wald, noch in der Schuhschachtel und dazu in Seidenpapier gehüllt, damit sie nicht schmutzig oder abgewetzt würden. Nie zuvor hatte er schönere Schuhe besessen. Bei so einer guten Opfergabe, da war er sicher, würden sich die Flüsterer ganz bestimmt zeigen.

Als er sich dem verwitterten Baumstumpf näherte, sah er gleich, dass die Brombeermarmelade verschwunden war. Das überraschte den Jungen nicht. Bestimmt hatte die Marmelade seiner Mutter den Flüsterern genauso gut geschmeckt wie allen anderen auch. Er stellte die Schuhschachtel auf den Baumstumpf, trat ein paar Schritte zurück und wartete. Er wartete lange. Er wartete so lange, bis er zu zweifeln begann, ob seine Opfergabe gut genug für die Flüsterer war.

Doch irgendwann kitzelte ihn etwas im Nacken, wie ein leiser Atemhauch auf der Haut. Er hörte seinen Namen, und die Stimmen fragten ihn nach seinem Wunsch. Der Junge erstarrte. So nah waren die Flüsterer noch nie an ihn herangekommen. Offenbar war ihnen seine Opfergabe doch gut genug. Er war aufgeregt, zugleich fürchtete er, sie mit einer Bewegung zu verscheuchen, darum schloss er die Augen und stand ganz still da.

»Ich wünsche mir, euch zu sehen«, sagte der Junge, nun selbst im Flüsterton. »Ich möchte wissen, wie ihr ausseht. Das ist mein Herzenswunsch.«

Zuerst bekam er keine Antwort, die er verstehen konnte, da war nur ein vages, wirres Durcheinander vieler Stimmen – die Wesen schienen eher miteinander zu sprechen als mit ihm. Dann fügten sich die rätselhaften Laute langsam zu Wörtern zusammen.

»Wenn wir uns dir zeigen, kannst du nie mehr von uns fort«, sagten die Flüsterer im warmen Sommerwind, ihre samtigen Stimmen waren wie ein Streicheln in den Ohren des Jungen. »Dann musst du für immer bei uns im Wald bleiben, denn du weißt dann alles, was es zu wissen gibt, und diese Last kann in deiner Welt niemand tragen.«

Der Junge schluckte. Er schloss die Augen noch fester und stand ganz still, während ihm der Schweiß den Hals hinabströmte. Die Worte der Flüsterer ließen ihn von Kopf bis Fuß erzittern.

»Bist du sicher, dass du das willst?«, fragten die Flüsterer. »Uns sehen? Bei uns bleiben und selbst ein Flüstern im Wind werden?«

Der Junge war beunruhigt. Er dachte an alles, was er vermissen würde, wenn er bei den Wesen im Wald bliebe. Er könnte dann nie mehr auf seinem Fahrrad fahren oder mit Freunden im Teich schwimmen gehen. Er würde seine Eltern nie mehr wiedersehen. Nur um die Flüsterer ein Mal anzuschauen, schien ihm das ein schrecklich hoher Preis. Außerdem hatte er ihnen doch schon seine nagelneuen Turnschuhe hingestellt, und die waren schöner als alles, was er jemals besessen hatte. Reichte das nicht?

»Nein«, flüsterten die Stimmen, die seine Gedanken gelesen hatten. »Das reicht nicht. Wenn du uns siehst, musst du einer von uns werden. Und du wirst alles wissen, was es zu wissen gibt. Alles hören. Alles sehen. Aber deine Seele ist die einzige Opfergabe, die wir dafür annehmen.«

Der Junge kniff die Augen fest zu, denn er fürchtete, aus Versehen doch eines der Wesen zu erblicken, und dann hätte er keine Wahl mehr. Erst einmal musste er nachdenken. Er fragte sich, was es sonst noch zu wissen gab. Durch die Flüsterer wusste er, welche Farbe der Mond hat, aus der Nähe betrachtet, wie viel Fläche der Erdkugel von Ozeanen bedeckt ist und wie lange er leben würde – 26332 Tage. Er wusste, er hatte ein Zuhause, in das er zurückkehren konnte. Er wusste, dass seine Eltern ihn lieb hatten und hart arbeiteten, damit es der Familie gut ging. Und dass die anderen in der Schule ihn jetzt, wo er nagelneue Turnschuhe hatte, weniger ärgern würden.

Der Junge wusste auch, dass es bald dunkel würde. Wenn er zu lange wartete, würde er vielleicht nie mehr aus dem Wald hinausfinden. Was würden die Flüsterer dann wohl mit ihm tun? Tastend streckte er die Arme aus, bis er die Schuhschachtel auf dem Baumstumpf fand. Er schnappte sie, drehte sich um und lief, so schnell er konnte, die Schachtel eng an die Brust gepresst und mit geschlossenen Augen. Er stolperte, fiel hin, rappelte sich wieder auf. Immer wieder stieß er gegen Bäume. Zweige schlugen ihm ins Gesicht und gegen den Oberkörper, doch er rannte blindlings weiter.

Erst als er ein gutes Stück weit entfernt war und die feinen Stimmen hinter ihm längst nicht mehr zu hören waren, wagte der Junge, die Augen zu öffnen. Sogar da achtete er noch darauf, sich bloß nicht umzusehen, sondern blickte starr geradeaus, bis er den Waldrand erreicht hatte. Dann rannte er den ganzen Weg heimwärts und sah sich kein einziges Mal um, nicht einmal, als er sein Zuhause sicher erreicht hatte.

Danach hörte der Junge das Flüstern nie mehr, doch das kümmerte ihn nicht. Seine Herzenswünsche waren erfüllt. Er hatte seine Mutter. Und seinen Vater.

Und seine Freunde. Und seine nagelneuen Turnschuhe. Außerdem wusste er, welche Farbe der Mond hat, aus der Nähe betrachtet, wie viel Fläche der Erdkugel von Ozeanen bedeckt ist und wie lange er leben würde – 26332 Tage. Er kannte nicht sämtliche Geheimnisse des Universums und würde sie wohl niemals kennen, doch was er wusste, das genügte ihm.

* * *

Das war Mamas Lieblingsgeschichte. Sie hat sie mir jeden Abend erzählt, bis zu dem Tag, an dem sie verschwunden ist. Da habe ich das Flüstern auf einmal selbst gehört.

Und bin ihm gefolgt.

1

Der dämlichste Kripobeamte der Welt

Der dicke Kripo-Glatzkopf meint, ich hätte was damit zu tun. Direkt sagt er das zwar nie, aber er wiederholt andauernd die gleichen Fragen – anscheinend denkt er, wenn er Druck macht, kann er mich knacken. Er hat mich ganz klar im Visier. Keine Ahnung, wieso, aber ich bin anscheinend sein Hauptverdächtiger.

Daran sieht man doch schon, was für eine Lusche er ist. An die Cops im Fernsehen kommt er nicht annähernd ran, dabei sind das bloß Schauspieler. Er sitzt die ganze Zeit bloß da, grinst mich an und wartet, dass ich noch mehr erzähle.

Ich weiß wirklich nicht, was er von mir will. Klar, ich habe Geheimnisse. Große Geheimnisse. Die Art, die man mit ins Grab nimmt. Aber nie im Leben würde ich absichtlich irgendjemandem wehtun. Schon gar nicht Mama.

Ich wische mir die Haare aus den Augen und schaue auf die Uhr an der Wand. Lange kann es nicht mehr gehen. Vielleicht schaffe ich es, das Ganze einfach auszusitzen. Ich betrachte den Schreibtisch in der Ecke von dem vollgestopften Büro. Da liegen massenhaft Bücher und Aktenmappen rum, und um den schwarzen Computer-Bildschirm pappen Klebezettel in allen Regenbogenfarben, weil Kripo-Glatzkopf sich einfach nichts merken kann. Der ganze Schreibtisch ist voll mit Sachen, es gibt nicht das kleinste bisschen freie Fläche. Das ist absolut unprofessionell.

Unprofessionell war eins von unseren Wörtern aus dem Kalender – vom Januar, glaube ich. Es hängt noch bei mir an der Wand.

Das Wort bedeutet, dass sich jemand an seinem Arbeitsplatz falsch verhält oder dass es da nicht so aussieht, wie es soll.

Gut, Button. Jetzt verwende das Wort in einem Satz, würde Mama sagen, wenn sie hier wäre.

Und ich würde ungefähr so antworten: *Das Büro vom dicken Kripo-Glatzkopf ist sehr unprofessionell, weil überall Kram rumliegt und es nach Erdnussflips riecht.*

Das würde Mama zum Lachen bringen. Bei unserem Wort-des-Tages-Spiel habe ich sie oft zum Lachen gebracht. Mama findet es in Ordnung, wenn man nicht weiß, wie ein Wort im Lexikon erklärt wird, solange man seine Bedeutung in eigenen Worten ausdrücken und es in einem Satz verwenden kann. Eigentlich müsste im Lexikon neben dem Begriff *unprofessionell* ein Foto mit dem Büro vom dicken Kripo-Glatzkopf gezeigt werden, finde ich.

Hier sieht es ganz anders aus als in den Polizeistationen im Fernsehen. Es gibt kein grelles Neonlicht und auch nicht diese coolen Glaswände vom Boden bis zur Decke, durch die der Kommissar seine Abteilung im Blick hat und Leute jederzeit reinwinken und zusammenbrüllen kann. Da ist nur ein kleines Fenster, das raus auf den Parkplatz geht, und anscheinend findet Kripo-Glatzkopf Tischlampen besser als Neonlicht. Auch wenn man im Fernsehen nicht mitkriegt, wie es in den Polizeistationen riecht, habe ich mir immer vorgestellt, dass der Geruch von Pizzaresten und Zigaretten in der Luft liegen müsste – jedenfalls nicht der von Erdnussflips. Wobei es trotzdem besser ist, dass er nicht in einem Verhörraum mit mir spricht, sondern hier. Immerhin gibt es in seinem Zimmer eine Couch, auf der ich sitzen kann, bevor sie mich einsperren und den Schlüssel wegwerfen. Jetzt kapiere ich es auf einmal. Es ist die Couch. Die Couch riecht nach Erdnussflips.

»Und was ist dann passiert, Riley?«, fragt Kripo-Glatzkopf – *schon wieder*.

Kripo-Glatzkopf hat einen Namen. Er heißt Frank. Gleich beim ersten Mal, als ich zur Vernehmung musste, meinte er, ich soll ihn ruhig Frank nennen. Mama findet es nicht gut, wenn wir Erwachsene mit dem Vornamen anreden, aber Frank will es so, und sein Wort ist Gesetz. Ich sollte nämlich besser tun, was er von mir will, damit er mich nicht noch mehr verdächtigt.

Genau genommen hat Frank sogar drei Namen. Alle drei stehen an seiner Tür und auch auf dem dreieckigen Namensschild, das auf seinem Schreibtisch steht. Oma sagt, Leute, die ihre drei Namen wirklich alle benutzen, hätten *Allüren*, aber ich bezweifle sehr, dass Frank zu so was überhaupt imstande ist. Er ist klein, rund und glatzköpfig und sieht aus wie Mr Potato Head, bloß ohne diesen kleinen schwarzen Hut. Wenn ich ihn angucke, fällt mir als Name jedes Mal gleich *dicker Kripo-Glatzkopf* ein.

»Ich weiß nicht mehr«, sage ich.

Er fragt mich immer wieder, was an dem Tag passiert ist, und ich wiederhole immer wieder, dass ich das nicht mehr weiß. Dieses Spielchen treiben wir jetzt schon seit fast vier Monaten. Als wir damit angefangen haben, war ich zehn. Inzwischen bin ich in einem anderen Alter. Ich hatte Geburtstag, Sommerferien waren seitdem auch, und in der Schule bin ich eine Klasse höher. Kommissar Chase Cooper in *Sondereinsatzkommando Chicago* löst seine Fälle in einer Stunde. Oder in fünfundvierzig Minuten, wenn man die Werbung abzieht. Frank wird nie so schlau wie Kommissar Chase Cooper sein. Und auch nie so gut aussehen. Dabei ist Frank nicht mal böse oder so. Er meint es ja gut. Aber ich kann mir kaum vorstellen, dass er diesen Fall jemals lösen wird, jedenfalls nicht, bevor ich zwölf werde. Ihm läuft die Zeit davon. Mama auch.

Frank und seine Männer sollten draußen sein und versuchen, den Täter zu finden – sie sollten Spuren verfolgen und Leute befragen. So läuft das jedenfalls im Fernsehen, und da schnappen sie die Kerle immer. Die hocken nicht in schlecht beleuchteten Räumen rum und verhören in einer Tour das elfjährige Kind der vermissten Person. Aber vielleicht ist das hier auf dem Land eben anders. Vielleicht gucken die Cops hier einfach nicht genug Fernsehen.

»Erzähl noch mal, woran du dich erinnerst«, sagt Frank mit dieser ruhigen Lächelstimme, die ich nicht ausstehen kann. Als ob ich zehn wäre oder so und alles ausspucken würde, wenn er nur leise und langsam genug spricht.

Ich seufze, so laut ich kann, damit klar ist, wie sehr mich das nervt. »Das hab ich doch schon gesagt. Mama hat im Wohnzimmer ein Schläfchen gemacht.«

Das war allerdings schon irgendwie seltsam, wir benutzen das Wohnzimmer nämlich nur bei besonderen Gelegenheiten, an Weihnachten zum Beispiel, da packen wir die Geschenke dort aus, oder wenn der Prediger der North Creek Church of God zu Besuch kommt. Aus irgendeinem Grund heißt die Couch im Wohnzimmer *Sofa* und die in der Lümmelecke einfach nur *Couch*. Die Möbel im Wohnzimmer sind nicht besonders bequem. Mama meint, das wäre auch nicht nötig, was für mich keinen Sinn ergibt – wozu sollen Möbel denn unbequem sein? Das alles habe ich Frank schon oft genug erzählt, also sage ich es nicht noch mal. Ich habe gelernt, nur die wichtigen Sachen zu wiederholen. Sonst fallen Frank bloß neue Fragen ein. Neue Fragen mag ich nicht.

Frank verschränkt die Hände über seinem Basketballbauch und lächelt schon wieder. Ich kann dieses Lächeln nicht ausstehen. Es kommt mir vor wie das Plastikgrinsen in Mr Potato Heads Gesicht, das er jederzeit anstecken und wieder abnehmen kann.

»Und wo warst du, als deine Mutter ihr Schläfchen gemacht hat?«

Ich verdrehe die Augen. Papa fände das gar nicht gut. *Sei nicht so respektlos,* würde er sagen, *Frank meint es doch nur gut.*

Aber ich habe diese ewig gleiche Frage schon so oft beantwortet. Wenn er sich die Antwort nicht merken kann, warum schreibt er sie nicht auf einen von seinen fünftausend bunten Klebezetteln oder nimmt das Gespräch auf, so wie im Fernsehen? Ich frage mich wirklich, wo er seine Ermittler-Ausbildung gemacht hat. Muss wohl ein Online-Kurs gewesen sein, nur dass sie den armen Frank da ordentlich abgezockt haben. Wenn Mama hier wäre, würde sie wahrscheinlich hinzufügen: *Der Herr segne ihn.* Das klingt nett, ist aber nicht wirklich so gemeint.

»Ich habe draußen mit meinen Freunden gespielt«, antworte ich.

Frank zieht seine buschigen Augenbrauen hoch. »Und …«

»Und als ich wieder reingekommen bin, hat Mama auf dem Sofa im Wohnzimmer gelegen, das hab ich doch schon gesagt.«

»Und was hast du dann gemacht?«, fragt der dämlichste Kripobeamte der Welt.

»Ich habe ihre Hand berührt, weil ich sehen wollte, ob sie schläft«, erkläre ich. Das klingt wie ein Bibelvers, den ich auswendig lernen musste und jetzt auf Kommando runterrassele.

Frank verzieht sein Mr-Potato-Head-Gesicht zu einer hochnäsigen Miene. »Und wie hat es sich angefühlt, ihre Hand zu berühren?«

Das ist was Neues. Herrje, was soll das bedeuten? Wie Haut und Handcreme, wie denn sonst? Und wie soll so ein Schwachsinn der Polizei helfen, Mama zu finden? Warum fragt mich Frank nicht lieber nach dem verdächtigen Fahrzeug, das an dem Tag vor dem Haus geparkt hat? Das habe ich ihm gleich beim ersten Mal erzählt, als ich zum Verhör hierhergeschleppt wurde, aber er ist nie darauf zurückgekommen. Stattdessen verschwendet er seine Zeit mit der Frage, wie sich Mamas Hand angefühlt hat. Dämlichster Kripobeamte der Welt, aber ehrlich. Des Universums.

»Sie war ein bisschen kühl, darum habe ich die Decke

ein Stück höher gezogen, über ihre Hände. Ich wollte Mama nicht wecken, also bin wieder raus zum Spielen gegangen.«

Frank verzieht das Gesicht, als wäre das nicht die Antwort, um die es ihm geht. Er glaubt, ich würde ihm etwas verheimlichen. Als wäre *ich* der Verdächtige. Das ist total verrückt, denn ich wünsche mir ja nichts sehnlicher, als dass er sie endlich findet. Das schwöre ich.

»Das ist das Letzte, woran du dich erinnerst?«, fragt er. »Dass du die Hand deiner Mutter berührt hast, während sie auf dem Sofa lag? Sonst nichts?«

Er weiß doch, dass das alles ist. Außer er hat was über Kenny aus Kentucky rausgekriegt. Oder über den Ring.

Bleib bei deiner Geschichte, sage ich mir. Im Fernsehen sagt man das immer zu Leuten, die in ein Verbrechen verstrickt sind: *Bleib bei deiner Geschichte, dann wird alles gut.* Dabei hat mich noch niemand richtig beschuldigt. Das macht aber keinen großen Unterschied, denn es schauen mich trotzdem alle an, als ob sie wüssten, dass ich etwas verberge.

»Ja, Sir«, sage ich so respektvoll wie möglich, auch wenn Frank das nicht verdient. »Das ist das Letzte, woran ich mich erinnere.«

Frank mustert mich mit zusammengekniffenen Augen. Klar, er denkt, dass ich lüge. Oder verrückt bin. Vielleicht auch beides. Aber ich lüge nicht, zumindest nicht so richtig. Kenny aus Kentucky ist längst weg, und nach dem Ring hat mich keiner gefragt, also hab ich nie was gesagt. Außerdem setzt es ordentlich was von Papa, wenn er rauskriegt, dass ich den Ring habe. Ob er wohl als Beweismittel gilt? Können die mich einsperren, weil ich ein Beweismittel zurückhalte? In *Sondereinsatzkommando Chicago* ist mal so was vorgekommen, glaube ich. Ich weiß nicht mehr, was da genau passiert ist, jedenfalls hat Kommissar Chase Cooper den Fall garantiert in fünfundvierzig Minuten gelöst.

Frank redet immer weiter, aber ich verstehe ihn nicht. Seine Stimme klingt wie die von dem Lehrer in dem Peanuts-Film, den ich mit Mama angeschaut habe.

… *wah waah wah wah, waah wah waah* …

Ab und zu nicke ich, um höflich und respektvoll zu wirken. Frank hat ein paar ziemlich durchgeknallte Theorien über das, was Mama an dem Tag passiert sein könnte, und jedes Mal wenn er wieder spekuliert, stelle ich meinen inneren Charlie-Brown-Übersetzer an.

Spekulieren ist, wenn schlecht ausgebildete Kripobeamte irgendwelche dummen Vermutungen über einen Fall anstellen, ohne Beweise zu haben.

Verwende das Wort in einem Satz, Button, höre ich Mama sagen.

Frank muss endlich seinen fetten Hintern hochkriegen und Mama finden, bevor es zu spät ist, statt nur zu spekulieren, was an dem Tag passiert sein könnte.

Frank wirft einen Blick auf die Uhr und seufzt sein Das-bringt-doch-nichts-Seufzen, er weiß nämlich genau, dass ich nicht mehr zuhöre.

»Draußen wartet bestimmt schon dein Vater auf dich«, sagt er. »Weißt du, Riley, jetzt sind schon fast vier Monate vergangen. Es wäre wirklich besser, wenn du mir selbst erzählst, was passiert ist. Aber wenn du das nicht kannst – oder nicht willst –, helfe ich dir gerne, ein paar Lücken zu füllen, wenn du mich lässt.«

Oh, Mist! Ich weiß genau, was Frank da macht, im Fernsehen tun die Cops das auch immer. Dass sie dem Verdächtigen erklären, was *ihrer Meinung nach* passiert ist. Sie beschuldigen denjenigen immer wieder und immer lauter, bis er endlich gesteht.

»Wie läuft es mit dem Fall?«, frage ich. Vielleicht kann ich das Thema wechseln. »Gibt es eine neue Spur? Neue Informationen? Haben Sie ihren Wagen schon gefunden?«

Frank atmet langsam ein, dann spitzt er die Lippen und lässt einen sauer riechenden Luftzug ausströmen. »Es gibt keine neuen Informationen, Riley, das weißt du doch.« Er steht auf und winkt mich zur Tür. »Wenn dir irgendwas einfällt, bevor wir uns das nächste Mal sehen, sag deinem Vater, er soll mich anrufen, okay? Das ist sehr wichtig.«

Ich gehe aus dem Zimmer, mit einem Kopfschütteln, damit Frank weiß, wie enttäuscht ich von ihm bin. Wozu werden diese Leute überhaupt bezahlt, mit Papas hart verdienten Steuerdollars, wenn die nicht mal meine Mama finden können?

2

Achtundzwanzig Wörter in drei Tagen

An dem Tag essen wir schon früh zu Abend – nur wir drei am Küchentisch. Seit Mama verschwunden ist, benutzen wir das Esszimmer nicht mehr. Früher haben wir jeden Abend dort gegessen. Jetzt bleibt der Raum dunkel und leer, wie ein Grab oder Schrein. Ich glaube kaum, dass wir da noch mal reingehen, bevor Mama gesund nach Hause kommt und wir wieder als Familie beisammensitzen. Dann können wir essen, reden und lachen wie früher. Papa erzählt wieder blöde Witze, Mama fragt uns, wie es in der Schule war, und mein Bruder ist nicht mehr gemein zu mir. Aber jetzt ist das Esszimmer nur eine dunkle Ecke, in der die Erinnerungen an Mama einstauben.

Still sitzen wir da, keiner sagt was. Danny schlingt seinen Kartoffelbrei runter, als ob es das letzte Essen wäre, das er je im Leben kriegt, und Papa starrt auf seinen Teller, wie wenn er aus Teeblättern lesen wollte. Alle paar Minuten schiebt er ein paar Bissen mit der Gabel herum, mehr passiert nicht. Papa ist nicht immer so gewesen, erst seit Mama entführt worden ist. Ich glaube, er weiß nicht, wie er überhaupt leben soll ohne Mama, die uns alle zusammenhält. Dafür war sie zuständig, nicht er.

Bevor Mama verschwunden ist, hat Papa immer viel gelacht. Und er hat mir und Danny gern Angst eingejagt oder uns auf den Boden gedrückt und uns durchgekitzelt, bis wir uns fast in die Hosen gepinkelt haben. Mit Mama hat er das auch manchmal gemacht, sie hat dann gekreischt und gequiekt und gelacht wie eine Verrückte. Aber wenn ich jetzt zu Papa rüberschaue, sehe ich bloß die kahle Stelle oben auf seinem Kopf. Ich glaube, er erträgt unseren Anblick nicht mehr und schaut darum immer nach unten. Vor allem mich will er nicht sehen. Und ich weiß auch, warum: Weil ich mich nicht erinnere, was an dem Tag passiert ist. Und weil ich Mama so ähnlich sehe. Und weil sie und ich am gleichen Tag Geburtstag haben und irgendwie auch gleich heißen. Und dann ist da auch noch *mein Problem*.

Oder er gibt mir die Schuld und kann mich darum nicht mehr angucken. Vielleicht denkt er, ich hätte sie irgendwie retten können. Hätte Hilfe holen können. Die Nummer von dem vornehmen Wagen aufschreiben, der an dem Tag vor dem Haus geparkt hat. Oder die Haustür abschließen, als ich nach draußen gegangen bin. Aber Mama war ja da, also gab es keinen Grund abzuschließen, oder? Wie hätte ich wissen sollen, dass ihr was Schlimmes passiert? Sie ist einfach spurlos verschwunden – eben war sie noch im Wohnzimmer, dann war sie weg. Aus dem Grund gehen wir auch nicht mehr ins Wohnzimmer. Es kommt einem vor wie ein Tatort, den keiner betreten will, falls noch irgendwo Indizien sind, die bisher übersehen wurden, Fasern im Teppich oder so. Mich wundert sowieso, dass Frank die Tür nicht mit Polizei-Absperrband blockiert hat. Vielleicht sollte er das. Aber was weiß ich schon? Kommissar Chase Cooper wüsste genau, was zu tun ist.

Weil keiner redet oder hochguckt, blinzele ich in der Küche herum und tue so, als ob ich essen würde. Ich finde Mama in jeder Ecke und jedem Winkel. Da sind die Geschirrtücher am Griff vom Backofen, auf die in verschlungenen roten Buchstaben ein Spruch eingestickt ist: *Ich aber und mein Haus, wir wollen dem Herrn dienen.* Ich war dabei, als sie die Tücher gefunden hat, bei Big Lots in Upton. Die haben ihr so gut gefallen, dass sie gleich zwei Sets gekauft hat. Aber so was kostet bei Big Lots auch nicht viel, drei Dollar vielleicht. Und die kitschige Keksdose auf dem Küchentresen, die hat sie im Heilsarmee-Laden gefunden. Da sind zwei Kinder mit riesengroßen Köpfen und Triefaugen drauf, ein Junge und ein Mädchen, die mit dem Rücken zueinander auf einem Baumstumpf sitzen.

Habt euch lieb.

Mama mag Sachen, auf denen schöne Sprüche stehen. Sie sagt: *Kann schließlich nichts schaden, jedes Mal an etwas Schönes zu denken, wenn du dir einen Keks nimmst, oder?*

Mama backt furchtbar gern Kekse. Sie macht welche für mich, damit ich sie meinen Lehrern in die Schule mitnehmen kann, und manchmal auch zum Verkaufen bei Mr Killen im Laden, um Geld für die Kirche zusammenzukriegen. Letztes Jahr an Weihnachten hat sie sogar eine Riesenladung für die Leute im Gefängnis bei Upton gebacken. Als Keksbäckerin ist sie super, aber als sie mal versucht hat, Brombeermarmelade zu kochen, wie in der Geschichte von den Flüsterern, hat das überhaupt nicht geklappt. Die Marmelade war so schlimm, dass wir beim Essen die ganze Zeit lachen mussten – wir haben immer nur ein winziges bisschen Marmelade auf den Toast getan, der mir außerdem auch noch angebrannt war. Ein andermal wollte mir Mama beibringen, wie man Biscuits mit Soße macht, aber ich habe mich dabei an der Hand verbrannt, also haben wir den Kochunterricht wieder bleiben lassen.

Jetzt darf ich bloß noch Fischstäbchen und Kroketten im Herd warm machen. Diese Fertig-Fischstäbchen sind eklig, trotzdem haben wir in den letzten vier Monaten ziemlich oft welche gegessen. Kroketten finde ich okay. Aber heute Abend hat Oma für uns gekocht, obwohl Papa ihr immer sagt, dass sie das nicht mehr tun muss.

Oma findet es schrecklich, dass wir so oft Fischstäbchen mit Kroketten essen. Ich frage mich, was Mama jetzt wohl isst. Ob sie überhaupt was bekommt. Was ist, wenn die Entführer ihr nicht immerhin so viel zu essen geben, dass sie überleben kann, bis die Polizei sie findet?

»Frank meint, es gibt keine neuen Spuren in dem Fall«, sage ich, weil die Stille am Tisch so schrecklich ist. Der Satz bleibt wie eine Fluse in der Luft hängen.

Papa schaut vom Teller auf und starrt mich an, als würde er sich fragen, wer ich überhaupt bin. Danny hört auf zu kauen und wirft mir einen finsteren Blick zu. Er hasst es, wenn über Mamas Fall gesprochen wird. Sogar Tucker, der unter dem Tisch liegt, ächzt angespannt und scheint zu finden, dass ich besser den Mund gehalten hätte. Dabei vermisst er Mama auch. Seit sie weg ist, ist er nicht mehr der Alte, aber der Tierarzt findet nicht raus, was ihm fehlt. Ich glaube, er ist einfach deprimiert.

»Iss endlich deine Erbsen und dann geh mit Tucker nach draußen«, sagt Papa und lässt den Kopf wieder Richtung Teller sinken.

Ich glaube, damit hat Papa in den letzten drei Tagen ganze zwei Dutzend Wörter zu mir gesagt, der Abend hat also echt viel Ausbeute gebracht. Ich esse die Erbsen einzeln und mit den Fingern. Das ärgert ihn natürlich. Wenn Mama da wäre, würde sie mir ihren typischen Blick von der Seite zuwerfen. Ist sie aber nicht. Und Papa schimpft nicht. Er schaut nicht mal hoch, sondern malt mit der Gabel Kringel in den Kartoffelbrei. Wenn Danny oder ich das täten, würde er uns anpflaumen und sagen, wir sollen nicht mit Essen spielen.

Früher hat mich Papa gerngehabt. Er ist sogar extra mit mir mitgefahren, als ich zum allerersten Mal auf einer Achterbahn war, weil er wollte, dass es dieselbe Bahn ist wie bei seiner ersten Fahrt als Kind – nämlich die Swamp-Fox-Bahn im Freizeitpark von Myrtle Beach. Das ist so ein altmodisches Ding aus Holz, das beim Hochfahren laut klackert. Die neuen Achterbahnen klackern nicht mehr, und Papa sagt, seitdem ist es nicht mehr dasselbe. Ich hatte furchtbare Angst und habe die ganze Fahrt geschrien wie am Spieß, aber das hat Papa nicht gestört. Er hat bloß gelacht wie verrückt und seine Hände die ganze Zeit hoch in die Luft gestreckt.

Als ich sechs war, haben wir Ferien in Florida gemacht, und Papa ist mit uns zu einer Krokodilfarm gefahren. Er hat mich hochgehoben, damit ich diese großen, grässlichen Kerle besser sehen kann. Dann dachte er sich, es wäre doch witzig, so zu tun, als ob er mich über den Zaun werfen wollte, als Appetithappen für die Alligatoren. Ein Riesenvieh hat uns entdeckt und ist langsam auf uns zugekrochen, aber Papa hat mich immer weiter hin und her geschwungen und so getan, als ob er mich reinwerfen will.

Eins, zwei …

Bei *drei* hätte ich mir in die Hosen gemacht, aber so weit ist er nicht gegangen, anscheinend wollte er mich doch nicht an die Krokodile verfüttern. Trotzdem habe ich gebrüllt wie am Spieß. Das hat Papa nichts ausgemacht, er hat bloß gelacht. Aber bis heute mag ich Alligatoren nicht mal im Fernsehen sehen. Trotzdem hat es irgendwie Spaß gemacht. Papa hat Spaß gemacht. Damit ist es vorbei.

Dannys Handy auf dem Tisch vibriert, und Papa sieht ihn streng an. Beim Essen soll er es eigentlich ausmachen. Danny schnappt sich das Ding und legt es in seinen Schoß. Wahrscheinlich irgendein Mädchen aus der Schule, das ihn anruft. Danny mag nämlich jetzt Mädchen. Igitt.

»Entschuldigung«, sagt er, ohne Papa anzusehen.

Papa guckt brummig, dann wird sein Gesicht weich. Danny schreit er nie an. Mich hätte er ausgeschimpft, aber Danny ist eben ein Papakind, so wie ich ein Mamakind bin. Ich habe sowieso noch kein Handy. Das ist in Ordnung, ich hätte nämlich keine Lust auf Anrufe von Mädchen.

Papa steht auf und geht zum Fenster bei der Spüle. Während er es aufmacht, murmelt er: »Furchtbar stickig hier drin.«

Wow. Achtundzwanzig Wörter in drei Tagen. Aber die letzten vier muss ich mir mit Danny teilen.

»Was bedeutet das, Papa?«, frage ich, obwohl mir das ziemlich klar ist. Ich will nur, dass er mich bemerkt.

»Was denn?«, grunzt er zurück.

»*Stickig.*«

Er schaut mich über die Schulter an, mit leerem Blick. »Das bedeutet heiß und drückend.«

Ich wage mich noch weiter vor – vielleicht schaffe ich es ja, die Stimmung aufzulockern. »Verwend es in einem Satz, Papa.«

Er kneift die Augen zusammen und sieht mich an, als ob er nicht wüsste, wie ich heiße oder warum ich überhaupt da bin. »Was?«

»Verwend das Wort *stickig* in einem Satz«, wiederhole ich hoffnungsvoll.

»Hab ich doch eben.« Er schaut aus dem Fenster und gibt mir mit einer Kopfbewegung zu verstehen, dass ich gehen soll.

Danny schlingt weiter sein Essen runter und grunzt zustimmend. Er isst wie ein Schwein und steht immer auf der Seite von Papa. Sowieso macht Danny Papa alles nach, also mag er mich jetzt auch nicht mehr. Bevor Mama verschwunden ist, hat er mit mir gespielt. Jetzt tut er, als ob ich gar nicht existiere. Er redet fast nie mit mir, sondern bleibt die ganze Zeit in seinem Zimmer hinter der geschlossenen Tür und macht wer weiß was. Oder er trifft sich mit seinen neuen Freunden aus der Highschool in Upton. Obwohl er bloß drei Jahre älter ist, behandelt er mich wie ein Baby.

Tucker spürt anscheinend, wie angespannt die Stimmung ist, jedenfalls lässt er einen langen, fiesen Furz los. Es klingt wie ein Ballon, aus dem jemand die Luft rauslässt. Danny sieht mich mit einem breiten Grinsen an, an seinen Zähnen kleben Kartoffelbrei und Soße. Normalerweise grinst mich Danny nie mehr an, und nett lächeln tut er schon gar nicht, aber Fürze findet er wahnsinnig komisch. Besonders Hundefürze. Ich kann nicht anders als zurückgrinsen, aber erst mal nur ein bisschen. Wir warten beide gespannt auf Papas Reaktion. Sie kann genauso gut in die eine wie in die andere Richtung ausfallen. Die Sekunden ticken langsam vorbei, so wie früher beim Gottesdienst in der North Creek Church of God, als wir noch in die Kirche gegangen sind.

Ich wage einen Blick auf Papa, der immer noch an der Spüle steht. Seine Schultern beben ein bisschen. Lacht er oder weint er? Schwer zu sagen. Als er uns das Gesicht zudreht, sehe ich, dass er beides tut. Er lacht leise, aber seine Augen sind feucht. Das Lachen überrascht mich, denn seit vier Monaten habe ich nicht mehr erlebt, dass er die Lippen auch nur zu einem kleinen Lächeln verzieht. Seine Reaktion bringt Leben ins Zimmer. Wir wissen jetzt endlich, dass es okay ist. Dass wir die Erlaubnis haben, mit ihm mitzulachen, und das tun wir auch. Wir lachen laut. Zum ersten Mal seit Mama nicht mehr da ist, wird gelacht in diesem Haus. Ein großartiger Klang, der in der Küche widerhallt und dann zum Fenster rausweht. Tucker kommt unter dem Tisch vor, er will diesen seltenen frohen Moment mit uns erleben. Aber nach einer Weile hört Papa auf zu lachen. Sein Lächeln verschwindet nicht ganz, aber es wird matt. Und seine Augen sind immer noch feucht.

Ein Lufthauch trägt den starken Duft von Geißblatt durchs offene Fenster und streift mein Gesicht. Mit geschlossenen Augen atme ich ihn tief ein. Fast ist es, als ob Mama hier wäre, als ob sie uns lachen gehört hätte und schnell gekommen wäre, weil sie wissen will, was wir da treiben. Mama liebt den Geruch von Geißblatt. Sie schimpft jedes Mal mit Papa, wenn er die Sträucher zurückschneidet. Das Zeug wächst wie verrückt überall ums Haus herum. Mama hat mir beigebracht, wie man die Blüten unten abknipst und den süßen Nektar aussaugt. Sie nennt das Natur-Nascherei. Jedes Mal wenn ich auch nur ein bisschen Geißblatt rieche, muss ich an sie denken und frage mich, ob ich sie wohl jemals wiedersehen werde. Jetzt kommt es mir so vor, als ob sie mich von dort, wo man sie gefangen hält, ruft und mir sagt, dass ich kommen und sie retten soll. Die Polizei ist komplett unbrauchbar, also bin ich vielleicht ihre einzige Hoffnung.

»Bring diesen Pupsköter nach draußen, Riley«, sagt Papa. Von seinem Lächeln ist nichts mehr übrig.

Wow. Er hat meinen Namen ausgesprochen. Und dabei nicht geschimpft oder wütend geklungen oder so. Er hat einfach ganz normal meinen Namen gesagt. So wie er den von Danny auch sagen würde. Ich springe vom Stuhl, mit einem zufriedenen kleinen Ruck in mir drin, vielleicht sogar mit ein bisschen Stolz, jedenfalls pocht irgendwas in mir, als ich Tucker zur Küchentür führe.

Ich werfe einen Blick über die Schulter und lächle. »Mach ich, Papa.«

Aber er sieht mich nicht. Er hat sich schon wieder zur Spüle umgedreht, kehrt uns mit zuckenden Schultern den Rücken zu. Keine Ahnung, ob er wieder lacht oder doch weint. Ich will es lieber gar nicht wissen, also schnappe ich Tucker am Halsband und laufe aus der Tür nach draußen.

3

Der Maisfeld-Chor

Tucker tappt vor mir die Stufen runter und läuft gleich zu seinem Lieblingsbaum hinter dem Haus. Nachdem er zum tausendsten Mal seinen Platz markiert hat, trottet er zum Rand vom Maisfeld der Matthews, dreht genau drei kleine Kreise und lässt sich für sein großes Geschäft nieder. Den Extra-Dünger an der Stelle kriegt Mr Mathews umsonst.

Als ich zur Wiese komme, hüllt mich das Leuchten der untergehenden Sonne wie eine warme Decke ein, aber dann fegt aus dem Nichts ein Fiesling von Windstoß heran und schubst mich nach hinten. Ich halte die Hand in die nach Geißblatt duftende Luft und lasse sie zwischen meinen Fingern durchwehen, so wie manchmal mit Mama. Aber heute Abend ist es anders. Ich bilde mir ein, dass ich auf die Art spüren kann, wo sie ist, dass der Wind mir verrät, in welcher Richtung ich nach ihr suchen muss. Jetzt, am Übergang vom Tag zur Nacht, scheint alles möglich. Warum soll man in diesem seltsamen Licht nicht nach Magie Ausschau halten? Und hoffen? *Ohne Hoffnung geht es nicht,* sagt Mama immer.

Als Tucker so gut wie fertig ist, schlendere ich zu ihm und spähe in das Maisfeld. Starke, biegsame Halme wiegen sich im Wind, eine Reihe nach der anderen, wie ein Gospelchor sieht das aus – lauter Sänger und Sängerinnen, die ihre grünen Blätterhände in die Luft strecken und begeistert Jesus preisen. Ich kann nicht anders, ich muss mitmachen, ich hebe die Hände und schwenke die Arme. Und dann dirigiere ich den Maisfeld-Chor – etwas, das Mama und ich fast jeden Tag tun, wenn die Abenddämmerung kommt.

»Der Alt klingt ein bisschen schwach, findest du nicht, Mama?«, sage ich.

»Die geben schon, was sie können, Button«, antwortet Mama. Sie steht direkt neben mir, mit einer Hand dirigiert sie, die andere liegt auf ihrer Hüfte. »Barbara Jean hat eine schlimme Erkältung.« Sie zeigt auf einen welken Maishalm in der ersten Reihe, und wir kichern. »Wie läuft's denn mit den Tenören und Bässen?«

Mama dirigiert den Sopran und den Alt, ich bin für Tenor und Bass zuständig.

Ich mache große, u-förmige Bewegungen mit den Armen

und nicke in die Richtung von einem Halm, den der Wind komplett abgeknickt hat. »Bruder Thompson ruht im Geist, also ist der beste Bass futsch. Und ein paar von den Tenören sprechen plötzlich in Zungen, statt zu singen.«

Mama sieht mich mit riesengroßen Augen an. Sie strengt sich an, nicht zu lachen, aber ihre Mundwinkel wandern trotzdem nach oben.

»Button!« Ihre Augen schimpfen, aber ihr Mund tut das Gegenteil. »Das ist ja fast Frevel!«

Ich wedle weiter mit den Armen. »Ist das denn was Schlimmes? So wie du grinst, wird mir das nicht klar.«

Da kann sich Mama nicht mehr beherrschen, sie lacht laut los.

»Was bedeutet Frevel überhaupt?«, frage ich.

Kurz verzieht sie das Gesicht, dann sieht sie mich an. »Wenn sich jemand laut über Kirchensachen lustig macht. Auch dann, wenn das, was er sagt, wirklich witzig ist.«

Ich grinse zurück und dirigiere weiter. »Verwend das Wort in einem Satz, Mama.«

Sie zeigt auf die Mais-Soprane, wie um ihnen den Einsatz für ein Solo zu geben, und lässt sie lauter singen. »Button ist ein Sünder und muss nächsten Sonntag in der Kirche Buße tun, weil er mit seinen Reden über das Zungensprechen einen Frevel begangen hat.«

Da müssen wir beide laut lachen. Mama ist selbst Solistin im Menschenchor der North Creek Church of God. Singen war ihr besonderes Talent in allen drei Schönheitswettbewerben, die sie gewonnen hat – Miss Myrtle

Beach (gesponsert von Dollar General), Miss Buckingham County (gesponsert von Mr Killen und seinem Laden) und Mrs Upton (gesponsert vom Unternehmer Daniel James, also von Papa). Ich liebe es, Mama singen zu hören. Alle lieben das. Besonders gut kann sie Kirchenlieder und Gospels und solche Sachen.

Wir wenden uns wieder unserem Maisfeld-Chor zu. Mama spricht den Sängern den Liedtext vor:

Säen wir am Morgen, säen gute Samen,
säen wir zu Mittag und im Abendtau.
Warten auf die Ernte und die Zeit der Reife,
auf die Zeit der Freuden, holen Garben ein.

Ich gebe Tenor und Bass den Einsatz und singe beim Refrain selbst mit – so laut und schräg, wie ich nur kann, um sie zum Lachen zu bringen.

Hinter mir schlägt eine Tür zu, und der Geißblattwind trägt die Erinnerung davon. Tucker bellt einmal und rennt los. Als ich über die Schulter schaue, sehe ich Opa an der Hintertür stehen und mir zuwinken. Opa und Oma wohnen nämlich in dem Haus neben uns. Ich drehe mich um und wedle ein bisschen anders mit dem Arm, so als ob ich nur zurückwinken würde, statt dazustehen und einen Maisfeld-Chor zu dirigieren. Die halten mich sowieso schon für ziemlich verrückt, da muss ich ihnen nicht noch extra Munition geben. Irgendwas brummt an meinem Ohr, es flattert und kitzelt auch ein bisschen. Ich schüttle wild den Kopf und schlage es weg. Wahrscheinlich bloß eine Motte. Motten kann ich nicht ausstehen.

Ich gehe quer über unser Grundstück zu Opa, der nur bis zur letzten Treppenstufe der Veranda kommt, bevor sich Tucker auf ihn stürzt, ihn abschlabbert und mit seiner riesigen Schnauze anstupst.

»Braver Junge«, sagt Opa, beugt sich vor und küsst Tucker auf den Kopf, der groß wie ein Football ist.

Opa muss sich dafür nicht verrenken, denn Tucker ist halb Schäferhund, halb Rottweiler und fast so groß wie ich. Wenn Papa gewusst hätte, dass der winzige Welpe, den er am Tag meiner Geburt für mich aus dem Tierheim geholt hat, irgendwann an die sechzig Kilo wiegen würde, hätte er mir lieber eine Katze gebracht, sagt er, genau wie damals bei Danny. Aber die Katze hat sich schon vor Dannys erstem Geburtstag davongemacht. Anscheinend mochte sie ihn nicht besonders, nicht mal als Baby, dabei war er angeblich »ein außergewöhnlich schönes Kind«.

Tucker ist das Gegenteil von Dannys Katze. Wenn ich zu Hause bin, weicht er nicht von meiner Seite. Der einzige Mensch, den Tucker vielleicht noch mehr liebt als mich, ist Mama. Aber es wäre ihm nicht recht, dass ich das weiß, er will meine Gefühle nicht verletzen, da bin ich sicher.

Als ich bei den beiden ankomme, küsst Opa mich

auch auf den Kopf, als gäbe es keinen großen Unterschied zwischen Tucker und mir, aber das ist Quatsch. Kein menschliches Wesen ist so großartig wie Tucker. Der Wind fegt Opas dichten schwarz-weißen Haarschopf von einer Kopfseite auf die andere. Er steht kerzengerade da, die Hände in den Taschen von seinem ausgebleichten Overall, legt den Kopf schief und sieht mich an. »Was hast du da gemacht beim Mais, Liebling?«

Manchmal nennt mich Opa *Liebling*. Ich weiß nicht, warum, aber im Gegensatz zu anderen Jungs macht mir das nichts aus. Bei ihm klingt das einfach nett. Es gibt mir sogar das Gefühl, irgendwie besonders zu sein. Danny jedenfalls nennt er nie so, zu ihm sagt er immer *Sportsfreund*. Das passt zu mir natürlich gar nicht.

Ich würde Opa gern sagen, dass ich mir Sorgen mache wegen Mama. Dass ich heute wieder bei Frank von der Polizei war und das Gefühl hatte, die Ermittlungen laufen schlecht. Aber wir sollen nicht darüber reden. Das hat zwar keiner laut gesagt, aber ich merke es einfach. Papa, Oma und Opa erwähnen nie, was mit Mama passiert ist. Zumindest nicht, wenn ich dabei bin.

Ich schaue Opa an und schüttle den Kopf. »Nichts weiter.«

Er guckt, als ob er mir das nicht ganz abnimmt. Ich kann nicht so gut lügen wie Danny. Dabei will ich Opa nicht traurig machen. Mama ist das einzige Kind, das Oma und er noch haben, seit Onkel Mike im Irak ums

Leben gekommen ist, genau einen Monat bevor ich geboren worden bin. Sie haben Mama wahnsinnig lieb, und sie hat sie immer so stolz gemacht – erst war sie Einserschülerin, dann Solosängerin in der Kirche und Sonntagsschullehrerin, dazu kommt die Wohltätigkeitsarbeit im Gefängnis und mit den Armen. Und Schönheitskönigin ist sie auch gewesen, drei Mal sogar. Sie hätte Miss South Carolina werden können, wenn Papa und sie nicht durchgebrannt wären, als sie neunzehn war. Mama war ihr erstes und einziges Kind mit einem College-Abschluss. Sie hat Sozialarbeit studiert. Als ich klein war, dachte ich, das hat was mit Schönheitswettbewerben zu tun, aber dann habe ich kapiert, dass es da um ganz andere Sachen geht.

Mamas Verschwinden ist wirklich hart für Oma und Opa, das weiß ich. Opa mag nicht mal mehr über sie reden, er hat von Oma verlangt, dass sie im ganzen Haus die Fotos von Mama wegräumt. Er meinte, es täte ihm zu weh, jeden Tag ihr Gesicht zu sehen. Ich dachte ja immer, das wäre bloß vorübergehend, und sie würden die Fotos wieder hinstellen, wenn Mama zurück ist. Aber jetzt frage ich mich, ob sie die Hoffnung aufgegeben haben, so wie Papa und Danny. Immerhin hat Opa mit dem Trinken aufgehört. An dem Tag, an dem Mama verschwunden ist, hat er Knall auf Fall den Whiskey stehen lassen und seither keinen Tropfen mehr getrunken. Oma ist dankbar für dieses kleine Wunder, sagt sie, schließlich hat sie jahrelang erfolglos versucht, ihn zum

Aufhören zu bringen. Mama hat mir mal erzählt, Opa hätte mit dem Trinken angefangen, als Onkel Mike gestorben ist. In der Zeit, als ich noch ein Baby war, wäre es manchmal richtig schlimm gewesen. Mir gegenüber hat er sich aber nie betrunken aufgeführt, auch damals nicht. Wie kann ich das also beurteilen?

Opa räuspert sich. »Oma brät Schweinespeck. Komm rein und iss was mit uns.«

»Ich hab schon zu Abend gegessen«, sage ich.

Opa zeigt mir sein Ohr. Das tut er immer, wenn er einen nicht gut hören kann: Er legt dann die Hand um die Ohrmuschel und beugt sich ein bisschen nach vorne.

Ich deute auf unser Haus und drehe die Lautstärke auf Opas Level hoch. »Schon gegessen.«

Er nickt. Weniger Wörter und die dann lauter, so klappt es normalerweise.

Er legt mir den Arm um die Schultern und führt mich nach drinnen. »Na, dann komm einfach rein und begrüß Oma. Du weißt doch, dass sie sich immer freut, wenn sie dich sieht. Und sie macht auch ihren Obstsalat.«

Omas Obstsalat ist der Hammer, also wehre ich mich nicht. Tucker geht vor, er benimmt sich, als wäre das hier sein Zuhause, klettert die Treppen hoch auf die Veranda hinter dem Haus und kratzt an der Hintertür, bis Oma ihm aufmacht. Tucker denkt wohl, er wäre ihr Enkelkind. Und eigentlich ist er das ja auch.

Vor dem Reingehen drehe ich mich um und starre noch mal ins Maisfeld. Heute Abend ist irgendwas anders – der Wind klingt wie Meeresrauschen, der Himmel duftet nach Geißblatt, und dazu wedelt der Maisfeld-Chor wie wild mit den Armen. Es ist, als wollte mir die Welt etwas sagen. Vielleicht will sie mir helfen, mich an das Lied zu erinnern, das Mama mir jeden Abend nach der Flüsterer-Geschichte vorgesungen hat. Egal wie sehr ich es versuche, ich komme nicht mehr auf das Lied. Es steckt irgendwo in dem vernebelten Teil von meinem Gehirn fest.

Ich schließe die Augen und forme mit den Lippen den Wunsch, der für mich wie ein Gebet geworden ist und den ich jeden Abend aufsage. Dass die Flüsterer mit mir reden. Dass sie mir helfen, Mama zu finden. Wenn sie sämtliche Geheimnisse des Universums kennen, müssen sie auch wissen, wo Mama ist. Ich frage mich, ob es Frevel ist, meine Gebete statt an Gott an die Flüsterer zu richten. Eine Menge Leute haben wegen Mama zu Gott gebetet, das weiß ich. Aber anscheinend hat er furchtbar viel zu tun oder ist im Urlaub oder so, jedenfalls hat das Beten rein gar nichts geholfen. Ich glaube kaum, dass er noch zuhört, darum kann es nichts schaden, stattdessen zu den Flüsterern zu beten. Vielleicht hören die ja zu.

Mama sagt, sie hört sie manchmal, aber ich bis jetzt noch nie. Seit Mama mir zum ersten Mal die Geschichte erzählt hat, wünsche ich mir, ich könnte sie hören. Ich bin bei Sonnenuntergang immer wieder zu den Bäumen auf der anderen Seite vom Maisfeld gegangen und habe auf sie gewartet. Und mir gewünscht, sie würden mit mir sprechen, so wie mit dem Jungen aus der Geschichte. Aber das taten sie nie, also habe ich es irgendwann aufgegeben. Doch seit Mama weg ist, habe ich wieder damit angefangen, seit fast vier Monaten tue ich es jeden Abend nach dem Essen, wenn ich mit Tucker in der Dämmerung noch mal nach draußen gehe. Aber das Flüstern habe ich noch nicht gehört. Bis jetzt nicht. Trotzdem wünsche ich es mir immer weiter. Ich warte und lausche. Die Flüsterer sind meine große Hoffnung. Sie sind der einzige Weg, um sie zu finden, da bin ich sicher.

Wieder weht mir der Wind einen Schwall Geißblattduft ins Gesicht. Ich stemme mich dagegen und flüstere wie zur Bestärkung ins dämmrige Zwielicht: »Ich lausche.«

4

5-4-3-2-1-Obstsalat

Ich sitze am Küchentisch und schäle Äpfel mit Opas geliebtem alten Taschenmesser, einem echten Schweizer-Armeemesser. Wenn ich rüberkomme, lässt er mich immer damit spielen, aber mitnehmen darf ich es nicht. Oma fände es besser, wenn ich ein Schälmesser nehmen würde, aber dieses Messer liegt mir perfekt in der Hand, und wenn ich es benutze, fühle ich mich wie ein richtiger Schweizer Offizier. Keine Ahnung, wie die Soldaten aus der Schweiz mit so einem kleinen Ding ihr Land verteidigen wollen, aber es ist wirklich sehr praktisch. Der Griff ist aus Holz, nicht aus Plastik wie bei den neuen. Weil Opa das Messer jahrzehntelang benutzt hat und sein Vater vor ihm auch, ist das Holz schön geschmeidig.

Mein Uropa hat ihm das Messer gegeben, als Opa *in den Krieg gezogen* ist. Das ist auch schon so ungefähr alles, was Opa überhaupt *vom Krieg* erzählt. Ich weiß nicht mal, welcher Krieg das gewesen sein soll, es hat ja ziemlich viele gegeben. Ich hoffe nur, dass Opa mir das Messer schenkt, wenn ich vierzehn werde, damit ich es benutzen kann, wenn ich mit meinem besten Freund Gary im Wald campen gehe. Das wird wahrscheinlich so sein, denn Danny hat von Opa zu seinem vierzehnten Geburtstag die alte Zwölf-Kaliber-Schrotflinte von Onkel Mike bekommen. Seitdem ist es Dannys Mission, die Erde von Eichhörnchen zu befreien. Im Umkreis von acht Kilometern um unser Haus ist wahrscheinlich kein einziges mehr übrig. Aber ich will kein Gewehr. Waffen machen mir Angst, mehr als anderen Jungs. Mama mag sie auch nicht, sie hat sich gar nicht gefreut, als Danny die Schrotflinte von Opa bekommen hat.

»Wie viele sind das?«, fragt Oma. Ihre Gesichtszüge sind irgendwie nach unten gesackt, schon seit Monaten.

»Zwei«, antworte ich.

Ich weiß genau, dass es nur zwei Äpfel sein sollen, trotzdem fragt sie mich zur Erinnerung jedes Mal, wenn ich beim zweiten bin. Mama nennt das *passiv-aggressiv*. Oma tut so, als würde ein Apfel zu viel den Ruf ihres Obstsalats für alle Zeiten ruinieren. Ihr berühmter 5-4-3-2-1-Obstsalat ist simpel, aber man muss sich genau an die Regeln halten.

Fünf Orangen.

Vier Bananen.

Drei Pfirsiche.

Zwei Äpfel.

Und eine Packung Tiefkühl-Erdbeeren von der Marke Birds Eye, halbiert und in Zuckersirup.

Andere Tiefkühl-Erdbeeren gehen einfach nicht. Oma sagt, nur mit denen von Birds Eye schmeckt der Salat so, wie er soll. Als Mr Killen die mal nicht mehr geführt hat, hat ihn Oma zwei Monate lang mit Protestbriefen bombardiert, bis er sie doch wieder angeboten hat. Sie hätte beinahe eine Petition gestartet.

Das war eins von den Wörtern aus dem Kalender – vom April, glaube ich –, aber wegen Oma wusste ich die Bedeutung schon vorher.

Eine *Petition* ist ein Schreiben, unter das ein Haufen Leute ihre Unterschrift setzen, wenn sie sich sehr über irgendwas ärgern und ihren Kopf durchsetzen wollen.

So wie in: *Bei ihrem 5-4-3-2-1-Obstsalat kommt man Oma besser nicht in die Quere, sonst hat man gleich eine Petition am Hals, unterschrieben von allen in Buckingham County, die ihn jemals gekostet haben.*

»DIE FLÖHE HUSTEN HÖREN!«, brüllt Opa von nebenan.

Er hat seinen gebratenen Speck mit rüber vor den Fernseher genommen, weil er *Glücksrad* gucken will, ohne den Ton bis zum Anschlag hochzudrehen. Ab und zu ruft er aus dem Nichts ein paar Wörter, weil er bei den Rätseln miträt. Das klingt ziemlich verrückt, aber Oma und ich kümmern uns nicht weiter darum.

Es gibt etwas, das ich Oma gern fragen möchte, aber ich habe Angst, dass sie vielleicht anfängt zu weinen. Ich hasse es, wenn Oma weint, und in den letzten vier Monaten hat sie das oft getan. Sie versucht es nicht mal zu verstecken, sondern heult einfach los. Vor allen Leuten, als ob sie stolz drauf ist. Früher konnte das auch im Gottesdienst passieren, aber seit Mama weg ist, hat Oma keinen Fuß mehr in eine Kirche gesetzt. Anscheinend ist sie wütend auf Gott, weil er ihr beide Kinder genommen und ihre Gebete nicht erhört hat, sie gesund wieder nach Hause zu bringen. Das kann ich gut verstehen.

Ich wische die Messerklinge an einem Geschirrtuch ab und sehe sie an. »Hast du Mama, als sie noch klein war, die Geschichte von den Flüsterern erzählt?« Ich weiß genau, dass sie das getan hat, aber ich muss mehr erfahren, und dafür brauche ich einen Anfang.

Omas Gesicht sackt noch mehr nach unten, doch sie zwingt sich zu lächeln. Ihre Augen werden sofort feucht, aber bis jetzt ist noch keiner von Omas großen Tränenausbrüchen in Sicht.

»Das habe ich, ja«, sagt sie. »Genau wie meine Mutter sie mir erzählt hat, und die hatte sie selbst auch von ihrer Mutter.«

Sie schüttet die aufgetauten Erdbeeren aus der Packung in die große Schüssel mit fein geschnittenem

Obst und rührt alles mit einem riesigen Holzlöffel durch.

Dann schaut sie blinzelnd von der Schüssel auf, und aus ihrem linken Auge rollt eine einzelne Träne. »Wieso fragst du das?«

»Ach, egal«, sage ich, strecke die Hand nach unten und kratze Tucker am Kopf. Er schnauft vor Behagen, und als ich aufhöre, schüttelt er seine Mähne, als ob ich ihm die Frisur durcheinandergebracht hätte oder so. Oma gibt Obstsalat in ein Schälchen und stellt es vor mich hin.

»Hast du jemals gedacht, dass es die wirklich gibt?«, frage ich.

Sie nimmt einen Löffel vom Abtropfständer und reicht ihn mir. »Wen denn?«

Vor lauter Ungeduld entwischt mir ein Seufzer. Mama findet mich öfter mal ungeduldig; sie sagt, dass ich das von Papa habe. Immerhin etwas, das er mir vererbt hat. Alles andere hat Danny gekriegt – das Aussehen und das Talent für Sport und für die Jagd. Sogar Papas Namen.

»Die Flüsterer«, sage ich. »Meinst du, es gibt sie wirklich?«

Ich starre sie an, während ich einen übervollen Löffel Obstsalat in meinen Mund bugsiere. Zum Langsam-Essen ist er viel zu gut – die cremig-weichen Bananen, die erfrischenden Orangen, die leicht knackigen Äpfel, die überreifen Pfirsiche mit ihrem intensiven

Geschmack, und alles zusammen durchzogen von süßem Erdbeersirup. Das schmeckt so unglaublich lecker, dass mir der Kiefer fast ein bisschen wehtut.

Endlich kommt eine Antwort von Oma, ziemlich klar und direkt. »Natürlich gibt's die.«

Ich wische mir den Mund mit einem Küchentuch ab und schlucke meinen halb zerkauten Obstsalat runter. »Du meinst ganz in echt? Wie sehen sie aus? Wie groß sind sie? Wo leben sie?«

Oma antwortet nicht, sondern schaut zum Herd, wo das Wasser in einem Stieltopf voller Teebeutel wie wild zu blubbern beginnt.

»GRIMMS MÄRCHEN, DU SCHAFSKOPF! IST DOCH KLAR!«

Oma wackelt zum Herd und nimmt den heißen Topf mit einem gequilteten Topflappen von der Platte. Sie ist schon immer klein und rund gewesen, aber neuerdings kann sie nicht mehr gut laufen. Probleme mit den Knien. Probleme mit den Knöcheln. Blutende Krampfadern. Oma ist eindeutig das, was man einen Hypochonder nennt.

Ein *Hypochonder* ist ein Mensch, der behauptet, jede Krankheit unter der Sonne zu haben, egal ob er wirklich daran leidet oder nicht. Aber das heißt nicht, dass diese Leute schlecht sind. Sie können einfach nicht anders.

Natürlich ist nach Mamas Verschwinden mit Oma alles noch schlimmer geworden. Davor war sie ziemlich aktiv. Früher ist sie im Sommer sogar mit Danny und mir ins Schwimmbad nach Upton gefahren. Jetzt verlässt sie das Haus nur noch einmal im Monat. Sie fährt dann zu Miss Ethels Friseursalon und lässt sich die Haare färben und legen oder geht zu irgendwelchen Ärzten. Das Einkaufen erledigt Opa. Bloß kriegt er das nie richtig hin.

Ich sitze ganz geduldig da, während Oma mit der Rückseite einer Gabel die Teebeutel ausdrückt, damit auch noch der allerletzte Tropfen Geschmack im heißen Wasser landet.

»Man darf auf keinen Fall verschwenderisch sein«, erklärt sie.

So redet sie, wenn sie besonders gebildet klingen will. Sie wäre gerne Lehrerin geworden, aber sie ist die Älteste von sechs Geschwistern, und ihr Papa hat sie nach dem Tod ihrer Mutter aus der Schule genommen, damit sie sich um die Kleinen kümmern konnte.

Sie schüttet den Tee aus dem Stieltopf in eine Kanne, dabei zittern ihre Hände ein bisschen. Dann tut sie zwei große Löffel Zucker in den Tee und gibt kaltes Wasser dazu.

»In Afrika hungern die Kinder, das weißt du ja«, ergänzt sie.

Irgendwie bezweifle ich, dass die hungernden Kinder in Afrika unbedingt gezuckerten Eistee brauchen. Ihre Gebete hört Gott wohl auch nicht. Aber statt etwas in der Art zu sagen, versuche ich, Oma wieder auf Kurs zu kriegen. Auf meinen Kurs.

»Oma?«

Sie rührt weiter, während sie mich ansieht. »Was denn, Schätzchen?«

Ich atme tief durch, damit das, was ich sage, nicht ärgerlich oder respektlos klingt, obwohl Papas Ungeduld in meinen Adern pocht. »Die Flüsterer. Hast du mal einen gesehen?«

»Na ja«, antwortet sie nach einer Weile. »Ich kann nicht behaupten, dass ich wirklich mal einen zu Gesicht gekriegt hätte.«

Ich seufze enttäuscht. »Woher weißt du dann, dass es sie gibt?«

Sie stellt den Herd aus, wackelt wieder zum Tisch und setzt sich mir gegenüber. Dann schaut sie mir direkt ins Gesicht, mit finsterer Miene. »Meine Mama hat gesagt, sie hätte sie mal gesehen. Die wären hässlich wie die Nacht, hat sie gemeint. Klein, das ja, aber mit krummen gelben Zähnen und Hörnern auf den kahlen Köpfen und mit Flügeln, scharf wie Rasierklingen.«

Ich starre sie mit offenem Mund an. Irgendwie erwarte ich, dass sie gleich loslacht, so wie manchmal, wenn sie mich nur an der Nase herumführen will, aber das tut sie nicht.

»Und dann gibt's natürlich noch die Hobgoblins.« Sie steht auf, um mein leeres Schälchen zur Spüle zu bringen.

Ich kann mir kaum vorstellen, dass ich sie richtig verstanden habe. »Die Hob… – was?«

»Hobgoblins«, sagt sie und spült mein Schälchen aus, als wäre es vollkommen normal, mit einem elfjährigen Enkel über die Existenz von furchteinflößenden Fabelwesen zu sprechen. »Die wohnen auch im Wald, so was wie Kobolde. Große, böse alte Kerle. Und was die fressen, willst du lieber gar nicht wissen.«

Ich kann nicht anders, als zu fragen: »Was denn?«

Sie wirft mir einen Blick über die Schulter zu. »Sieh lieber zu, dass du nie einem begegnest, mein Junge.«

Ich schlucke. »Hast du denn schon mal einen gesehen von diesen … Hobgoblins?«

»PRÄSIDENT DER VEREINIGTEN STAATEN!«, brüllt Opa drüben vorm Fernseher.

Oma wischt sich die Hände an dem Geschirrtuch ab, das ihr über der Schulter hängt, und ihre Augen werden glasig.

»Oma«, sage ich.

Sie sieht mich an, doch ihr Blick wirkt jetzt ganz abwesend. »Was denn, Schätzchen?«

Mist.

»Die Hobgoblins«, sage ich vorsichtig. »Du hast mir was von den Flüsterern und den Hobgoblins erzählt. Die im Wald wohnen.«

Ihr Gesicht wird runzlig vor lauter Verwirrung – den Ausdruck habe ich in letzter Zeit schon öfter gesehen. Im einen Moment ist sie blitzgescheit und im nächsten wie im Nebel. Wahrscheinlich liegt das an der Schuhschachtel voller Pillendosen, die sie auf dem Couchtisch stehen hat. Wir reden nicht drüber, nicht mal wenn Oma offen und vor allen Leuten darin herumkramt.

»Ist doch egal«, sage ich. Ich will sie nicht noch mehr verwirren. »War nicht so wichtig.«

Sie lächelt schwach und wischt dann den Küchentresen ab, so als ob sie unser Gespräch aus dem Gedächtnis streichen könnte. Aber mir hat sich das eine Wort tief eingebrannt.

Hobgoblin.

5

Mein Problem

Am Abend kann ich nicht einschlafen. Einerseits zermartere ich mir das Hirn wegen dem Lied, das mir nicht mehr einfällt. Aber hauptsächlich kriege ich nicht aus dem Kopf, was Oma gesagt hat, bevor sie im Nebel abgetaucht ist. Was ist, wenn es wirklich Hobgoblins gibt und einer von ihnen Mama geholt hat? Er hätte einfach aus dem Wald kommen und zu unserm Haus laufen können. Wahrscheinlich wissen diese Kerle sogar, wie man Türen aufmacht. Ich weiß ja fast nichts über Hobgoblins – wie sie aussehen oder wie groß sie sind –, aber ich wette, die sind stark. Stark genug, um eine erwachsene Frau wegzutragen. Kann ein Hobgoblin Mama im Wald versteckt haben? Leben die in Höhlen oder Hütten oder vielleicht unter Brücken wie manche Trolle?

Die Flüsterer wüssten es, wenn ein Hobgoblin Mama geschnappt hätte, das ist klar. Ich muss sie nur finden.

Da klopft es leise an der Tür.

»Herein«, sage ich und denke, es ist Danny. Wobei der nicht anklopfen würde.

Papa macht die Tür ein Stück auf und steckt den Kopf rein. »Wollte nur mal gucken, ob du schon schläfst.«

Ich schüttle den Kopf und frage mich, ob er wohl reinkommen und mir richtig Gute Nacht sagen wird, so wie Mama immer. Wahrscheinlich findet er, ich bin zu groß für eine Geschichte und ein Schlaflied. Kann gut sein, dass das sogar stimmt, aber Mama hat das nicht gekümmert.

Er bleibt im Türrahmen stehen, als ob das hier ein Krankenzimmer wäre und er sich nicht anstecken wollte.

»Toilette?«, fragt er. Sogar seine Augenbrauen sehen wie Fragezeichen aus.

Ich nicke und strecke als Antwort vier Finger hoch.

»Na gut.« Sein Blick streift meine Wörterwand. Sie erinnert ihn an Mama, das weiß ich. Dann sieht er schnell wieder mich an, ohne besonderen Ausdruck im Gesicht. »Schlaf jetzt. Morgen ist Schule.«

Ich nicke, als er aus dem Türspalt verschwindet. »Gute Nacht, Papa.«

Ich glaube, er sagt auch *Gute Nacht*, aber weil er gleichzeitig die Tür schließt, kann ich nicht sicher sein. Vielleicht habe ich es mir nur eingebildet.

Sechzehn Wörter. Achtzehn, wenn man das *Gute Nacht* mitzählt. Er gibt sich Mühe, glaube ich.

Auf dem Boden neben meinem Bett ächzt Tucker. Er ist heute genauso unruhig wie ich. Ich lasse ihn nicht mehr bei mir im Bett schlafen wegen *meinem Problem*. So nennt Oma das. *Mein Problem*. Sie redet immer extraleise, wenn sie das sagt, als wäre es eine seltene Krankheit, die sich die anderen Leute vielleicht auch holen, wenn sie es zu laut ausspricht. Aber gegen *mein Problem* hilft keine Medizin, und kein Arzt kann es behandeln. Nicht einmal Jesus kann mich heilen. Ich habe nämlich schon so oft deswegen zu ihm gebetet. Aber vielleicht können es die Flüsterer? Ohne Hoffnung geht es nicht.

Vorm Schlafengehen war ich vier Mal pinkeln, auch wenn bei den letzten beiden Malen nichts mehr gekommen ist. Ich versuche, nicht dran zu denken, denn je mehr Angst ich habe, ins Bett zu machen, desto wahrscheinlicher passiert es.

Ich habe nicht immer ins Bett gemacht. Erst seit Mama nicht mehr da ist. Am Anfang hat sich Papa keine großen Gedanken deswegen gemacht, aber nach ein paar Wochen mit durchweichter Matratze und nassen Betttüchern hat es ihn doch zermürbt, und das tut es immer noch. Ich glaube, jedes einzelne Mal erinnert ihn daran, dass Mama weg ist. Davor ist mir das nämlich nie passiert, außer als Baby natürlich. Am Anfang hat Papa noch alles sauber gemacht, aber mit der Zeit habe ich mich viel zu sehr geschämt. Bei Mama hätte ich mich nicht so schlecht gefühlt.

Bestimmt hätte sie so was gesagt wie: *Was macht schon ein bisschen Pisse im Bett, wenn es so viele Leute auf der Welt gibt, die nicht wissen, wo sie nachts schlafen sollen?* Als Sozialarbeiterin hat sie sich auch um Obdachlose gekümmert, also kennt sie sich da aus.

Aber Papa kann nicht verbergen, wie angewidert er ist von der fies riechenden Bettwäsche und der verfleckten Matratze. Allerdings hat er vor Mamas Verschwinden sowieso nie Wäsche gewaschen, glaube ich, das muss man vielleicht dazusagen, sonst ist es unfair. Und schließlich fasst keiner gern Sachen mit der Pisse von jemand anderem an, also kann ich ihm das wohl kaum übel nehmen. Irgendwann war er weich geklopft und hat mir eine neue Matratze gekauft, eine mit einem Kunststoffbezug, der jedes Mal raschelt, wenn ich mich umdrehe. Seitdem mache ich selbst alles sauber.

Leider weiß auch mein Bruder von *meinem Problem*. Er zieht mich nicht damit auf, aber das macht es irgendwie noch schlimmer. Stattdessen schaut er mich nämlich an, als ob ich eine Art Alien-Ei wäre, dem er nicht zu nah kommen will, weil keiner weiß, was daraus schlüpfen wird. Wenn er mich damit aufziehen würde, wäre das irgendwie normaler. Dabei will ich ja gar nicht aufgezogen werden, schon gar nicht wegen *meinem Problem*.

Ich liege auf dem Bett und versuche weiter, mich an

die Melodie von dem Lied zu erinnern, das mir Mama jeden Abend vorgesungen hat. Sie hat es sich selbst ausgedacht, nachdem ich auf die Welt gekommen war. Später, als ich älter wurde, hat sie die Wörter weggelassen und nur noch die Melodie gesummt, schließlich ist es ein Schlaflied, und ich bin kein Baby mehr. Aber seit sie weg ist, habe ich beides vergessen, den Text und die Melodie. Das ist, als würde ich Mama irgendwie im Stich lassen – schon wieder.

Nach einer Weile gebe ich auf, drehe mich auf die Seite und starre die Wörterwand an. Durch die nicht ganz zugezogenen Vorhänge fällt Mondlicht – genug Mondlicht, um die meisten Wörter sehen zu können. Unsere Wörter. Diese kleinen, schwarz-weiß bedruckten quadratischen Blätter, jedes mit einem Datum, einem Wort und der genauen Erklärung dazu. Sie bedecken die gesamte Wand, es sind Hunderte, die reinste Wörtertapete. Für neue ist kaum noch Platz. Es sieht aus, als hätte ein Lexikon in mein Zimmer gekotzt oder so.

Als ich vor langer Zeit zehn geworden bin, hat mir Mama einen Wort-des-Tages-Kalender geschenkt, weil Opa das bei ihr und Onkel Mike am zehnten Geburtstag auch gemacht hat. Danny hat sie anscheinend auch einen gekauft, aber der konnte wohl nicht viel damit anfangen, jedenfalls hängen bei ihm nur Poster von Waffen und Motorrädern an der Wand oder Bilder von Bikini-Models, die er aus Sportzeitschriften reißt.

Danny kennt viel weniger Wörter als ich, dabei ist er schon in der Highschool.

Der Kalender steht auf meinem Nachttisch, weil ich abends beim Schlafengehen gerne mal nach dem Wort für den nächsten Tag linse, damit ich vorbereitet bin. Erst lesen Mama und ich immer die Lexikon-Erklärung, dann sagt Mama in ihren eigenen Worten, was der Ausdruck bedeutet, was mich meistens zum Lachen bringt. Mama ist manchmal total witzig. Danach will sie, dass ich das Wort in meinen eigenen Worten erkläre und einen Satz damit bilde.

Verwende es in einem Satz, Button, sagt sie jedes Mal.

Und was sie auch immer wieder sagt: *Kenne so viele Wörter wie möglich, aber benutz nur die, die du kennst.*

Mama findet, Leute, die hochtrabende Wörter benutzen, ohne die Bedeutung zu kennen, hätten Allüren.

Ich schaue auf den kleinen quadratischen Kalender und lese noch mal das Wort von heute.

Renitent.

Erst werfe ich einen zweiten Blick auf die Lexikon-Erklärung, dann beschließe ich, wie ich es am besten in meinen eigenen Worten erklären kann.

Renitent ist einer, der dauernd nervt, wie ein Pickel am Hintern, und sich die ganze Zeit wie ein bockiger Mistkerl aufführt.

Über einen Satz muss ich gar nicht erst lange nachdenken.

Mama und Papa tun mir wirklich leid. Erst geben sie sich alle Mühe mit unserer Erziehung, und dann kommt so ein grässlich renitenter Sohn wie Danny dabei heraus.

Ich reiße das Blatt vom Kalender ab und lege es auf den Nachttisch, damit ich es morgen gleich an die Wörterwand kleben kann.

Irgendwas tockt gegen die Fensterscheibe. Vielleicht ein fettes Insekt, das mit dem Kopf voll dagegen gebrummt ist. Hoffentlich keine Motte. Die machen immer solche Flecken. Ich stütze mich auf die Ellbogen und spähe zwischen den Vorhängen durch in die Dunkelheit. Zuerst sehe ich kaum etwas. Dann fällt mir auf einmal ein bläulicher Lichtschein auf, ein Stück hinter dem Haus, aber er ist gleich wieder weg. Ich schlüpfe aus dem Bett und schiebe die Vorhänge beiseite, um mir das näher anzuschauen. Aber ich sehe trotzdem kaum was. Nichts als den Umriss von Papas Werkzeugschuppen, die dunklen Halme vom Maisfeld-Chor und dazu das Mondlicht, das in der Ferne einen verschwommenen Schimmer auf die Baumkronen legt. Vielleicht habe ich mir das Licht nur eingebildet.

Ich mache das Fenster ein kleines Stück auf. Ich höre gern dem Nachtgesang der Grillen zu, und die Vögel, die morgens in den Baumkronen zwitschern, sind mein Wecker. Die können ganz schön viel Krach machen, wenn die Sonne aufgeht, wie genervte Teenager, die sich beschweren, dass sie nicht den ganzen Tag lang schlafen können, so wie Danny jeden Samstag. Ich lege mich wieder unter die Decke, wo es warm und noch trocken ist, schaue auf den Nachttisch mit dem Kalender und präge mir das Wort von morgen ein. *Unqualifiziert.*

Allzu knifflig klingt das nicht. Mal sehen, was für einen Satz ich dafür finde.

Am nächsten Morgen wache ich früh auf, mitten in einem Traum über Mama. Es war Schlafenszeit in dem Traum, sie hat mir die Geschichte von den Flüsterern erzählt und wollte eben mit ihrem Lied anfangen, aber dann bin ich aufgewacht. Immerhin nicht der Albtraum, den ich in letzter Zeit öfter habe.

Ich merke, dass mir kalt ist und ich um die Hüfte und an den Beinen ganz nass bin, dazu stinkt es wie jeden Morgen. Zitternd steige ich aus dem Bett. Tucker liegt auf dem kleinen Teppich in der Zimmermitte und zieht die Augenbrauen hoch. Sein Blick sagt: *Nicht schon wieder, Kumpel.*

So schnell ich kann, ziehe ich das Bett ab, schlüpfe aus meinem Schlafanzug und raffe die übel riechenden Beweise zusammen. Tucker steht gar nicht erst mit auf. Das hier ist so alltäglich, dass es ihn nicht mehr groß juckt. Vielleicht schämt er sich auch für mich oder findet mich peinlich. Er selbst ist immerhin so anständig, sich an die Hintertür zu setzen und so lange zu winseln, bis ihn jemand zum Pinkeln rauslässt. Er starrt mich an, als würde er sich fragen, warum es da unterschiedliche Regeln gibt. Wieso darf ich ins Bett machen, wenn alle die Krise kriegen schon allein bei der Vorstellung, er könnte irgendwo anders als draußen sein Geschäft erledigen? Er hat natürlich recht. Tucker hat immer recht.

Ich schleppe das stinkende Chaos runter in die Waschecke bei der Küche. Im Haus ist es still, und ich strenge mich an, so leise wie möglich die Waschmaschine zu füllen, eine Kappe Waschmittel reinzuschütten, den Deckel zu schließen und den klackenden Programmknopf zu drehen. Vor Mamas Verschwinden habe ich die Waschmaschine nicht mal angeguckt. Aber beim Wäschezusammenlegen habe ich ihr immer geholfen. Dabei habe ich gelernt, wie man Handtücher dreiteilig faltet. Das machen nicht alle Leute so, aber Mama findet es wahnsinnig wichtig. Inzwischen bin ich ein echter Profi bei allem, was mit Waschen zu tun hat, vom dreckigen Handtuch bis zum frisch gewaschenen, nach Bergfrühling duftenden Handtuch in Dreierfaltung. Falls mich Papa mal zu Hause rauswirft, kann ich bestimmt einen Job in einem von diesen Vierundzwanzig-Stunden-Waschsalons in Upton kriegen. Ich kann auch gut Geld rausgeben. Mama hat mir beigebracht, dass man von dem Betrag, der zu bezahlen ist, hochrechnen muss zu dem Betrag, den man bekommen hat. Wenn man das erst mal kapiert hat, leuchtet es einem total ein. Aber Danny hat es immer noch nicht verstanden. Er ist nicht bloß renitent, sondern auch nicht besonders hell im Kopf.

Ich will es schaffen, das Bettzeug in der Wäsche und alles wieder sauber bezogen zu haben, bevor Papa mich wecken kommt. Dann guckt er mich immerhin ein bisschen weniger enttäuscht an, bilde ich mir ein. Zurück in meinem Zimmer, mache ich die Tür zu und schließe ab. Ich reibe den Kunststoffbezug mit dem Essigreiniger aus meinem privaten Putz-Vorrat ein und wische ihn mit einem feuchten Lappen ab. Dann sprühe ich eine ordentliche Portion Lysol zum Desinfizieren drauf. Am Schluss verteile ich auch noch einen kräftigen Stoß im Zimmer und überlege sogar, ob ich mich selbst nicht am besten auch von oben bis unten mit Lysol einsprühen soll, um ganz sicher zu sein, dass Papa und Danny beim Frühstück nichts von meinem Unfall in die Nase kriegen. Ich schäme mich sowieso schon genug. Zum Glück habe ich aber noch genug Zeit zum Duschen, bevor ich mich für die Schule fertig machen muss.

Dann kommt der letzte Schritt in meinem üblichen Morgenablauf. Ich greife unters Kissen und hole den Plastikbeutel mit dem Ziplock-Verschluss raus. Ich habe in Großbuchstaben PRIVAT auf einen Zettel geschrieben, mit einem dicken schwarzen Filzstift, und ihn mit in den Beutel gesteckt. Das Plastik ist kein bisschen feucht geworden. Zum Glück ist die Pisse diesmal anscheinend nicht so weit gekommen. Ich wiege den Beutel in der Hand und betrachte den einsamen Gegenstand darin. Mamas Ehering. Nichts Raffiniertes – nur ein schlichtes Goldband. Aber sie war immer so stolz auf ihn, man hätte denken können, er gehört in ein Museum.

Papa ist Mamas erste und einzige Liebe, hat sie immer gesagt. Die zwei waren schon als Kinder verliebt. Sie sind ganz in der Nähe voneinander aufgewachsen. Er war damals noch *Daniel James, Draufgänger und wilder Kerl*, sie *Carolyn Riley, Klassenbeste und Schönheitskönigin*. Papa hat sein Leben lang nie eine andere Freundin gehabt und Mama nie einen andern Freund.

Dein Papa hat den letzten Cent für mich ausgegeben, sagt Mama immer wenn sie den Ring mal auszieht und ich ihn anprobieren darf. Mir gefällt, wie er an meinem Finger aussieht. Ich glaube, ich hätte auch gern mal einen Ehering – bloß das Mädchen, das dazugehört, das will ich nicht.

In der Küche klappt eine Schranktür zu, viel lauter als sonst. Papa ist aufgestanden, die laufende Waschmaschine macht ihm anscheinend schlechte Laune – eine Erinnerung an seinen fehlerhaften Sohn in drei Waschgängen. Das laute Piepen am Schluss setzt immer noch eins drauf und ist wie ein Extra-Hinweis auf *mein Problem*. Schnell laufe ich zur Kommode und schiebe den Beutel in die unterste Schublade, ganz hinten unter meinen dicken Winterpullover. Nachdem ich mir die Lexikon-Erklärung für *unqualifiziert* noch mal durchgelesen habe, schnappe ich mir *renitent* vom Nachttisch und klebe es auf einen leeren Fleck Wand beim Fenster.

Dabei wäre es fast besser, das Wort gleich bei Danny an die Tür zu pappen.

Während der Essigreiniger und das Lysol trocknen, gehe ich den Gang lang ins Bad und wasche den Geruch der letzten großen Enttäuschung weg.

6

Ein schwarzer Weihnachtsmann

Meine Schule hat einen seltsamen Namen, finde ich: Buckingham Middle School. Klar, unser Ort heißt Buckingham, aber zugleich ist das ja der Name von einem berühmten Schloss in England. Die Buckingham Middle School sieht allerdings kein bisschen wie ein Schloss aus, eher wie ein riesiger Zementblock mit Fenstern. Dass das eine Schule sein soll, kann man kaum glauben. Unsere Lehrer geben sich wirklich Mühe, aber in Englisch sitzt der eine Teil der Klasse die meiste Zeit nur rum, während Mrs Baker versucht, die anderen irgendwie auf das Leseniveau für die sechste Klasse zu hieven. Die Grundschule von Buckingham taugt nämlich noch weniger.

Die Klingel läutet zur zweiten Stunde und signalisiert uns, dass es Zeit wird, in ein anderes Klassenzimmer zu wechseln, wo Mrs Turner Geschichte unterrichtet, genauer gesagt Geschichte von South Carolina. An der Grundschule ist immerhin eins gut: Die Lehrer dort können alle Fächer, also bleibt man immer im gleichen Klassenzimmer. Aber an unserer Schule haben es die Lehrer anscheinend nur geschafft, ein einziges Fach zu lernen – und statt dass sie von Klassenzimmer zu Klassenzimmer ziehen, müssen wir Schüler das tun.

Das System kommt mir ziemlich umständlich vor, aber das Zimmerwechseln selbst macht mir nichts aus. Und eine gute Vorbereitung für die Highschool ist das auch, dort wechseln sie ja anscheinend alle fünf Minuten. Außerdem kann ich auf dem Weg in ein anderes Klassenzimmer manchmal auch Dylan Mathews sehen, was ohne Wechsel nur selten passieren würde, weil er schon in die achte Klasse geht. Meistens ist er allein und redet nicht viel, aber er winkt immer kurz und lächelt mich an. Wir sind quasi Nachbarn. Nur liegt zwischen unseren Höfen eben ein gewaltiges Maisfeld. Wie Nachbarschaft auf dem Land eben so ist.

In den Gängen ist es lauter als sonst. Alle sind aufgeregt wegen dem kommenden Feiertagswochenende – morgen haben wir früher Schluss, und am Montag ist wegen Labor Day gar keine Schule. Die Mädchen machen besonders viel Krach. Ich werde nie verstehen, warum die dauernd so laut sprechen müssen und was die überhaupt immer zum Reden haben. Eine Weile lang haben sie die Stimmen zu einem Flüstern gesenkt und mich angestarrt, wenn ich an ihnen vorbeigegangen bin, aber das war nur in der Zeit gleich nach Mamas Verschwinden. Ihr Foto war damals in allen Zeitungen, und eine Zeit lang haben die Leute dauernd darüber geredet. *Allseits beliebte Schönheitskönigin* und *aufopfernde Sozialarbeiterin*, so wurde sie in den Zeitungen genannt, *eine Frau, die unermüdlich im Einsatz für Notleidende und Gefangene war.* Danny hat die Artikel alle, aber er lässt sie mich nicht ansehen, weil er so ein Kotzbrocken ist. Inzwischen scheinen alle vergessen zu haben, dass die Ermittlungen immer noch laufen und ich der wichtigste Zeuge bin.

Ich schiele den wimmeligen Gang entlang und entdecke endlich Gary. Die Achtklässler sind natürlich größer als er, aber für alle andern ist es ziemlich schwer, sich an ihm vorbeizuschlängeln. Gary sieht aus, als hätte er einen Autoreifen unter seinem Shirt. Er ist groß, aber eher so wie ein Weihnachtsmann. Ein junger Weihnachtsmann mit ziemlich schwarzer Haut. Ich habe nicht gewusst, dass es für weiße Kinder einen weißen Weihnachtsmann gibt und für schwarze einen schwarzen, bis Gary mich aufgeklärt hat. Gary hat eine weiße Mutter und einen schwarzen Vater, was in unserer Gegend ziemlich ungewöhnlich ist. Die meisten hier sind entweder ganz weiß oder ganz schwarz, also kriegt Gary immer wieder ein paar nicht so nette Kommentare und Schimpfwörter ab, aber ich finde es irgendwie cool, dass er anders ist. Obwohl Gary im Prinzip nur zur Hälfte ein Schwarzer und seine Haut auch nicht richtig schwarz ist, sagt er, er fühlt sich innendrin durch und durch schwarz. Und ich kann natürlich nicht in ihn reinsehen, wie soll ich ihm da widersprechen? Ich wüsste gern, ob an Weihnachten beide Weihnachtsmänner zu Gary nach Hause kommen, der weiße und der schwarze. Das wäre irgendwie unfair. Ich muss ihn mal fragen.

Als er auf mich zustürzt, teilt sich das Meer von dünnen Leuten wie bei Moses im Alten Testament. Man könnte auch sagen, die andern Schüler fallen wie Kegel, durch die eine Bowlingkugel rauscht. Ich warte bei meinem Schließfach, damit wir zusammen ins andere Klassenzimmer gehen können.

»Was geht, Alter?«, fragt Gary. Manchmal nennt er mich so, keine Ahnung, warum. Es stört mich jedenfalls nicht.

Gary grinst von einem Ohr zum andern. Das macht er immer. Er tut so, als hätte er mich schon eine Woche lang nicht mehr gesehen, obwohl wir jeden Morgen im Schulbus zusammensitzen. Die Flüsterer habe ich heute Morgen auf dem Hinweg noch nicht erwähnt. Ich wollte zwar, aber sein kleiner Bruder Carl war die ganze Zeit dabei. Und nachdem Carl bei der Grundschule ausgestiegen war, wollte Gary über nichts anderes reden als über den Busen von Rebecca Johnson, der unglaublich schnell größer wird. Wahrscheinlich trainiert sie extra dafür.

»Hey«, sage ich, als ich auf dem Weg in Mrs Turners Klassenzimmer hinter ihm hereile, und werfe von der Tür aus noch mal einen schnellen Blick den Gang entlang. Kein Dylan. Also drehe ich mich wieder zu Gary um, beuge mich vor und senke die Stimme. »Triff mich nach dem Essen beim Pavillon 3.«

Gary zieht eine Grimasse. »Okay. Aber versuch bloß nicht, mich zu küssen.«

Mein Gesicht wird glühend heiß, und mein Herz klopft laut in meiner Brust. Ich mache sogar einen Schritt zurück, als hätte er einen fahren lassen oder so.

»Was?« Das Klassenzimmer füllt sich mit Lärm und drängelnden Leuten. Ich sehe mich kurz um, weil ich sichergehen will, dass keiner Gary gehört hat. »Wieso sagst du so was Unqualifiziertes?«

Unqualifiziert ist, wenn dein bester Freund vor allen in der Klasse etwas Superblödes sagt, ohne zu überlegen, ob andere Leute es nicht vielleicht hören können.

Gary zuckt mit den Achseln, als würde er das Wort *unqualifiziert* verstehen. Ich kann mir nicht vorstellen, dass er die Lexikon-Erklärung kennt so wie ich. Aber vielleicht habe ich den Ausdruck so gut in meinen Satz eingebaut, dass Gary die Bedeutung einfach so versteht. Mama sagt, genau darum geht es bei unserem Wort-des-Tages-Spiel.

»Die Leute treffen sich nun mal hinter den Pavillons, wenn sie rauchen oder knutschen wollen«, sagt Gary ein bisschen leiser. »Und du rauchst schließlich nicht, oder?

Mann, war doch bloß ein Witz, Kumpel. Krieg dich wieder ein.«

Ich sehe ihn böse an. »Ich habe gesagt *bei* und nicht *hinter*.«

Ich setze mich an einen Tisch ganz hinten, immer noch ein bisschen aufgewühlt von seiner Bemerkung. Gary weiß doch Bescheid. Aber vielleicht hat er es nicht so gemeint und ich bin zu empfindlich. Papa sagt, das wäre ich manchmal.

Gary schiebt sich auf den Platz neben mir. Wir behalten Mrs Turner genau im Blick, denn sie ist total pingelig, was pünktlichen Unterrichtsbeginn angeht. Gemein würde ich Mrs Turner nicht unbedingt nennen, aber Gary sagt, sie fackelt nicht lange. Mrs Turner ist streng und lächelt fast nie, trotzdem ist sie die schönste Lehrerin an der Schule. Sie sieht aus wie Cassandra Bailey in dieser Serie über Leute in Washington, deren Job es ist, die Probleme von irgendwelchen Regierungstypen zu lösen. Cassandra Bailey trägt immer lange weiße Mäntel und hat einen schnellen Schritt, bei dem ihr ganzer Körper mitschwingt. Die fackelt auch nicht lange.

Gary ist Mrs Turners Lieblingsziel, meistens mit gutem Grund. Er findet, sie ist ihm gegenüber so biestig, weil sie zu hundert Prozent schwarz ist und er nur zu fünfzig. Aber Garys Hautfarbe interessiert Mrs Turner meiner Meinung nach nicht die Bohne. Er gibt ihr einfach genug Grund. Trotzdem verstehe ich, wie Gary darauf kommt. Er hat sich wegen seiner gemischten

Herkunft schon viel zu viel Mist anhören müssen und sagt immer, er gehört weder zu den schwarzen Kids noch zu den weißen. Irgendwie sind wir gerade deswegen Freunde geworden.

Als ich in die erste Klasse kam, hatte ich noch nie so viele andere Jungs gleichzeitig auf einem Fleck gesehen. Und sie gefielen mir alle. Weiße, schwarze, braune – ganz egal. Ich wollte sie alle küssen. Da wusste ich noch nicht, wie es läuft in der Welt. Es ist nämlich keine besonders gute Idee, jeden Jungen abzuküssen, der dir in der Schulgarderobe über den Weg läuft, während du deinen Wonder-Woman-Rucksack aufhängst. Das habe ich auf die harte Tour gelernt. Nicht nur das Küssen war ein Problem, der Wonder-Woman-Rucksack auch. Die andern haben mir Sachen hinterhergerufen, die gar nicht nett waren. Damals war ich noch so klein, dass ich bei den Predigten in der North Creek Church of God nicht aufgepasst habe, also wusste ich nicht, dass das, was ich da tue, Sünde ist.

Ungefähr zur selben Zeit ist Gary von den anderen dauernd über seine Eltern ausgequetscht worden, und er hat einfach die Wahrheit gesagt. Darum sind wir in den ersten Grundschuljahren beide ziemlich oft fertiggemacht worden. In der Pause wollte keiner mit uns beiden spielen, also waren wir meistens zusammen. Es war Gary, der mir irgendwann beigebracht hat, dass man keine anderen Jungs küssen soll, nicht hinter dem Garderobenschrank und auch sonst nirgendwo. Obwohl ich nie versucht habe, ihn zu küssen, wusste er doch Bescheid. Anscheinend haben alle davon gehört.

In der dritten Klasse sagte mir Gary, es wäre an der Zeit, dass ich meinen Wonder-Woman-Rucksack loswürde; ein Captain-America- oder Black-Panther-Rucksack wäre besser. Diese beiden Ratschläge machten mein Leben in der Grundschule viel leichter, und ich werde Gary dafür immer dankbar sein.

Jetzt beugt sich Gary zu mir, und bevor Mrs Turner sich zur Klasse dreht, um mit dem Unterricht zu beginnen, flüstert er: »Worüber willst du denn reden nach dem Essen?«

»Geht um einen Campingausflug«, flüstere ich zurück. Es klingelt zum zweiten Mal, und ich schaue nach vorne. Mrs Turner dreht sich auf den Absätzen um, stützt eine Hand in die Hüfte und mustert uns mit ihrem stahlharten Blick – es soll bloß keiner wagen, die Unterrichtszeit zu verletzen. Ich spiele also mit meinem Leben, als ich Gary noch etwas zuflüstere. »Jetzt am Wochenende.«

Eine Sekunde lang habe ich die Vorstellung, ich könnte Mama bitten, dass sie mich zum Walmart in Upton fährt, damit ich dort Verpflegung kaufen kann. Die haben nämlich viel mehr Auswahl als Mr Killens Laden. Aber wirklich nur eine Sekunde lang.

Dann fällt mir wieder ein, dass das unmöglich ist.

7

Mein ganz persönlicher Superheld

In der Pause stehe ich da und starre über den staubigen Schulhof, die Hände tief in den Hosentaschen. Von den vielen trampelnden Schülerfüßen ist der Rasen komplett ruiniert, und die Schulbehörde findet es unnötig, für die armen Schüler vom Land extra Büsche anzupflanzen. In den Pausen stehen die immer gleichen Grüppchen auf den immer gleichen Grasbüscheln. Manche schlendern aber auch so lässig herum wie die New Yorker im Central Park.

Wir Sechstklässler sind ein unorganisierter Haufen, wir wandern mal hierher, mal dorthin und gehören nirgends dazu. Anders als die aus den höheren Klassen haben wir uns noch nicht nach Hautfarben aufgeteilt – aber da werden Gary und ich auch später auf keinen

Fall mitmachen. Unsere Klassenstufe ist auf der Schwelle: Irgendwie passt es nicht mehr, in der Pause rumzurennen und zu spielen wie in der Grundschule, aber bloß dastehen und reden, wie es an der Middle School anscheinend üblich ist, kommt uns auch komisch vor. Die Siebt- und Achtklässler können das perfekt. Mich erinnert das an etwas, das ich aus dem Fernsehen kenne: Im Gefängnishof musst du lernen, wo dein Platz ist – du musst wissen, mit welchen Leuten du am besten abhängst, wem du lieber aus dem Weg gehst und wem du auf gar keinen Fall in die Augen gucken darfst.

Ich entdecke Gary an der Wand von einem Pavillon. Sein Bauch steht weit vor, so als ob er auf die Art unseren persönlichen Treffpunkt vor Eindringlingen schützen will. Ich gehe zu ihm, und weil ich nicht weiß, wie ich in einem normalen Pausenhofgespräch so ganz nebenbei auf magische Wesen zu sprechen kommen soll, springe ich ohne Vorrede ins kalte Wasser.

»Hast du schon mal von den Flüsterern gehört?«

Er reißt den Blick von Rebecca Johnson los, die mit ein paar Freundinnen auf der andern Seite vom Schulhof steht, und legt den Kopf schief. »Von was?«

»Den Flüsterern«, antworte ich. »Kennst du die Geschichte?«

Gary schüttelt den Kopf. »Sorry, Alter, ich hab null Ahnung, was du da redest. Und was haben die Flüsterdinger mit dem Campen am Wochenende zu tun? Ich kann Hotdogs und Brötchen mitbringen. Du kaufst Knabberzeug und Getränke. Ich versuch, Carl loszuwerden, aber du kennst ja meine Mutter.«

Gary wird mich für verrückt halten. Das tun sowieso schon alle. Und wer weiß, vielleicht haben sie recht.

»Da gibt's so eine Geschichte. Meine Mama hat sie mir immer erzählt«, sage ich.

Als ich Mama erwähne, lässt Gary den Kopf sinken. Das tun hier in der Schule fast alle, wenn die Rede auf sie kommt oder wenn ich von den Ermittlungen erzähle. Angefangen hat das ziemlich bald nach der Entführung mit einer Präsentation in Sozialkunde bei Miss Diaz. Da habe ich über Mamas Fall gesprochen, über die Fortschritte bei der Suche nach ihr, oder besser gesagt darüber, dass es keine Fortschritte gibt. Die ganze Klasse hat mich staunend angesehen. Die haben mir aus der Hand gefressen – man hätte hören können, wie eine Stecknadel fällt. Miss Diaz war so beeindruckt, dass sie extra Papa angerufen und es ihm erzählt hat. Der fand das allerdings überhaupt nicht toll. Frank auch nicht.

Wahrscheinlich habe ich irgendeine Polizeiregel gebrochen, dass man nicht öffentlich über einen Fall sprechen darf oder so. Frank hat jedenfalls später gesagt, ich soll meine Theorien über das, was mit Mama passiert ist, besser nur mit ihm und meiner Familie besprechen. Er meinte, alles andere könnte *den Fortschritt gefährden*. Das wirkte sehr förmlich und behördenmäßig. Als würde sich Frank wirklich reinhängen, um Mama zu finden, und als hätte ich beinahe alles verpfuscht. Aber ein echtes polizeiliches Redeverbot war es wohl nicht. Ich bezweifle, dass Frank überhaupt so viel zu bestimmen hat. Außerdem bin ich der wichtigste Zeuge, also kann ich sagen, was ich will, auch wenn Frank das nicht passt. Wahrscheinlich hält das die Polizei sogar auf Trab.

Ich erzähle Gary die Flüsterer-Geschichte in komprimierter Form.

Komprimiert bedeutet, dass du bei einer Geschichte Sachen weglässt, weil sich dein bester Freund nicht so gut konzentrieren kann und Geschichten von normaler Länge deshalb schwierig für ihn sind.

Als das Wort in meinem Kalender aufgetaucht ist, das muss im März gewesen sein, und Mama wollte, dass ich es in einem Satz verwende, habe ich gesagt: »Omas Lieblingsspruch ist *Komm bring mir meine Pillen.*« Und zwar so schnell und nuschelig, dass es klang wie Komprimier-meine-Pillen. Ich fand den Witz ziemlich gut und Mama hat laut losgelacht.

So wie Gary das Gesicht verzieht, kann ich erkennen, dass er mir nicht richtig zuhört. Kein Wunder, ich kann längst nicht so gut erzählen wie Mama.

»Warte mal, dann sind die also wie magische Vögel oder fliegende Feen oder so was in der Art?«, fragt er, als ich fertig bin.

»Ich weiß nicht genau, was sie sind«, gebe ich zu. »Aber ich glaube, sie können mir helfen, meine Mama zu finden.«

Gary guckt mich schräg an und senkt wieder den Kopf. »Wie lang ist das jetzt her? Vier Monate? Und du denkst immer noch, sie kommt zurück, Alter?«

Bevor ich antworten kann, erscheint das abscheulichste menschliche Wesen in der Geschichte abscheulicher menschlicher Wesen, einfach so aus dem Nichts wie durch Zauberei. Anders kann man das nicht beschreiben, wenn plötzlich der Voldemort dieser Schule vor einem auftaucht. Anscheinend haben sich Gene Grimes und seine mutierten Kraftprotz-Freunde – die andern zwei heißen Chad Wells und Jack Toomey – hinter dem Pavillon rumgetrieben. Damit sie rauchen können, nehme ich an. Und uns belauschen.

»Was redest du da für Zeug? Deine Mami finden, was für ein Mist.« Gene klingt höhnisch, wie die meisten Siebtklässler, wenn sie mit uns Sechstklässlern reden. »Und was war das mit den Vögeln oder Feen?«

Gene, Chad und Jack kichern wie gestört und boxen sich zum Spaß gegenseitig auf die Arme. Schwachköpfe! Danny würde gut zu denen passen. Gary verdreht die Augen, sagt aber nichts. Gene ist fast einen halben Meter größer als wir beide und macht Kraftsport, das wissen hier in der Schule alle. Seine Arme haben einen richtigen Bizeps, und den führt er andauernd vor. Sogar an gar nicht besonders heißen Tagen wie heute rollt er die Ärmel von seinem Polohemd bis zu den Schultern hoch. Bei Chad und Jack sieht man auch den Bizeps oder jedenfalls etwas, was in die Richtung geht. Angeblich trinken die drei jeden Tag nach der Schule Bier und rauchen Zigaretten, also landen sie sowieso mal in der Hölle, da können sie dann bis in alle Ewigkeit trainieren. Zumindest behauptet das der Prediger in der North Creek Church of God – dass alle in die Hölle kommen, die trinken und Unzucht treiben. Wenn sie nicht reumütig sind, ist die Hölle ihr sicheres Schicksal.

Reumütig sein bedeutet, dass du dich superschlecht fühlst wegen etwas, das du getan hast, und Jesus hoch und heilig versprichst, so was nie mehr wieder zu machen, obwohl du weißt, dass du es wahrscheinlich doch wieder tun wirst.

So wie in *Reumütig sein passt nicht zu Gene Grimes, also gleich ab in die Hölle mit ihm.*

»Deine Mami ist weg, du Stinkzwerg«, sagt Gene und rotzt vor mir auf den Boden. »Und mit Feen treiben's nur schwule Vögel.«

Er pikt mir mit dem Zeigefinger in die Brust, damit ich es auch ja kapiere. Natürlich weiß ich, was er meint, und werde sofort rot. Es geht wieder um *mein anderes Problem*, heute schon zum zweiten Mal. Vielleicht hat mir ja heute Morgen beim Aussteigen aus dem Bus einer ein Schild an den Rücken gepinnt.

»Die Polizei sucht sie immer noch«, erkläre ich leise.

Gene flucht und kommt so nah an mein Gesicht, dass mir sein ekliger Atem in die Nase steigt. Ja, er hat eindeutig geraucht. »Warum erzählst du der Kripo dann nicht einfach, wo sie ist, du kleiner Spinner?«

Ich kriege kaum noch Luft und presse die Zähne so fest zusammen, dass sie fast abbrechen. Ich weiß nicht, ob vor Wut oder weil ich so geschockt bin, wahrscheinlich beides. Schon klar, Frank verdächtigt mich irgendwie, das merkt man gleich. Und Papa wohl auch. Aber die Leute in der Schule – glauben die etwa auch, dass ich was mit Mamas Verschwinden zu tun habe?

Gene labert weiter, sagt lauter wilde und abgedrehte Sachen, was mit Mama sein könnte und warum ich schuld bin. Er benimmt sich wie Kommissar Chase Cooper persönlich, aber ich höre ihm nicht zu. Stattdessen aktiviere ich meinen Charlie-Brown-Übersetzer.

… *wah waah wah wah, waah wah waah* …

Gene hört nicht auf zu schwafeln. Mir fallen nur zwei Sachen ein, mit denen ich ihn stoppen könnte: wenn ich ihm eine reinhaue oder auf ihn draufkotze. Ich habe mich noch nie im Leben geprügelt, also braucht sich Gene in der Hinsicht keine Sorgen zu machen. Aber gekotzt habe ich schon oft, da bin ich sozusagen Profi. Ich schaue Gary an, ob der nicht was tun kann, aber er steht bloß rum, mal wieder mit gesenktem Kopf. Anscheinend hofft er, dass nur ich Genes Irrsinn abkriege. *Vielen Dank auch, Kumpel.*

»Lass ihn in Ruhe.« Auf einmal ist da eine Stimme hinter Gene – laut, klar und tief. Sie klingt kein bisschen wie der Lehrer bei Charlie Brown, eher wie Jesus oder Superman.

Ich spähe über Genes Schulter und bin auf einen

Schlag voll Hoffnung und wahnsinnig erleichtert. Dazu flattert es auch noch in meinem Bauch – aber nicht wie kurz vorm Kotzen. Gene macht einen Schritt zurück, dreht sich um und erblickt Dylan Mathews. Die beiden sind ungefähr gleich groß, aber anders als Gene hat sich Dylan seine Muskeln ehrlich verdient – er schuftet auf der Farm seiner Familie und kümmert sich um das Maisfeld hinter unserm Haus. Er trägt eine rote Peterbilt-Kappe, ausgeblichene Jeans mit zerschlissenen Knien und ein blaues T-Shirt mit dem Captain-America-Schild. Nicht unbedingt Superman, aber kernig und robust – mein ganz persönlicher Superheld. Ich werde knallrot, weil sich *mein anderes Problem* immer gleich meldet, wenn Dylan in der Nähe ist.

Gene feuert einen bösen Blick auf Dylan ab, aber das ist auch schon alles. Dylan ist in der Achten. In der Nahrungskette an unserer Schule steht er ganz oben. Gene kennt seinen Platz. Und mit Dylan Mathews legt sich keiner an. Zu geheimnisvoll und unberechenbar. Er wurde mal ein Schuljahr zurückgestuft, also ist er älter als alle anderen. Anscheinend hat er nicht mal Freunde, jedenfalls ist er immer allein.

Gene sieht mich an, sammelt Schleim im Mund und spuckt mir vor die Füße. »Du bist echt krank im Kopf, Kleiner.«

Gene und seine Kraftprotz-Mutanten machen sich davon und lassen mich und meinen feigen Freund mit Superheld Dylan Mathews stehen.

»Danke«, stottere ich. Meine Stimme klingt viel höher als sonst, ein bisschen wie die von Lois Lane oder so.

Ich räuspere mich. Dylan sagt nichts. Er steht bloß da und sieht mich an, mit einem Gesichtsausdruck, den ich nicht verstehe. Ob er das Zeug glaubt, das Gene über mich verbreitet? Vielleicht erzählt der ja allen irgendwelchen Mist, seit ich in der Grundschule hinter der Garderobe versucht habe, ihn zu küssen – da war ich in der ersten Klasse und er in der zweiten. Ich habe gehofft, Gene hätte das vergessen, aber anscheinend erinnert er sich doch.

»Um was ging's denn da?«, fragt Dylan irgendwann leise. Er steckt die Hände in die Hosentaschen und schiebt seine abgewetzten Jeans runter Richtung Hüften. Seine langen Arme sind sonnengebräunt und haben lauter wohlgeformte Dellen und Hügel. Und ich weiß, dass bei ihm nicht nur das Gesicht, der Hals und die Arme braun sind wie bei anderen Landarbeitern, ich habe ihn nämlich schon ohne Hemd auf dem Maisfeld arbeiten sehen. Ich versuche, ihn nicht jedes Mal von meinem Zimmerfenster aus anzuglotzen, wenn er mit dem Traktor draußen rumfährt, aber ich kann es nicht lassen. Also bin ich reumütig. Sehr reumütig.

»Gene hat mitgekriegt, dass Riley seine Mama finden will«, springt Gary ein, als ich nichts sage.

Die beiden tauschen einen Blick, der mir gar nicht gefällt. Dylan findet es vielleicht schon komisch, dass ich immer noch hoffe, die Polizei könnte Mama finden, das kann sein. Außer mir glaubt keiner in der Stadt mehr daran. Nicht mal die Zeitungen bringen noch was über den Fall. Aber Gary ist mein bester Freund, also ist das Verrat.

»Hör nicht auf Gene«, sagt Dylan zu mir und wirft einen Blick über die Schulter zurück auf den Schulhof. Wahrscheinlich will er sichergehen, dass kein anderer Achtklässler mitkriegt, wie er mit uns Winzlingen aus der Sechsten redet. »Der ist bloß ein charakterloser Fiesling.«

»Hey, Dyl«, sagt Gary. Aus irgendeinem Grund macht ihn das Reden mit Dylan lange nicht so verlegen wie mich. Er traut sich sogar, seinen Namen abzukürzen. »Kennst du die Geschichte von den Flüsterern?«

Noch ein Verrat.

»Das ist bloß so eine Gute-Nacht-Geschichte, die mir meine Mutter früher erzählt hat«, werfe ich ein, um Garys großmäulige Erklärung runterzuspielen. Ich kann nicht fassen, dass er mich ausgerechnet vor Dylan derart blamiert. »Du weißt schon, bevor sie …«

Verschwunden ist mag ich eigentlich nicht sagen, schließlich hat sie sich nicht einfach in Luft aufgelöst. Sie ist verschleppt worden. Entführt. Gekidnappt. Das weiß ich sicher. Ich kann es nicht beweisen, aber mein Bauchgefühl ist eindeutig. Da war was mit diesem verdächtigen Wagen, der an dem Tag bei unserer Zufahrt stand, und mit den zwielichtigen Typen da drin, die die ganze Zeit das Haus beobachtet haben. Trotzdem stehen die von der Polizei mit leeren Händen da – keine Spuren, keine Verdächtigen, keine Lösegeldforderung, kein Anruf. Und ich weiß auch, was manche Leute denken: dass Mama von selbst gegangen ist, weil sie wegwollte. Die verstehen nicht, dass sie mir das *niemals* antun würde. Das ist ganz unmöglich. Nicht mal nachdem dieser Kerl aus Kentucky aufgetaucht ist und alles ruiniert hat.

»Ja, die kenn ich«, rettet mich Dylan. »Die Geschichte von den Flüsterern. Die hat mir meine Oma immer erzählt.«

Ich stehe da und starre ihn an. Jetzt weiß ich erst recht nicht, was ich sagen soll. Ich habe immer geglaubt, dass außer meiner Familie keiner die Geschichte kennt. Weil Mama sie von Oma hat und die sie wieder von ihrer Mutter gehört hat, dachte ich, das wäre nur so ein Familiending.

Wie Dylan mich anschaut, macht mich nervös. Als ob er durch meine Augen hindurch in mein Hirn gucken könnte, als ob er von allen Geheimnissen wüsste, die ich tief in mir drin verstecke.

Dass ich ins Bett mache.

Dass ich mich nicht die Bohne für Rebecca Johnsons wundersam anschwellenden Busen interessiere.

Dass ich Mamas Ring habe.

Dass ich ihn durch mein Zimmerfenster beobachte, wenn er ohne Hemd draußen auf dem Maisfeld arbeitet.

Auf einmal habe ich Angst, ich könnte ihm auf sein Captain-America-Shirt kotzen.

»Glaubst du, dass es sie wirklich gibt?«, quieke ich, zum Glück ohne Kotzen.

Aber bevor Dylan antworten kann, läutet die Pausenklingel.

8

Eine gigantische gelbe Todeskiste

Auch wenn ich ihm nicht verziehen habe, dass er mich vor Dylan lächerlich gemacht hat, sitze ich auch an diesem Tag auf dem Heimweg im Schulbus neben Gary. Sein kleiner Bruder Carl steigt an der Grundschul-Haltestelle ein und setzt sich in die Bank vor uns. Er hört genau zu, was wir sagen, und beobachtet uns. Carl kommt mehr nach seiner weißen Mutter und Gary mehr nach seinem schwarzen Vater, trotzdem sagt Gary immer, innendrin wäre Carl genauso schwarz wie er. Und wie kann ich ihm da widersprechen? Außerdem sagt Mama, Gott ist farbenblind, im Gegensatz zu den meisten Leuten, und wir sollten doch lieber versuchen, wie Gott zu sein statt wie die meisten Leute. Klingt einleuchtend, finde ich.

Carl redet nicht viel. Anscheinend ist es völlig okay

für ihn, Gary den großen Bruder spielen zu lassen, der alles im Griff hat, auch die Gespräche. Zum Glück fährt mein Bruder mit einem anderen Bus, seit er nach Upton muss. Dort ist nämlich die nächste Highschool. Wenn Schüler mit der Middle School fertig sind, wirft Buckingham das Handtuch. Wer danach noch weitermachen will, muss nach Upton.

Miss Betty steuert den Bus über die staubige Landstraße. Es ist ein elendes Gekurve, und sie gerät alle paar Minuten ins Schleudern. Dann scheppern die Fenster in den Rahmen wie ein Alarm oder die flehende Bitte, doch wenigstens ein bisschen langsamer zu machen. Miss Betty ist eine alte schwarze Lady, die immer einen Hausmantel in Pink und Blau über ihrem Kleid trägt und dazu Sandalen, in die ihre abgeschubberten Füße nicht richtig reinpassen. Bevor sie in Rente gegangen ist, war sie Krankenschwester. Sie ist viel zu alt, um vierzig Schulkinder in einer gigantischen gelben Todeskiste an einem tiefen Graben entlangzusteuern, der mindestens zwei Meter tief ist. Der Bus kommt dem Graben dauernd zu nah. Was vielleicht auch an ihren Brillengläsern liegt. Die Dinger sind dick wie Glasbausteine und beruhigen unsere Nerven kein bisschen.

Gary schwärmt andauernd von Rebecca Johnson, von ihrem Hintern und ihrem Busen und wer weiß was allem, das sich angeblich so großartig entwickelt. Ich werfe währenddessen einen unauffälligen Blick über die Schulter nach hinten. Auf seinem üblichen Platz in der letzten Reihe sitzt Dylan Mathews. Allein. Manchmal frage ich mich, ob es ihm etwas ausmacht, mit lauter Kindern zusammengepfercht zu sein, wo er doch eigentlich in den Uptoner Highschool-Bus gehört. Er sitzt zusammengesunken da, darum sehe ich nur seinen Kopf mit den strohblonden Haaren. Sie sind immer kurz rasiert, was ihn noch älter wirken lässt.

»Bin gleich wieder da«, schneide ich Gary das Wort ab. Ich muss das sofort machen, bevor ich am Ende doch kneife.

Ich stehe auf und schwanke den Gang entlang bis nach hinten, klammere mich an den Sitzen fest und kann nur hoffen, dass uns der Graben nicht ausgerechnet jetzt erwischt.

»Riley James«, blafft Miss Betty von vorne.

Ich werfe einen Blick über die Schulter. In dem riesigen Rückspiegel sehe ich, wie sie mich mit zusammengekniffenen Augen anstarrt.

»Auf den Sitz mit deinem dürren kleinen Hintern, Junge«, schreit sie.

»Ja, Ma'am«, rufe ich zurück und laufe schnell weiter nach hinten. Es ist eine Spezialität von Miss Betty, sich von einem Moment auf den anderen von der nettesten alten Dame, die man sich vorstellen kann – *hallo, Schätzchen, schönen Tag auch, süßer Liebling, beste Grüße von Miss Betty an deine schöne Mama* –, in einen furchterregenden Drachen zu verwandeln. Wenn Miss Betty in Fahrt ist, erklärt sie allen im Bus, wie dürr oder wie fett dein Hintern ist oder wie sie dich, wenn sie nicht fahren müsste, *mal ordentlich verdreschen* würde, wofür deine Eltern ja *keinen Arsch in der Hose* hätten. Das wirkt ziemlich unprofessionell, aber nie würde irgendwer von uns Miss Betty anschwärzen. Schließlich liegt unser Leben in ihren Händen, eine ganze Stunde am Tag und fünf Tage die Woche.

Erst als ich Dylan erreiche, fällt mir auf, dass seine Augen geschlossen sind. Sein Kopf schwankt ein bisschen im Rhythmus vom Schlingern des Busses. Ich will schon wieder verschwinden, da macht er die Augen doch auf.

»Sorry«, sage ich. »Ich hab nicht gemerkt, dass du schläfst.«

Er kratzt sich am Hinterkopf und streckt die Arme. Sein T-Shirt rutscht hoch, und an seinem Bauch zeigt sich ein schmaler Streifen weicher gebräunter Haut. Auf Anhieb laufe ich rot an. Ich schaue schnell weg, damit er nicht denkt, ich wäre ein Perverser oder so.

Als er sich aufrecht hinsetzt, zuckt er kurz zusammen und hält sich die Seite. »Schon okay«, sagt er und lächelt müde, wie um mich abzulenken. »Was gibt's?«

Ich sitze ihm gegenüber und gebe mir alle Mühe, meine Stimme fest wirken zu lassen. Auf keinen Fall will ich mich wieder so blamieren wie in der Pause.

»Ich wollte mich bloß bedanken für das, was du vorhin gemacht hast«, sage ich und bin mit dem Klang meiner Stimme ziemlich zufrieden. »Das mit Gene.«

Dylan zuckt mit den Achseln. »Sag Bescheid, wenn er dir noch mal blöd kommt.«

Mein Inneres wird ganz glibberig, aber ich nicke nur.

»Und vergiss einfach, was Gene über deine Mama gesagt hat.« Er lässt den Kopf auf die Rückenlehne sinken und schaut mir in die Augen. »Ich wette, du findest sie bald.«

Seine Freundlichkeit überrascht mich so sehr, dass das winzige bisschen Coolness, das ich zusammengekratzt habe, garantiert flötengeht, wenn ich nicht einfach ignoriere, was er da sagt. Ich könnte mir nie verzeihen, vor meinem Superhelden in Tränen auszubrechen. Also rede ich schnell weiter, bevor sich meine Zunge wieder verknotet.

»Hast du sie schon mal *gehört?*«, frage ich. »Die Flüsterer?«

Er schließt die Augen und verschränkt die Hände vor seinem Bauch. »Kann ich nicht sagen, nee.«

Ich betrachte sein Gesicht so genau, dass ich mir fast wie ein verdeckter Ermittler vorkomme. Seine Haut ist goldenbraun, und seine Wangen leuchten irgendwie rosig. Auf seiner Nase entdecke ich ein paar hingetupfte blasse Sommersprossen – *sieben* –, sonst ist seine Haut glatt und makellos. Wobei die sieben Sommersprossen auch kein Makel sind. Sein Kinn ist stark und fest, und seine Wangenknochen sind *zum Sterben schön,* wie Mama sagen würde.

Dylan merkt anscheinend, wie sehr mich seine Antwort enttäuscht, vielleicht spürt er auch, wie abartig ich ihn betrachte, jedenfalls macht er ein Auge wieder auf und grinst ein bisschen. »Heißt aber nicht, dass es die nicht gibt.« Er macht das Auge wieder zu. Zum ersten Mal fällt mir auf, wie lang seine Wimpern sind. Er leckt sich lässig über die Lippen, und *mein anderes Problem* wird noch viel schlimmer.

Der Bus holpert durch eine tiefe Furche, alle werden durchgeschüttelt. Dylan öffnet wieder die Augen und schaut aus dem Fenster. Wahrscheinlich will er wissen, wie nah der Straßengraben ist und ob wir bald sterben. Mir ist unwohl, weil ich ihn beim Schlafen gestört habe, und auch sonst benehme ich mich ja ein bisschen sonderbar. Bestimmt muss er gleich, wenn er nach Hause kommt, mit der Farmarbeit anfangen.

»Morgen nach der Schule gehen wir campen, Gary und ich«, erzähle ich, um so lange wie möglich mit ihm zu reden, ohne dass er das Gefühl kriegt, ich würde ihn stalken.

Stalken ist, wenn du so lange dauernd an jemanden denken musst, dass du am Ende bei der Person einbrichst und ihr beim Schlafen zusiehst oder dir dauernd irgendwas ausdenkst, um in ihrer Nähe zu sein, wenn sie wach ist. Stalken ist eine Art Verbrechen. Irgendwann gab es dazu sogar mal eine Serie, aber die ist bald wieder abgesetzt worden.

Der Satz dazu geht so: *Ich bin drauf und dran, das*

Gesetz gegen Stalken zu brechen, aber Dylan ist dermaßen nett, dass er mich hoffentlich nicht anzeigt.

»Also, falls du zum Jagen gehst, dann erschieß uns nicht, okay?« Ich stehe auf, um zu gehen, und bin ziemlich zufrieden, dass ich sogar noch ein kleines Witzchen hingekriegt habe. Aber Dylan lacht nicht. Sein Gesicht verdüstert sich ein bisschen.

»Ihr Jungs müsst gut auf euch aufpassen da draußen«, sagt er in ernstem Ton. »Bleibt immer nah beim Waldrand. In diesem Wald da treibt sich allerhand Verrücktes rum.«

Seine dunkelbraunen Augen saugen sich an mir fest, er scheint etwas zu wissen, das ich nicht weiß. Und ihm ist wichtig, dass ich seine Warnung ernst nehme, das merke ich. Normalerweise gehen wir sowieso nur tagsüber tiefer in den Wald, um die Gegend ein bisschen näher zu erkunden. Nachts zum Campen bleiben wir nah am Waldrand. Aber dieses Mal wird alles anders sein, und Dylan schaut mich an, als ob er das wüsste.

Ich nicke. »Okay.« Dann drehe ich mich um und tappe, als Miss Betty gerade nicht guckt, zurück an meinen Platz. Was Dylan gesagt hat, macht mich total unruhig.

»In diesem Wald da treibt sich allerhand Verrücktes rum.«

9

Die Wörter-Beerdigung

Später am Nachmittag warte ich ungeduldig auf den Sonnenuntergang. Ich versuche mich abzulenken, erledige erst meine Hausaufgaben und mache mich dann an das, was ich im Haushalt tun muss. Weil ich diese Woche mit dem Abfall dran bin, darf ich ohne Erlaubnis in Dannys Zimmer, auch wenn er noch nicht vom Footballtraining zurück ist. Danny hat nämlich immer jede Menge Abfall.

Ich drücke die Tür auf, als ob das mein Zimmer wäre. Bäh, was für ein Müllhaufen. Überall liegen Klamotten rum, die nach Achselschweiß müffeln. Der Abfalleimer ist voll mit zerknüllten Taschentüchern. Anscheinend hat Danny Schnupfen. Das Bett ist begraben unter Spielezeitschriften. Totales Chaos. Aber Papa findet das hier garantiert besser als mein aufgeräumtes Zimmer mit dem eingepinkelten Bettzeug.

Mein Blick wird magisch angezogen von einem Magazin auf dem Bett, also schnappe ich es mir. Vorne drauf ist ein Mann mit nacktem Oberkörper. Seine Haut ist braun, er trägt eine enge schwarze Hose, und seine Muskeln sprengen fast die Klamotten. Er hält eine gewaltige Science-Fiction-Knarre, und unter seinem Bild steht in Großbuchstaben: CORD STARGAZER IST ZURÜCK!

Auch wenn es nur ein Avatar ist und kein echter Mann, meldet sich mein *anderes Problem*. Schnell lege ich das Heft wieder dorthin, wo ich es gefunden habe, und schüttle den Gedanken ab. In dem Moment sehe ich, dass unter Dannys Bett etwas rausguckt, die Ecke von einer weißen Kladde. Auch wenn außer mir keiner zu Hause ist, schaue ich kurz über die Schulter, denn Rumschnüffeln ist nicht okay, das weiß ich selbst. Die Luft ist rein. Also gehe ich auf die Knie und ziehe das Ding vorsichtig heraus. Ich erkenne sofort, was es ist – eins von unseren Familienalben aus der Zeit, als sich die Leute bei Walmart noch extra ihre Bilder haben ausdrucken lassen, um sie dann in Alben einzukleben, solche Dinger mit Spiralbindung. Vier oder fünf von diesen Alben haben immer im Bücherregal im Wohnzimmer gestanden, prall gefüllt mit gemeinsamen Erinnerungen, aber seit Mama weg ist, habe ich sie nicht mehr gesehen. Ich dachte, Papa hätte sie in die Polizeistation gebracht, damit Frank und sein Team viele verschiedene Fotos von Mama für die Suche hätten. Jetzt begreife ich, dass Danny sich eins davon unter den Nagel gerissen hat.

Ich klappe das Album auf, und gleich auf der ersten Seite finde ich ein Bild von Mama und mir, wie wir auf der Verandaschaukel hinter dem Haus sitzen. An das Foto kann ich mich gut erinnern. Ich bin da noch ganz klein. Sie hält mich auf dem Schoß und kitzelt mich. Bestimmt habe ich sie vollgepinkelt. Und in dem Album gibt es noch viel mehr Bilder. Eins von Mama und Papa bei ihrer Hochzeit in der North Creek Church of God. Sie wirken nicht viel älter, als Danny jetzt ist. Und dann ist da noch eins von Mama und mir bei unserer letzten gemeinsamen Geburtstagsparty. Ihr Geburtstagskuchen war ein Erdbeerkuchen mit roter und weißer Zuckerglasur, meiner eine gelbe Sahnetorte mit Schokoladenguss. Es gibt auch ein Foto von Danny und mir, zusammen mit Oma und Opa. Es ist Ostern, und wir stehen vor Mamas Kletterrosen auf der vorderen Veranda, schick angezogen für die Kirche. Ein Foto zeigt Danny und mich, als wir noch klein waren, wir sitzen vor dem Weihnachtsbaum, beide im gleichen blauschwarzen Cowboy-Dress. Danny hockt im Schneidersitz da und hat einen Cowboyhut auf. Ich habe die Beine untergeschlagen und bin ohne Cowboyhut. Bestimmt hatte ich Angst, dass er mir die Haare verstrubbelt oder so.

Es gibt viele Bilder von Danny als Baby – viel mehr

als von mir. Wahrscheinlich liegt das daran, dass er zuerst da war und dass Mama und Papa seine Geburt viel aufregender fanden als meine. Außerdem sagen ja alle, Danny wäre als Baby so hübsch gewesen, dass manche Leute dachten, er wäre ein Mädchen. Bei mir dachte das keiner. Ich war als Baby glatzköpfig und dick und kein bisschen fotogen.

Fotogen bedeutet, dass manche Leute auf so ziemlich jedem Foto gut aussehen, egal was sie für ein Gesicht machen, was sie anhaben oder ob sie fiese Menschen sind.

Wie in *Mein Bruder ist äußerlich sehr fotogen, aber wenn jemand sein Herz fotografieren würde, wäre es eingeschrumpelt und tot.*

Beim Weiterblättern entdecke ich mein absolutes Lieblingsbild. Es stammt vom Weihnachtsumzug vor ein paar Jahren, Mama hatte kurz vorher den Mrs-Upton-Schönheitswettbewerb gewonnen. Auf dem Foto sitzt sie auf dem Rücksitz von einem silbernen Mustang-Cabrio, in einem schönen blauen Kleid mit einem kleinen weißen Hut und langen weißen Handschuhen, wie sie Cassandra Bailey in dieser Fernsehserie trägt. Seitlich auf dem Auto ist ein Schild, auf dem steht, wer ihr Sponsor ist – der *Unternehmer Daniel James*. Mama sieht aus wie eine Königin, die der jubelnden Menge zuwinkt. Aber als dieses Foto gemacht wurde, hat sie nicht einfach alle angeguckt. Nein, sie hat direkt in die Kamera geschaut und mir zugewinkt. Ich kann mich noch genau daran erinnern, als wäre es nicht schon ewig her. Ich habe zurückgewinkt, darum ist das Foto auch ein bisschen verwackelt. Vor lauter Stolz, dass meine Mama *Mrs Upton* geworden war, konnte ich kaum stillstehen. Und eigentlich war ich sowieso noch zu klein, um Fotos von einer Schönheitskönigin zu machen, also kann ich nichts dafür.

Im Hausflur knallt eine Tür. Schnell klappe ich das Fotoalbum zu und will es wieder unter Dannys Bett schieben, aber irgendwas ist im Weg. Ich sehe nach, was es ist, und finde noch vier Familienalben versteckt unter dem Bett. Danny hat sie alle gestohlen.

Tot wie ein Türnagel, dieses Herz.

Abends essen wir bei Oma. Die Fenster stehen weit offen, weil es heute, am letzten Tag im August, längst nicht mehr so heiß ist wie im Hochsommer. Es fühlt sich an, als ob uns der September einen kleinen Vorgeschmack auf das Wetter geben wollte, das kommt. Ein Lufthauch trägt den Geruch nach Geißblatt ins Zimmer, er fächelt über den Esstisch und erinnert mich daran, dass es bald Zeit ist.

Opa und Papa sitzen an den beiden Tischenden, Danny und ich einander gegenüber. Er will nicht neben mir sitzen, weil ich angeblich nach Pisse und Lysol rieche. Ich schwöre, dass das nicht stimmt. Was den Campingausflug angeht, macht mich das Thema trotzdem nervös. Aber vielleicht muss es das gar nicht. Gary und ich bleiben sowieso meistens die ganze Nacht wach, wir reden und lachen und stochern im Feuer. Solange ich nicht einschlafe, sollte alles okay sein.

Dabei habe ich noch gar nicht gefragt, ob ich überhaupt »bei Gary übernachten darf«. Vor einer Weile ist ein Junge aus unserer Gegend verschwunden – er heißt Peetie Munn –, und seitdem ist Papa dagegen, dass Gary und ich alleine im Wald campen. Aber Mama hat es immer okay gefunden, sie hat bloß gesagt, wir sollen dicht beim Waldrand bleiben. Also habe ich früher immer sie gefragt statt ihn. Mordecai Mathews ist von der Polizei wegen der Sache mit Peetie Munn verhaftet worden, aber sie konnten ihm nichts beweisen. Da haben sie ihn wieder freigelassen, und seitdem hat niemand mehr was von Mordecai gehört. Angeblich ist er tot, also habe ich keine Angst. Außerdem kümmert es Papa im Augenblick sowieso nicht groß, was ich tue und wohin ich gehe.

Oma ist heute Abend ziemlich fit, sie denkt klarer als meistens in letzter Zeit. Sie sitzt zwischen Papa und mir, wahrscheinlich als Puffer, aber sie isst nicht mit. Sie isst überhaupt nie mit uns, sie kocht nur ewig lang vor sich hin, und dann sitzt sie da, sieht uns beim Essen zu und füllt immer wieder unsere Teller. Manchmal, wenn sie Migräne hat, verschwindet sie aufs Sofa im Wohnzimmer, schluckt ihre Pillen und liegt wie ohnmächtig da, während wir essen. Mama sagt, Oma könnte jedes Gericht unter der Sonne zubereiten, außer Salat. Heute Abend gibt es gebratene Schweinekoteletts, grüne Bohnen und geschmorte Kartoffeln – und eine Packung Käse-Makkaroni von *Kraft*. Die Käse-Makkaroni sind immer nur für mich. Danny mag die aus der Packung nicht, er isst nur hausgemachte. Selbst schuld.

Ich rede kaum was beim Essen, weil ich nicht will, dass es sich lange hinzieht und ich auf die Art den Sonnenuntergang verpasse. Mama sagt, um die Zeit kann man die Flüsterer am besten hören – wenn der Tag in die Nacht übergeht, wenn die Sinne ein bisschen unscharf werden und wenn die Himmelsfarben und die Sinfonie der Naturgeräusche miteinander verschmelzen. Mama nennt das *die magische Zeit*.

Oma will mir noch mehr von den grellgelben und unnatürlich leckeren Nudeln auflegen, aber ich halte die Hand über meinen Teller. »Nein, danke, ich bin satt.«

»Satt?«, fragt sie. »Du wächst noch, mein Junge. Du musst essen.«

»Nein, ehrlich, Oma«, sage ich. »Ich hab genug.«

Sie beäugt mich misstrauisch, stellt die Schüssel aber wieder auf den Tisch. Sie hat dauernd irgendwelche Extras für mich. Extra-Essen, Extra-Geld, Extra-Aufmerksamkeit. Sie weiß, wie schlimm es für mich ist, dass Mama weg ist. Was ist ein Mamakind ohne seine Mutter? Ein Omakind? Das ist nicht das Gleiche.

»Morgen wird's wohl wolkig«, sagt Opa quer über den Tisch zu Papa.

Papa nickt und sieht Opa kurz an. »Aber am Wochenende wieder klar.«

Das war's auch schon. Die beiden schauen wieder auf die Teller. So laufen ihre Gespräche in letzter Zeit meistens ab. Dieses hier war eher noch eins von den längeren.

»Frank hat heute angerufen«, brummelt Papa leise. »Er will morgen Nachmittag irgendwas mit dir besprechen.«

Exakt zwölf Wörter. Das ist das Erste und Einzige, was Papa zu mir gesagt hat, seit er von der Arbeit zurück ist. Obwohl er mich nicht ansieht, weiß jeder, dass der Satz an mich gerichtet ist. Alle sind auf einen Schlag still. So als ob er gesagt hätte, dass ich einen Termin mit dem Teufel höchstpersönlich habe. Frank ist nicht besonders schlau und als Kommissar eine Niete, aber er ist kein Teufel.

»Wieso soll ich denn schon wieder hin?« Ich merke selbst, wie weinerlich das klingt, aber ich kann nicht anders. Papa mag diesen Tonfall nicht. Er sagt, ich bin langsam zu alt *für so einen Schrott*. »Ich hab doch schon alles gesagt, was ich weiß, mindestens hundert Mal«, ergänze ich. »An mehr kann ich mich nicht erinnern, das weiß er genau. Er sollte lieber Mama finden, als dauernd mich zu schikanieren.«

Papa hebt den Kopf und sieht mich mit kaltem Blick an. Sein Gesichtsausdruck wird von einem Moment auf den anderen ganz düster.

»Wenn Frank sagt, er will dich sehen, dann gehst du gefälligst hin und redest mit ihm«, sagt er mit zusammengebissenen Zähnen. »Und du sagst ihm die Wahrheit, die Wahrheit und nichts als die Wahrheit.«

Er schlägt mit der Hand auf den Tisch. So fest, dass ich zusammenzucke. Alle erstarren und hören auf zu kauen. Danny und Opa sehen von den Tellern hoch und glotzen abwechselnd mich und Papa an. Neben mir rutscht Oma auf ihrem Stuhl herum und räuspert sich. Und von Tucker, der unter dem Tisch sitzt, kommt ein kehliges Grollen. Ein Warnsignal, mit dem mein Hund mich beschützen will. Papa lässt sich von so was nicht beeindrucken, aber jeder andere wäre eingeschüchtert.

»Ich sage ihm immer die Wahrheit.« Sofort wünsche ich mir, ich hätte den Mund gehalten. Papa presst die Lippen zusammen und schnauft laut durch die Nase. Er fährt sich mit den Händen übers Gesicht und bewegt die Finger, als ob er verhindern müsste, dass sie sich zu Fäusten ballen.

Ich sitze wie festgefroren auf meinem Platz und wage nicht, mich zu bewegen, nicht das kleinste bisschen. Seit Mama entführt worden ist, war Papa zwar meistens ziemlich abwesend, aber gemein war er noch nie. Jetzt ist gar nicht mal das so schlimm, *was* er gesagt hat, sondern der Ton, in dem er es gesagt hat. Was er gemeint hat, war klar: Er glaubt, ich wüsste mehr über das, was Mama passiert ist, als ich zugebe. Aber das stimmt nicht. Absolut nicht.

Papa lässt den Kopf hängen und versteckt das Gesicht

hinter seinen Händen. »Ich … ich schaffe das einfach nicht. Ich kann nicht mehr.«

Er sagt das zu niemand Bestimmtem, aber ich weiß, er meint mich. Wahrscheinlich will er damit sagen, dass er mich nicht mehr lieb haben kann.

Papa redet weiter – über Mama, über Frank –, aber ich höre ihn nicht. Alle seine Sätze landen bei meinem Charlie-Brown-Übersetzer.

… wah waah wah wah, waah wah waah …

Außerdem muss ich dauernd daran denken, wie er sich ausgedrückt hat. Dass er etwas gesagt hat, was bei uns in der Familie absolut verboten ist. Es gibt zwei Ausdrücke, die wir nicht benutzen dürfen. *Ich kann nicht* und *Wenn doch nur*.

Vor ein paar Jahren haben Mama und Papa beschlossen, dass sie es leid sind, dauernd Ausreden von Danny und mir zu hören. Einmal zum Beispiel, als Papa versucht hat, mir beizubringen, wie man einen Football fängt, habe ich, wenn mir das verdammte Ding gegen die Brust geknallt ist, jedes Mal gesagt: *Ich kann das einfach nicht*. Und wenn es um Dannys Noten ging, meinte er immer, er könnte ja viel besser in der Schule sein, *wenn seine Lehrer doch nur nicht so unfair wären*. Mama hat immer gesagt: »Es gibt kein Können und Nicht-Können, nur Wollen und Nicht-Wollen!« Für Ausreden mit *Wenn doch nur* hatte sie auch einen Spruch, den sie genauso oft wiederholt hat. Das ist schnell sehr nervig geworden.

Eines Tages hat uns Mama zwei Waschmittelkartons

ausleeren lassen, die wir so anmalen und bekleben sollten, dass sie wie zwei kleine Leute aussehen. Sie hat uns Wolle für die Haare gegeben, die wir obendrauf geklebt haben. Mama ist wirklich geschickt. Ich habe meiner Figur sogar einen Woll-Schnurrbart angeklebt. Wir haben Münder gemalt, Knöpfe als Nasen genommen und den Karton-Männchen sogar Kleider aus alten Spüllappen gemacht. Wir hatten viel Spaß beim gemeinsamen Basteln, und am Ende haben die zwei wirklich gut ausgesehen.

Dann hat Mama mit einem dicken schwarzen Filzstift auf das eine Männchen *Kann-nicht* geschrieben und auf das andere *wenn-doch-nur*. Und Papa hatte hinten im Garten bei der alten Eiche schon zwei rechteckige kleine Gruben ausgehoben und sogar zwei Kreuze aus Stöcken gebastelt, die er am Ende von den Mini-Gräbern aufgestellt hat. Darauf stand *Ruhe in Frieden*. So haben wir an dem Tag eine richtige Wörter-Beerdigung gefeiert – ich, Danny, Papa, Mama und Tucker. Und nachdem *Kann-nicht* und *Wenn-doch-nur* beerdigt waren, hat uns Mama nie mehr erlaubt, sie zu benutzen. Sie war total streng, auch nachdem Tucker die beiden Männchen eine Woche später wieder ausgebuddelt und zerkaut hat. Trotzdem hat Papa eben gesagt: *Ich kann nicht mehr*. Anscheinend hat er aufgegeben – nicht mal an Mamas Regeln hält er sich noch.

»Wer will Nachtisch?«, fragt Oma als Ablenkungsmanöver.

Ein *Ablenkungsmanöver* ist, wenn irgendwas Schlimmes passiert und jemand mit den Händen wedelt und ruft: »He, guckt doch nicht immer das Schlimme an, schaut lieber hierher!«

Wie in *Am besten würde Tucker als Ablenkungsmanöver jetzt wieder einen fahren lassen, damit ich noch vor Sonnenuntergang nach draußen abhauen kann.*

Oma berührt Papa sanft am Arm. »Daniel? Nimmst du ein bisschen Obstsalat?«

Sie weiß genau, dass er ihrem Obstsalat nicht widerstehen kann. Keiner kann das.

Papa holt tief Luft und atmet langsam wieder aus. Sein Gesicht entspannt sich ein bisschen, und er nickt ihr kurz zu. »Gerne.«

Omas Obstsalat hat wieder mal den Tag gerettet.

Trotzdem, Papa sieht mich nicht an, und ich sage sicherheitshalber nichts mehr. Früher hat er mich gerngehabt. Sehr gern sogar. Er hat mir jeden Tag einen Kuss gegeben, bevor er zur Arbeit gegangen ist, und jeden Abend vorm Schlafengehen hat er mich in den Arm genommen. Klar, bei uns in der Familie ist Danny das Papakind, aber das hat mir nie was ausgemacht, ich hatte ja Mama. Jetzt, wo sie nicht mehr da ist, weiß ich nicht, wo ich reinpasse. Ich fühle mich wie eine streunende Katze, die man nicht mehr loswird, weil irgendwer sie immer weiterfüttert. Was ist ein Mamakind ohne seine Mutter? Nichts.

Genau darum muss ich die Flüsterer finden. Sie wissen, wo Mama ist. Ich muss die Suche selbst in die Hand nehmen und den Fall lösen, bevor ihr etwas Schreckliches zustößt.

Und bevor die Polizei rauskriegt, was ich getan habe, und mich verhaftet.

10

Die magische Zeit

Papa sagt, ich darf nach dem Essen noch ein bisschen Rad fahren. Ich glaube, er fühlt sich schlecht, weil er mich angeschrien hat und weil er gesagt hat, dass er nicht mehr kann. Ich nutze sein schlechtes Gewissen aus und erschleiche mir seine Erlaubnis, am Wochenende bei Gary zu übernachten.

Erschleichen ist, wenn du es hinkriegst, dass einer was für dich tut, ohne dass er es richtig merkt oder obwohl er es gar nicht wirklich will.

Wie in *Gary würde sich ja gern ein Date mit Rebecca Johnson erschleichen, am besten für den Schulball, aber das wird nicht klappen. Rebecca Johnson weiß ja nicht mal, dass Gary überhaupt existiert.*

Ich stehe mit meinem Fahrrad hinterm Haus und

schaue am Maisfeld vorbei zum Waldrand. Tucker hat sich neben mich gesetzt, die Ohren hoch aufgerichtet und die Augen hellwach. Anscheinend lauscht er mit mir. Wir warten beide geduldig, während der Wind nach und nach stärker wird und die rotgoldene Sonnenscheibe langsam zum Horizont sinkt. Das Abendkonzert hat schon begonnen. *Sinfonie der Natur,* so nennt Mama den Gesang von Grillen, Fröschen, Zikaden und Vögeln, der um die Zeit immer lauter wird. Ich höre genau hin und wünsche mir von ganzem Herzen, dass die Flüsterer endlich mit mir sprechen. Die Zeit wird knapp, das weiß ich. Die Zeit für Mama. Und eine Welt ohne Mama kann ich mir nicht vorstellen.

»Bitte.« Jetzt flüstere ich selbst. »Bitte helft mir, meine Mama zu finden.«

Tucker legt seinen riesigen Rottweiler-Schädel schief und guckt mich an, als wollte er sagen: *Redest du wieder mal mit dir selbst, Kumpel?*

Da fällt mir etwas aus der Geschichte ein, und ich drehe mein Gesicht in den Wind.

»Ich habe Geschenke für euch«, sage ich in der Hoffnung, dass der Wind meine Nachricht zu den Flüsterern trägt. »Opfergaben«, stelle ich klar, denn das ist das richtige Wort, das Wort aus der Geschichte. »Richtig gute Opfergaben.«

Ich lausche. Tucker lauscht auch. Ich warte. Er wartet auch. Doch in meinen Ohren ist nichts als die Sinfonie der Natur und der Wind, der wie Meeresrauschen klingt.

Nach ein paar ereignislosen Minuten seufze ich und sehe Tucker an.

»Was meinst du, Tuck? Findest du mich verrückt?«

Aus seiner Kehle kommt ein sanftes Winseln. Das bedeutet: *Tut mir leid, Kumpel, aber ja, irgendwie schon.* Da bin ich ganz sicher.

Ich schaue wieder zum Waldrand. »Ich glaube nicht, dass ich verrückt bin. Euch gibt es wirklich. Und ich brauche euch, um sie zu finden.«

Nichts. Ich starre noch einen Augenblick länger in den dämmrigen Wald und beobachte, wie der Wind in den Baumwipfeln eine große Welle entstehen lässt, so ähnlich wie die La-Ola-Wellen, die Menschen manchmal in Fußballstadien machen. Ich schließe die Augen. Während ein Stück weiter weg ein Windspiel klingt, streicht mir warme Luft ums Gesicht, deren Richtung dauernd wechselt. Und die ganze Zeit über kitzelt mich der beruhigende Geruch von Geißblatt in der Nase.

Ich versuche mir vorzustellen, wie sich ihre Stimmen wohl anhören würden, wenn sie meinen Namen riefen. Würden sie überhaupt wie richtige Stimmen klingen? So wie die von Menschen? Oder wären sie eher so ähnlich wie Tierstimmen? Ich will mich unbedingt dazu bringen, sie zu hören, aber da ist immer noch nichts. Enttäuscht seufze ich auf, dann öffne ich die Augen, greife nach dem Lenker von meinem Rad und drehe ihn um.

»Komm, Tucker.«

Als ich mich in Bewegung setze, surrt etwas an meinem rechten Ohr – deutlich größer als eine Fliege. Eine Wespe? Oder eine Bremse? Ich ducke mich weg und schlage danach. Ein blassblaues Licht leuchtet vor meinem Gesicht auf und verschwindet gleich wieder – genau wie gestern Abend an meinem Fenster. Ich schnappe nach Luft, und genau in dem Moment höre ich ihn. Ich schwöre bei Jesus und allen Aposteln, Judas mit eingeschlossen, dass ich ihn höre. Meinen Namen – eingehüllt in das sanfte Wehen von Geißblattduft.

Riley.

Ich erstarre. Jeder Muskel in meinem Körper verkrampft sich. Ich weiß, was ich gehört habe. Mein Herz klopft derart laut in meiner Brust, dass ich Angst habe, die Wesen damit zu vertreiben. Tucker erhebt sich vom Boden und beginnt leise zu knurren. Er hat es also auch gehört. Entweder bin ich doch nicht verrückt oder wir sind es beide.

»Leise, Junge«, sage ich. Hoffentlich erschreckt er sie nicht.

Ich spähe in die Dämmerung und schiebe mein Rad zentimeterweise bis ans Ende von unserem Hof. Das blaue Licht ist vom Waldrand hinter dem Maisfeld gekommen, da bin ich mir sicher. Dabei scheint mich die Stimme – oder die Stimmen – direkt am Ohr gekitzelt zu haben. Als ob sie gleichzeitig dahinten und hier bei mir wären. So etwas habe ich noch nie gehört. Eine Einzelstimme, aber auch viele. Weit weg, aber auch ganz nah. Ein Windstoß versetzt den Maisfeld-Chor in wirbelnde Begeisterung, als ob der Heilige Geist selbst niedergefahren wäre. Die Baumkronen in der Ferne schwanken, sie scheinen mich heranzuwinken und zu bezeugen, dass die Flüsterer irgendwo da draußen sind und auf mich warten.

Riley.

Da ist es wieder – zart und kaum zu hören. Weit weg und doch dicht an meinem Ohr. Ich steige aufs Rad und trete in die Pedale. Tucker trabt vor mir her, führt mich den Feldweg am Mathews-Maisfeld entlang. Ich fahre nicht schnell, trete nicht besonders fest. Ich muss lauschen, von wo genau die Stimmen kommen. Es klingt, als wären sie überall, in allen schattigen Winkeln des Waldes. Trotzdem müssen sie doch einen festen Ort haben, eine Art Flüsterer-Zuhause oder so. Eine Lichtung mit einem verwitterten Baumstumpf, wie in der Geschichte.

Jetzt, wo die Sonne weg ist, wird es schnell dunkel, um mich herum wirkt alles düster und grau. Im Walddickicht scheint es Millionen von Augen zu geben, die mich beobachten – manche freundlich, andere vielleicht auch nicht.

Ich werfe einen Blick zurück, will sicher sein, dass die nicht-magische Welt noch da ist. Ja, da sind die Dächer, das von unserem Haus und gleich daneben das Hausdach von Oma und Opa. Auch wenn sie im Dämmerlicht klein wirken und sich hinter dem Maisfeld zu verstecken scheinen, kann ich sie noch sehen. Dann schaue ich wieder zum Wald und trete nicht weiter in die Pedale. Mit den Füßen am Boden halte ich das Rad an und lausche. Der Wald vor mir wirkt wie eine dunkle Festung. Da ist irgendwas im seltsamen Licht der magischen Zeit. Etwas schreit: GEH DA NICHT REIN. DA SIND ZU VIELE SCHATTEN. Einer davon ist groß und kommt auf mich zu, schon ist er direkt hinter den Festungsmauern. Dann bleibt er stehen, der trampelnde Schatten, aber richtig sehen kann ich ihn immer noch nicht, er ist hinter den Baumstämmen verborgen. Tucker hat ihn jetzt auch entdeckt und knurrt ihn an.

Riley.

Dieses Mal bin ich nicht so entgeistert, meinen Namen zu hören. Aber zu erleben, wie er durch den Wald hallt und gleichzeitig direkt in mein Ohr wispert, lässt mich fast durchdrehen vor Aufregung. Ob der riesige Schatten da vorne so was wie ein Schwarm Flüsterwesen ist? Vielleicht wollen sie mich begrüßen und dann gleich zu Mama führen? Doch das Schattenmonster ist auf einmal spurlos verschwunden, und die Stimmen höre ich trotzdem. Also gehörte der Schatten wohl doch nicht zu den Flüsterern, sondern vielleicht nur zu einem besonders großen Hirsch. Oder es war der Geist von Mordecai Mathews.

Die gehauchten Stimmen kommen wohl von einer Stelle irgendwo rechts von dort, wo die Sonne untergegangen ist. Also aus Norden. Welche Himmelsrichtung wo ist, das haben Gary und ich beim Herumstreifen im Wald gelernt – bei Tag, zur nicht-magischen Zeit. Ich schiebe mein Rad Richtung Norden am Waldrand entlang. Tucker bleibt dicht bei mir, sein Fell sträubt sich, und sein Knurren wird lauter. Ich bin froh, dass er da ist, denn keine Sekunde lang habe ich die Gefahren vergessen, die bei Nacht im Wald lauern, und damit meine ich weder Luchse noch Kojoten.

Hobgoblins.

Ich lege das Fahrrad hin und schleiche näher zum Waldrand. Wieder höre ich die Stimmen, nicht so deutlich diesmal, aber sie kommen auf jeden Fall von Norden.

Da surrt es wie neulich dicht bei meinem Kopf, und ein blassblauer Schein schwirrt vor mir her, als wollte er mir den Weg in den Wald zeigen. Aber immer wenn ich versuche, ihn genauer zu betrachten, erlischt er.

Tucker winselt angespannt und schaut zu mir hoch. In seinen großen braunen Augen liegt eine Bitte. Ich weiß genau, was er will: durch den Wald preschen und die Wesen jagen. Das würde ich auch gerne. Aber der Satz von Dylan geht mir nicht aus dem Sinn.

In dem Wald da treibt sich allerhand Verrücktes rum.

Trotzdem mache ich jetzt noch einen Schritt und trete über die Schattengrenze.

»Riley? Riley!« Papas Stimme hallt von fern her über das Maisfeld, er klingt ziemlich sauer. Hier auf dem Land trägt der knurrige Tonfall von Vätern kilometerweit und fährt einem tief in die Knochen.

Morgen ist Freitag. Einen Tag kann ich noch warten. Dann bin ich besser vorbereitet und habe Gary als Verstärkung dabei. Ich ziehe Tucker an seinem Halsband aus dem Wald zurück. Er ist ein bisschen störrisch, tut aber, was er soll. Ich nehme mein Rad und spähe noch mal in das düstere Baumdickicht. Auch wenn ich nichts sehe, weiß ich doch, sie sind da. Sie halten Ausschau nach mir. Sie warten auf mich.

»Ich komm bald wieder«, flüstere ich.

Dann schwinge ich mich aufs Rad, Tucker dicht an meiner Seite. Noch im Wegfahren höre ich die Stimmen nach mir rufen. Sie köcheln im dämmrigen Zwielicht wie in einer Suppe und werden dann laut und brausend – die Suppe brodelt auf einmal stürmisch, als wären die Flüsterer unzufrieden, dass ich gehe. Aber ein Satz dringt doch durch das unverständliche Stimmengeblubber. Er lässt sich von der Brandung der anschwellenden Natursinfonie zu mir tragen, kitzelt meine Ohrmuschel und wärmt mich durch und durch.

Sie ist hier.

11

Ein Klatschmaul

Am nächsten Morgen bin ich so aufgeregt, dass alles verschwimmt. Ich spule nur gedankenlos runter, was ich jeden Tag tue.

Nasses Bettzeug in die Waschmaschine.

Essigreiniger.

Lysol.

Bett frisch beziehen.

Den Ring unter dem dicken Winterpullover in der untersten Schublade verstecken.

Das Wort unqualifiziert *an die Wand kleben. (Muss auf den Schreibtisch klettern, um einen leeren Fleck Wand zu finden.)*

Das Wort von heute ansehen: voluminös.

Papa aus dem Weg gehen.

Auch der kurze Schultag verschwimmt.

Englisch.

Geschichte von South Carolina. (Da geht es um den Sumpf-Fuchs. Das ist kein Tier, sondern so ein General aus dem Unabhängigkeitskrieg, der diesen Spitznamen hat. Ich kannte den Ausdruck bis jetzt nur von der Swamp-Fox-Achterbahn in Myrtle Beach.)

Beim Klassenzimmerwechseln Gene Grimes begegnen, der mich Spinner und Prinzessin nennt. (Das zweite Wort ist neu.)

Mathe.

Frühes Unterrichtsende.

Nur zwei Sachen sind ungewöhnlich an diesem Tag: Miss Betty rammt mit dem Schulbus einen Briefkasten und lässt einen Schwall von Schimpfwörtern los, als sie merkt, dass das Ding total ruiniert ist – keins von den Wörtern ist jugendfrei –, und Dylan Mathews fehlt in der Schule. Vielleicht ist er mit seiner Familie übers lange Wochenende weggefahren oder so. Aber ich kann mich nicht groß mit der Überlegung aufhalten, warum Dylan nicht da ist, weil ich endlich eine heiße Fährte habe, wo ich Mama finden kann.

Eine *heiße Fährte* ist eine wichtige Information, die einen Kriminalfall aufklären kann.

Wie in *Frank würde eine heiße Spur nicht mal dann auffallen, wenn er aus Versehen darüber stolpert.*

Die Flüsterer haben gesagt, Mama wäre irgendwo im Wald. Also ist sie nicht von einem Hobgoblin gefressen worden, das ist schon mal klar. Bestimmt wissen die Flüsterer, wo der Hobgoblin sie gefangen hält. Vielleicht haben sie sie die ganze Zeit beschützt. Eins jedenfalls weiß ich genau: Wenn ich die Flüsterer finde, finde ich auch Mama. Und ich werde sie finden.

Bevor ich aus dem Bus steige, sage ich Gary, er soll um halb sechs bei der Stelle am Waldrand sein, wo wir uns immer treffen. Bis dahin bin ich bestimmt von meinem hoffentlich letzten Termin bei der Polizei zurück, und wir haben noch genug Zeit, um vor Sonnenuntergang einen guten Platz zu finden. Tucker kommt mir vom Haus her entgegen und leckt meine Hand, wie um zu sagen: *Willkommen zu Hause, Kumpel. Zum Glück hast du diesen Tag im Irrenhaus auch wieder mal überlebt.* Tucker versteht mich.

Opa läuft über den Hof zu Papas Werkzeugschuppen. Seit der Sache mit Kenny aus Kentucky bin ich da nicht mehr drin gewesen. Ich schiebe die Erinnerung weg, bevor sie sich festsetzen kann. Der Typ bringt nur Ärger. Meinen Rucksack lasse ich auf die Treppe vorm Haus fallen und gehe gleich rüber zu Oma. Sie sitzt am Küchentisch und kramt in ihrer Pillenschachtel herum. Ihre Lesebrille sitzt so weit vorne auf ihrer Nase, dass sie gleich abstürzt.

»Hallo, Liebes«, sagt sie abwesend. Dann kramt sie weiter und murmelt: »Migräne. Blutdruck. Herz. Arthritis …«

»Hey, Oma«, antworte ich und lege gleich meinen

Köder aus. Oder eher meine Lügengeschichte. »Ich schlafe heute bei Gary, also gehe ich nachher noch mal zu Mr Killen, Knabberzeug kaufen und so. Seine Mutter hat nie was Gutes da. Brauchst du irgendwas aus dem Laden?« Das ist nicht alles gelogen. Ein bisschen Wahrheit reinzumischen, das wirkt immer gut. Ich werde ja wirklich Knabberzeug besorgen, und Garys Mutter kauft für zwischendurch nur Obst und Gemüse, was überhaupt keinen Sinn macht.

Oma sieht mich an, ihre Augen sind ein bisschen glasig. Anscheinend hat sie das Xanax schon gefunden. Das sind Tabletten, die man nimmt, damit man sich irgendwie flauschiger fühlt. Oma sagt, dass ich dieses Zeug bestimmt nicht so bald brauchen werde.

»Bratfett«, sagt Oma. »Eine große Vorratspackung Crisco. Hol mal schnell meine Handtasche, die liegt auf dem Tisch bei der Couch.«

Volltreffer!

Ich bringe Oma die Tasche und sie sucht darin herum. Das Ding ist so groß, dass ihr Kopf fast darin verschwindet.

»Oma«, sage ich. »Diese Tasche ist doch viel zu voluminös. Ich weiß echt nicht, wie du da irgendwas finden willst.«

Das war der perfekte Satz für das Wort von heute, aber Oma ist so in ihre Suche versunken, dass sie das gar nicht merkt. Mama hätte gelacht, wenn sie hier wäre, und sich gefreut, dass ich das Wort des Tages so gut untergebracht habe. Am Ende zieht Oma zwei Geldscheine heraus – einen Zwanziger für das Bratfett und einen Zehner für mich.

»Aber sag's keinem«, flüstert sie, während sie die Zehn-Dollar-Note zusammenknüllt und mir in die Hand schiebt, als ob es um Drogen ginge oder so.

Ich sage Danke und umarme sie, dann gehe ich raus, um nach Tucker schauen. Opa und er machen hinter dem Haus Tauziehen mit einem Stock. Tucker gewinnt natürlich. Ich sage Opa das Gleiche wie Oma, und auch wenn er nichts hat, was ich ihm aus dem Laden mitbringen soll, steckt er mir einen Fünf-Dollar-Schein zu, genauso geheimnistuerisch wie Oma. Opa gibt mir immer ein bisschen weniger als Oma, aber ich kann mich auf beide verlassen. Für Kommissar Chase Cooper würde das hier vielleicht unter Schutzgelderpressung fallen.

Schutzgelderpressung ist, wenn man Leuten Geld abknöpft, indem man sie bedroht. Aber zu meiner Verteidigung kann ich sagen, dass Oma und Opa mir das Geld ja geben *wollen* und dass ich sie nie mit irgendwas bedrohe. Sie brauchen bloß einen Anlass, und den liefere ich ihnen.

Wenn ich meinen Großeltern Geld abluchse, indem ich ihnen einen Anlass gebe, mir was zu schenken, ist das eher eine Gefälligkeit als eine Schutzgelderpressung.

»Aber sei rechtzeitig zurück für dein … dein …«

Opa weiß nie, wie er meine Termine bei der Polizei nennen soll.

»Das heißt freiwillige Vernehmung«, erkläre ich laut und schiebe mein Fahrrad Richtung Straße. Tucker trabt langsam hinter mir her, sein Spiel mit Opa hat ihn total geschafft.

Tucker wartet vor der Eingangstür von Mr Killens Laden wie ein behaarter, massiger Wachmann. Er hat zwar abgenommen, weil er kaum noch was isst, seit Mama nicht mehr da ist, aber er wiegt immer noch gut fünfzig Kilo und wirkt auf die meisten Leute ziemlich furchteinflößend. Als er angefangen hat, dauernd sein Essen auszukotzen, sind wir mit ihm zum Tierarzt gegangen. Der Arzt hat gemeint, es könnte die Bauchspeicheldrüse sein, und uns ein Medikament mitgegeben. Das hat ein Weilchen geholfen. Ich glaube ja, Tucker ist einfach schwer ums Herz. Mir geht es genauso – nur ohne die Kotzerei. In letzter Zeit kommt es mir oft so vor, als ob mein Herz eine Tonne wiegt.

Mr Killen bedient gerade einen Kunden hinten im Laden, wo die Sportsachen sind. Er nennt das die Munitionstheke. Er winkt mir zu, während ich mir einen Einkaufskorb schnappe und nach und nach einsammle, was wir zum Campen brauchen.

Streichhölzer. *Check.*

Zwei Sechserpacks Mountain-Dew-Limonade. *Check.*

Eine Familienpackung Ruffles-Chips. *Check.*

Zwei Tüten von Mr Killens weltbester Erdnuss-Spezialität. *Check.*

Eine Tüte extrascharfe Knabberzwiebeln. *Check.* Aber dann fällt mir ein, dass Gary von diesen Dingern immer Furz-Explosionen kriegt, und das auch noch neben dem Feuer. Also lege ich die Packung zurück und nehme normale Knabberzwiebeln.

»Na, wenn das nicht Riley James ist!«

Ich schaue von den Knabbersachen auf und entdecke Schwester Grimes, die Mutter vom Voldemort der Buckingham Middle School, die mich von oben herab ansieht. Schwester Grimes ist keine Nonne und auch keine Krankenschwester. Sie gehört aber zur North Creek Church of God, und da reden sich die Erwachsenen alle mit *Bruder* und *Schwester* an, statt *Mr* und *Mrs* zu sagen. Ich finde das ziemlich seltsam, aber mich hat auch noch nie jemand mit *Bruder* angeredet. Wie kann ich das also beurteilen?

»Wir vermissen euch sehr in der Kirche, dich, deinen Vater und deinen Bruder«, sagt sie, guckt mich dabei aber so an, als ob ich Lepra hätte.

Lepra ist eine krasse Krankheit, die in biblischen Zeiten viele Leute hatten. Da bekommt man überall am Körper Geschwüre, und keiner will mehr was mit einem zu tun haben.

Wie in *Soweit ich weiß, kann nur Jesus Lepra heilen.*

Ich nicke bloß. Ich kann die Frau nicht ausstehen. Nicht nur, weil sie diese Teufelsgeburt namens Gene in die Welt gesetzt hat. Schwester Grimes ist ein Klatschmaul, sagt Mama. Ein *Klatschmaul.* Das klingt viel schlimmer als jemand, der ab und zu eben mal ein bisschen tratscht, so wie Oma.

Seit dem letzten Kirchenfest in der North Creek Church of God habe ich sie nicht mehr gesehen. An dem Tag habe ich sie zufällig etwas über Mama sagen hören. Ich habe es keinem erzählt, und im Moment kann ich mich ehrlich gesagt auch nicht mehr genau erinnern, was sie gesagt hat, aber ich weiß noch, wie furchtbar ich es gefunden habe. Ich habe Schwester Grimes bis heute nicht vergeben. Jesus sagt ja, wir sollen vergeben und verzeihen, aber ich bezweifle sehr, dass ich das jemals tun werde, darum kann ich nur hoffen, dass Jesus nicht irgendwo rumsitzt und dringend darauf wartet.

Ich stehe also mit dem Einkaufskorb vor dem Bauch da und starre sie an. Ich habe gehört, dass sich Erwachsene unbehaglich fühlen, wenn sie von Kindern statt einer Antwort bloß ein stilles, leeres Starren kriegen. Und dass es unhöflich ist, so was zu tun, und noch dazu gruselig. Das ist mir egal. Ich will, dass sich Schwester Grimes unbehaglich fühlt und vor mir gruselt. Ich will auch gern unhöflich zu ihr sein wegen dem, was sie über Mama gesagt hat. Wenn ich mich doch nur erinnern könnte, was es war.

Mein Plan funktioniert. Am Ende gibt sie auf und verdreht die Augen, statt weiter zu warten, dass ich was sage. Im Vorbeigehen meint sie nur: »Richte deinem Vater Grüße von mir aus.«

Klar. Als ob ich das tun würde.

Für den Fall, dass sie sich noch mal umdreht, starre ich ihr mit meinem Kindergruselblick hinterher, bis sie um die Ecke ist. Aber sie dreht sich nicht um. Ich kaufe weiter ein und gehe bis zum Ende vom Knabberregal, wo auch der Munitionstresen ist. Da stehe ich auf einmal meinem Superhelden gegenüber: Dylan Mathews. Ich bleibe stocksteif stehen und starre ihm ins Gesicht. Nicht nur, weil es das Gesicht von Dylan Mathews ist – für mich schon Grund genug, um zu starren –, sondern auch, weil seine Oberlippe aufgeplatzt ist. Sie ist geschwollen und es klebt angetrocknetes Blut daran. Wer in aller Welt wagt es, Dylan Mathews eine reinzuhauen?

»Dylan«, blubbere ich los. Als ob er seinen eigenen Namen vergessen haben könnte und eine Erinnerung bräuchte.

Er sieht mich mit großen Augen an, wie ertappt bei irgendwas Verbotenem. Trotzdem starre ich immer weiter auf seine dicke Lippe, ich kann gar nicht anders. Zumindest so lange, bis ich den lila-braunen Bluterguss an seiner rechten Kinnlade sehe. *Heilige Scheiße*, denke ich, traue mich aber nicht, es laut zu sagen.

Mr Killen streift Dylan mit einem kurzen Blick, dann sieht er mich ärgerlich an. »Findest du nicht, was du brauchst, Riley?«

Dylan senkt den Kopf, aus irgendeinem Grund kann er mir nicht in die Augen sehen. Ich würde ihn gern fragen, was mit seinem Gesicht passiert ist, aber Mr Killens hochgezogene Augenbraue hält mich davon ab, außerdem will ich kein neugieriges Klatschmaul sein.

»Crisco«, sage ich schließlich. »Oma braucht Crisco.« Mein Mund ist auf einmal wie ausgetrocknet, und meine Stimme klingt nach Schmirgelpapier.

»Die große Vorratspackung?«, fragt Mr Killen.

Ich nicke und starre weiter den Bluterguss in Dylans Gesicht an. Mr Killen kommt seufzend hinter dem Tresen vor, wohl um mir Omas Bratfett zu bringen, denn ich bin hier festgewachsen und kann es nicht selbst holen. Ich frage mich, ob Gene Grimes Dylan aufgelauert und sich mit seiner Truppe dafür gerächt hat, dass er mir zu Hilfe gekommen ist. Aber Dylan war ja heute nicht in der Schule, also weiß ich nicht, wann das passiert sein könnte. Er legt die Hände auf den Tresen. Sie zittern ein bisschen. Er hat mich immer noch nicht begrüßt, was seltsam ist. Dylan sagt immer Hallo oder winkt zumindest.

Vor ihm auf dem Tresen liegen zwei Schachteln Flintenmunition. Er sieht sie so eindringlich an, als ob er ihnen klarmachen wollte, was ihr Auftrag ist – so wie Kommissar Chase Cooper seinem Team Anweisungen geben würde, bevor er sie zum Versteck des Täters führt.

»Gehst du jagen?«, bringe ich schließlich heraus.

Er sieht mich kurz an. »So was in der Art.«

Ich möchte so dringend wissen, wie das mit seinem Gesicht passiert ist – wer das gemacht hat und warum er heute nicht in der Schule war. Aber die seltsame

Mischung aus Angst und Wut in seinen Augen hält mich ab.

»Wieso biste nicht in der Schule?«, fragt er mich.

»Die war heute früher aus«, sage ich.

Er nickt ein bisschen, als ob es ihm eben erst wieder eingefallen wäre. Seine Familie verreist anscheinend doch nicht übers Wochenende, sonst hätte er das nicht vergessen.

»Gary und ich, wir gehen campen«, sage ich, weil mir nichts Besseres einfällt.

Wieder nickt er und betrachtet dann die Schachteln mit der Munition. »Hast du im Bus schon gesagt.«

»Ach ja, stimmt.«

Mein Blick schweift durch den Laden, und ich entdecke Mr Killen, der eine Familienpackung Crisco in meine Richtung schwenkt. Schwester Grimes beobachtet uns vom Milchregal aus, typisch Klatschmaul.

»Wenn das alles ist, Riley, kann ich dich vorne abkassieren«, sagt Mr Killen. Seine Stimme ist viel lauter als nötig. »Bin gleich wieder bei dir, Dylan.«

Dylan nickt Mr Killen über die Schulter weg zu.

»Wir gehen hinter eurem Maisfeld am Waldrand lang nach Norden«, sage ich. »Schieß bloß nicht auf uns, wenn du da draußen bist.«

Der Witz kommt genauso lahm rüber wie beim ersten Mal im Bus. Dylan lacht nicht. Er lächelt nicht mal. Also winke ich bloß kurz und drehe mich weg.

»Pass auf dich auf, Riley.« Seine Stimme klingt jung

und wacklig, mehr nach einem kleinen Kind als nach einem Superhelden.

Ich schaue über die Schulter zurück, aber er steht jetzt mit dem Rücken zu mir da. Also war das wohl keine Einladung, doch noch länger mit ihm zu reden. Auch wenn er mich nicht sehen kann, nicke ich, dann lasse ich ihn alleine da stehen, mit seinen finsteren Gedanken, seinem kaputten Gesicht und seiner Flintenmunition.

12

Polizeiwort des Tages

Der dicke Kripo-Glatzkopf putzt sich schon wieder die Nase. Obwohl er sich anstrengt, leise zu sein, klingt das, als ob er sich sein Hirn rauspusten würde – und ganz ehrlich, noch weniger Hirn kann sich Frank echt nicht leisten. Ich schaue weg, als er sich umdreht und noch ein zweites Taschentuch schnappt. Mein Blick landet auf den gerahmten Abschlussurkunden an der Wand. Sie kommen mir doch ziemlich offiziell vor. Eine Urkunde ist bestimmt bloß sein Highschool-Abschluss. Die Highschool hat Frank sicher beendet, aber ich kann mir kaum vorstellen, dass er auf einem College war. Frank ist nicht schlau genug fürs College. Vielleicht ist das andere ja die Bescheinigung für den Online-Kurs zum Ermittler. Oder eine Belobigung.

Eine *Belobigung* ist so was wie ein Schulterklopfen, bloß auf Papier.

Wie in *Frank kann natürlich eine Belobigung dafür kriegen, dass er sich bemüht hat, aber als Kommissar ist er trotzdem eine einzige Enttäuschung.*

Wieder mal sitze ich auf der nach Erdnussflips riechenden Couch und zapple die ganze Zeit rum. Ich bin nervös, weil ich doch eben erst da gewesen bin. Wieso will Frank mich schon wieder sehen? Hat er was über den Ring rausgekriegt? Oder über Kenny aus Kentucky? Aber wie denn? Nein, das kann nicht sein. Vielleicht hat er irgendwie mitbekommen, dass ich in der Schule wieder über den Fall geredet habe. Oder er ahnt, dass ich eine heiße Fährte habe, die ich ihm verheimliche. Ist das schon Behinderung der Justiz? Wobei er mir sowieso nicht glauben würde.

Hey, Frank, da gibt's was, das Sie wissen sollten. Im Wald wohnen solche magischen Wesen, die mit mir reden, und stellen Sie sich vor, die wissen, wo meine Mama ist. Also danke für Ihre Unterstützung – hust, hust –, aber die ist jetzt nicht mehr nötig.

Nein, das würde bestimmt nicht gut kommen. Nach ein paar Minuten ist er endlich fertig damit, überall seine Bazillen zu verteilen. Er dreht seinen Schreibtischstuhl wieder in meine Richtung und sieht mich an. Dabei streift er sich die Hand lässig an seiner Hose ab, als ob er nur einen Fussel wegwischen wollte.

Wir wissen beide, dass das kein Fussel ist, Frank.

»Tut mir leid«, sagt Frank. »Allergie.«

Ich frage mich, gegen was Frank wohl allergisch ist. Wahrscheinlich gegen Diäthalten und das Lösen von Fällen.

»Danke, dass du gleich wieder hergekommen bist, Riley. Ich wollte nur noch mal an etwas aus unserem letzten Gespräch anknüpfen.«

Frank bildet sich ein, wenn er unsere Treffen *Gespräche* nennt statt *Vernehmungen*, was sie ja sind, werde ich locker und mache Fehler. Diesmal hat er ein kleines Notizheft und einen Stift im Schoß liegen – endlich. Ich müsste nicht andauernd herkommen und immer wieder das Gleiche sagen, wenn er sich von Anfang an Notizen gemacht hätte. Das hätte den Steuerzahlern einen Batzen Geld gespart. Ich sitze da und sage nichts, warte einfach nur, dass er weitermacht. Warum soll ich ihm bei seinem Job helfen? Er braucht so viel Übung wie möglich.

»Du hast mich beim letzten Mal gefragt, ob wir *ihren Wagen* gefunden haben«, sagt Frank und glotzt mich mit diesem nervigen Plastikgrinsen an. »*Ihren* Wagen. Mehrzahl. Oder hat etwa eine Frau im Auto gesessen?«

Einen Moment lang bin ich ganz still und sehe ihn nur an. Meine Gedanken rasen, und ich versuche mich an jedes Wort zu erinnern, das ich letztes Mal gesagt habe. »Hab ich das?«

Meine Stimme klingt kratzig, und ich stottere ein bisschen. Das klingt total schuldbewusst, sogar für mich selbst. Sofort bilden sich Schweißtropfen am Kragen von meinem Shirt. Mein Herz klopft laut, eine Morse-Botschaft für Frank oder so. Ich kenne mich mit Morsezeichen nicht aus, also weiß ich nicht, was mein Herz ihm sagen will. Vielleicht glaubt es, dass ich irgendwas verheimliche, und verpfeift mich. Mein Herz wäre dann sein Informant. Aber das hieße doch, dass es irgendwie kriminell ist, oder? Und eine Quatschtüte. Klingt total logisch, was?

»Ja, das hast du.« Salopp legt er ein Bein auf sein Knie. Das tun sie im Fernsehen auch immer, wenn sie den Eindruck haben, sie machen Fortschritte bei der Vernehmung des Täters. Sie lehnen sich zurück und schlagen die Beine übereinander, damit du spürst, sie haben was rausgekriegt und können dich in die Enge treiben. Jedenfalls wollen sie, dass du das denkst. Kommissar Chase Cooper macht das andauernd. Meistens ist es eine Falle.

»Du hast vorher nie erwähnt, dass mehrere Leute deine Mutter verschleppt haben.«

»So sicher hab ich nicht gesagt, dass … dass jemand sie verschleppt hat«, stottere ich. Ich weiß nicht, warum mich das alles dermaßen durcheinanderbringt. Ich weiß überhaupt nichts. »Ich habe gesagt, dass ich mich nicht erinnern kann. Ich denke einfach, jemand muss sie verschleppt haben. Wieso ist sie sonst weg?«

Er soll jetzt bloß nicht sagen, dass sie von selbst und freiwillig gegangen ist. Dann verwandle ich mich vielleicht wirklich in den gemeingefährlichen Irren, für den mich anscheinend alle halten.

»Wenn das so ist, warum hast du dann beim letzten Mal den Eindruck erweckt, es könnte mehr als einen … Schuldigen geben?«

Er spricht das Wort so aus, als wäre es neu für ihn. Dabei ist in Krimis dauernd die Rede von *Schuldigen*. Vielleicht hat Frank von seiner Mama einen Kalender mit Polizeiwörtern des Tages bekommen, seit ich das letzte Mal hier war. Trotzdem werde ich supernervös. Ob er das wohl merkt? Ich versuche, ruhig zu bleiben und ein ausdrucksloses Gesicht zu machen.

Bleib bei deiner Geschichte, sage ich mir. *Wenn du bei deiner Geschichte bleibst, wird alles gut.*

Ich atme tief durch, beuge mich vor und feuere einen bösen Blick auf ihn ab, so wie Dylan gestern in der Pause bei Gene. »Werfen Sie mir ein Verbrechen vor, Kommissar?«

Frank hebt eine Augenbraue und lächelt. »Kommissar? Wir hatten uns doch auf Frank geeinigt, oder? Und es gibt keinen Grund, auf einmal so abwehrend zu sein, Riley. Ich bin dein Freund. Ich versuche dir zu helfen.«

So kriegen die einen dran. Sie tun so, als wären sie auf deiner Seite, damit du zu reden anfängst. Vielleicht soll das dieses alte Spiel von guter Bulle, böser Bulle sein, und er ist der gute. Bestimmt wird gleich die Tür aufgerissen, ein wütender Kommissar stürmt rein und brüllt mich zusammen. Aber ich spiele da nicht mit.

»Wie denn helfen?«, frage ich ärgerlich. »Indem Sie mich dazu bringen, dass ich etwas sage, das ich gar nicht meine? Durch ein Kreuzverhör, damit ich mich selbst belaste? Sollte nicht mein Vater bei so was dabei sein? Oder mein Anwalt? Ich habe das Recht, die Aussage zu verweigern.«

Kreuzverhör und *die Aussage verweigern* sind Wörter, die in Fernsehkrimis oft vorkommen. Aber an Franks verwirrtem Gesichtsausdruck kann ich erkennen, dass er in seinem Kalender mit den Polizeiwörtern noch nicht so weit gekommen ist. Ich habe nicht mal einen Anwalt, aber vielleicht muss ich langsam einen kriegen. Ich frage mich, wie viel die kosten und ob mir Oma und Opa wohl genug zustecken, damit ich das bezahlen kann.

»Okay, Riley. Jetzt mal langsam.« Frank beugt sich vor und tätschelt mein Knie. »Du hast gesagt, du willst nicht, dass dein Vater dabei ist, wenn wir beide reden. Du hast sogar darauf bestanden. Und das, was du letztes Mal gesagt hast, wiederhole ich nur, damit wir mehr Klarheit bekommen. Ich will dir helfen, dich besser zu erinnern an diesen Tag.«

Frank hat jetzt wieder dieses Mr-Potato-Head-Lächeln aufgesetzt. Er glaubt immer noch, dass ich mehr weiß, als ich sage. Vielleicht fängt so Polizeigewalt an, ich habe nämlich den unkontrollierbaren Drang, ihm mitten in sein fettes Gesicht zu schlagen. Und dann würde er mich wahrscheinlich in eine von diesen Verhörzellen sperren, die Kamera abhängen und mich fertigmachen, zusammen mit dem Kollegen, der den bösen Bullen spielt. Wenn das passiert, habe ich keine Chance mehr, heute Abend die Flüsterer aufzuspüren. Und Mama zu finden. Und entlasten könnte ich mich auch nicht. Also sollte ich besser mal ein bisschen zurückrudern, damit ich heil hier rauskomme.

»Tut mir leid, Frank«, sage ich etwas freundlicher. »Ich war wohl wieder ein bisschen verwirrt. Kann schon sein, dass ich letztes Mal von *ihrem weißen Wagen* gesprochen habe. Aber wenn das so war, kann ich mich nicht erinnern, warum. Vielleicht war das nur ein Versprecher.«

Frank nickt und kritzelt irgendwas in sein nagelneues Notizbuch.

»Was schreiben Sie da?«, frage ich und höre mich schon wieder furchtbar schuldig an.

Frank schaut mit einem zufriedenen Grinsen auf. Er dreht das Notizbuch um und hält es so, dass ich sehen kann, was er geschrieben hat.

Weißer Wagen.

Mein Herz, die alte Petze, schickt schon wieder blitzschnelle Morse-Botschaften an Frank. Habe ich *weiß* gesagt? Das habe ich. Ich habe *weiß* gesagt. Was ist bloß mit mir los? Daran ist ganz allein Kenny aus Kentucky schuld. Ich hatte gleich das Gefühl, es wäre besser, nichts mit ihm zu tun zu haben.

»Das ist sehr gut, Riley«, sagt Frank. »Siehst du, du erinnerst dich an mehr, als du glaubst. Die Farbe des

Wagens hast du bisher nie erwähnt. Jetzt sagst du, er war weiß. Das ist gut. Wir machen Fortschritte. Ich bin sicher, bald kommen noch mehr Erinnerungen zurück.«

Er wirkt so zufrieden mit sich, dass ich am liebsten kotzen würde. Glaubt Frank, dass ich weiß, wer Mama weggeholt hat? Oder dass ich selbst irgendwas damit zu tun habe? Dass ich diesen Typen geholfen habe zu entkommen oder so? Aber wieso in aller Welt sollte ich das tun?

Der dämlichste Kripobeamte der Welt sollte mal seinen Kalender mit Polizeiwörtern durchblättern und einen anderen Kripobegriff lernen, den er anscheinend nicht kennt.

Motiv.

Ich habe nämlich keins.

»Mama, was ist ein Motiv?«

Mama stopft sich gerade Popcorn in den Mund und reicht mir die Schüssel weiter. Bei Sondereinsatzkommando Chicago *ist Werbepause, und als Letztes hat Kommissar Chase Cooper ein Tatmotiv für einen Verdächtigen gesucht.*

»Na ja, mal sehen«, sagt Mama, nachdem sie das Popcorn so ziemlich runtergeschluckt hat. Ein paar Bröckchen rieseln ihr aus dem Mund, aber ich weiß, dass das Absicht ist, sie will mich zum Lachen bringen. Das funktioniert immer. »Ein Motiv ist der Grund, warum Leute das tun, was sie tun.«

»Verwend es in einem Satz, Mama«, sage ich, obwohl Chase Cooper das Wort in dieser Folge bestimmt schon hundert Mal gesagt hat. Ich will bloß, dass noch mehr Popcorn rausquillt.

Sie nimmt sich noch mal, schiebt es sich in den Mund und blinzelt beim Kauen an die Decke. »Mein Motiv, deinen Papa und deinen Bruder heute Abend ins Kino zu schicken, ist gewesen, dass ich den Abend mit Button verbringen und mit ihm unsere Lieblingsserie gucken wollte.«

Das Popcorn ist jetzt überall, weil sie den Mund beim Reden ganz weit aufgemacht hat. Wir lachen beide so doll, dass sie sich verschluckt und ein ungepopptes Maiskorn aus ihrer Nase schießt. Da kriegen wir einen richtigen Lachanfall.

Das beste Motiv der Welt!

13

Black Panther gegen Captain America

Im Haus ist es still, als ich zurückkomme. Danny hatte heute auch früher Schluss, bestimmt ist er bei einem von seinen Highschool-Freunden, und wenn Oma mit ihrem Verdacht recht hat, rauchen sie *dieses Teufelskraut*. In letzter Zeit ist er jedenfalls total verschlossen und windet sich aus allem raus. Papa ist noch bei der Arbeit, und so verabschiedet mich keiner, als ich losziehe, um Mama zu finden. Sowieso denken ja alle, ich gehe bloß zu Gary, also ist mein Aufbruch für sie nichts Besonderes. Aber wenn sie wüssten, was ich vorhabe …

Ich stopfe alles in meinen Black-Panther-Rucksack – Wechselklamotten, die Essenssachen, die ich bei Mr Killen gekauft habe, Streichhölzer, noch ein Paar Socken, meine Taschenlampe. Ich gehe zur Kommode und erstarre. Da liegt der Plastikbeutel mit Mamas Ehering – einfach so auf der Kommode, wo jeder ihn sehen kann. Ich betrachte ihn und gebe meinem Kopf Zeit, um zu verarbeiten, was meine Augen sehen. Heute Morgen habe ich den Ring unter meinen dicken Winterpullover in der untersten Schublade geschoben, das weiß ich genau. Ich würde ihn nie offen herumliegen lassen. Jedenfalls bin ich *so gut wie sicher,* dass ich ihn verstaut habe. Das gehört zu meinem festen Morgenablauf.

Verwirrt nehme ich den Plastikbeutel und starre den Ring an. Die Härchen in meinem Nacken richten sich auf. Hektisch drehe ich mich um, weil ich das Gefühl habe, jemand beobachtet mich. Das Zimmer ist leer, aber das Fenster steht einen Spalt offen. Ich dachte, ich hätte es heute Morgen zugemacht. Ich gehe hin, drücke es zu und verriegele es. Vielleicht hat irgendwer versucht, Mamas Ring zu stehlen, und ist abgehauen, als ich heimgekommen bin. Aber irgendwie passt das auch nicht, denn es weiß ja keiner, dass ich ihn habe, und das Versteck kennt erst recht niemand. Außer den Flüsterern. Sie würden es wissen, sie wissen ja alles. Sie kennen sämtliche Geheimnisse des Universums – also auch mein Versteck für den Ring. Ob sie mir irgendwas mitteilen wollen? Vielleicht soll ich den Ring mitbringen. Vielleicht ist er so was wie der Schuh bei Cinderella: Ich muss ihn dabeihaben, damit Mama ihn als Erkennungszeichen anprobiert, das könnte doch sein. Dann wissen die Flüsterer, dass wir wirklich zusammengehören, und lassen uns nach Hause.

Ich schüttle den Kopf. Vielleicht drehe ich doch langsam durch. Aber Mama sagt immer, Vorsicht ist besser als Nachsicht, also stopfe ich den Beutel mit dem Ring in die linke Hosentasche – nur für den Fall, dass ich doch nicht komplett verrückt bin.

Bevor ich aus dem Zimmer gehe, reiße ich das Wort *voluminös* von meinem Kalender und klebe es ganz nah beim Boden an die Wand. Dann werfe ich noch einen Blick auf das Wort von morgen, weil ich ja nicht zu Hause sein werde.

Frohgemut.

Ich lese die Lexikon-Erklärung durch und lege das Wort in meinem Gedächtnis ab, um später einen guten Satz dafür zu finden.

Auf dem Weg nach draußen sehe ich, dass etwas auf dem Küchentisch liegt. Ein Zettel und ein Zehn-Dollar-Schein. Ich gehe hin und lese, was auf dem Zettel steht.

Gib was dazu, falls Garys Mutter
Pizza bestellt oder so.
Liebe Grüße von Dad

Ich starre auf den Zettel. Vor allem auf *Liebe Grüße*. Bestimmt war es furchtbar schwer für ihn, das zu schreiben. Wahrscheinlich hat er gedacht, es würde mies aussehen, wenn er gar nichts drunterschreibt, und *mit freundlichen Grüßen* wäre zu blöd gewesen. Also hatte er keine Wahl. Aber garantiert hat er sich den Kopf zerbrochen. Wieso hätte er sonst mit *Dad* unterschrieben statt mit *Papa*? Ich habe ihn doch nie anders als *Papa* genannt.

Ich stopfe das Geld und den Zettel in die Hosentasche. Eins brauche ich aber noch, bevor ich losziehe. Ich gehe zum Haus von Oma und Opa und lasse Tucker auf der hinteren Veranda warten. Dann schleiche ich durch die Küchentür nach drinnen. Einen wirklich guten Plan habe ich nicht. Ich hoffe einfach, dass Oma und Opa mal wieder vor dem Fernseher eingeschlafen sind, wie oft um die Zeit, wenn es noch eine Weile hin ist bis zu den Abendnachrichten. Ich höre Stimmen aus dem Fernseher und schiele um die Ecke. Da läuft irgendein alter Western in Schwarz-Weiß. Opa hat jeden Schwarz-Weiß-Western gesehen, der jemals gedreht worden ist. Auf der Couch schnarcht Oma leise vor sich hin, Opa liegt in seinem Fernsehsessel, halb wach und halb dösend. Aber er hört mich sowieso nicht, und Oma schläft bei allem weiter, solange es nicht ihr Küchenwecker ist.

Auf Zehenspitzen laufe ich durch den Flur zum Schlafzimmer. Die Holzdielen knarren ein bisschen, aber nicht so laut, dass sie merken, dass jemand im Haus ist. Die Zedernholzschachtel steht wie immer auf Opas Kommode. Ich gehe hin, klappe sie auf und nehme mir das Schweizer-Armeemesser. Er wird es nicht vermissen, weil er es nur rausholt, wenn ich da bin. Ich lasse das Messer in die rechte Hosentasche gleiten. Dann schleiche ich zurück und spähe auf dem Weg nach draußen noch mal zu Oma und Opa. Inzwischen läuft Werbung – in Farbe. Es geht da um diese komischen Pillen für Männer, die machen, dass sie auf einmal unbedingt ihre Frau oder ihre Freundin küssen wollen. Eine schöne Frau und ein gut aussehender älterer Mann laufen über eine Wiese mit Wildblumen, dann bleiben sie stehen und knutschen. Das sieht aus, als ob sie sich gegenseitig das Gesicht abkauen wollen. Ich habe auch mal jemanden geküsst. Hoffentlich hat das nicht so ausgesehen. Aber wahrscheinlich nicht, ich habe ja keine von diesen Kuss-Pillen genommen. Kurz schaue ich noch mal Oma und Opa an. Sie haben sich nicht bewegt, und Opa schläft jetzt auch richtig tief. Ich bin ein besserer Einbrecher, als ich dachte. Kein Wunder, dass mir Leute schwere Straftaten zutrauen.

Nach nicht mal fünf Minuten bin ich schon wieder draußen auf der Veranda und habe das Messer. Mit dem schweren Rucksack auf dem Rücken und dem zusammengerollten Schlafsack unterm Arm ziehe ich los in den Wald. Ich habe zu viel Zeug dabei, um mit dem Rad zu fahren, also laufe ich. Tucker trottet vor mir her, er ist ein bisschen schneller als ich, bleibt aber alle paar Minuten stehen, legt sich hin und schaut, ob ich nachkomme. Anscheinend will er, dass ich mich beeile, keine Ahnung, warum.

»Langsam, Tucker«, sage ich.

Weil er ein gehorsamer Hund ist, bleibt er für den restlichen Weg an meiner Seite, beschwert sich aber die ganze Zeit mit einem fiependen Winseln. Ich tätschle ihm besorgt den Kopf und frage mich, warum er in letzter Zeit so komisch ist. Neulich hat er zum Beispiel draußen im Regen gesessen und unentwegt das Maisfeld angestarrt. Dabei hasst er Regen. Inzwischen frage ich mich, ob er die Flüsterer schon früher gehört hat als ich. Sachen hören, die Menschen nicht hören, ist nämlich eine von Tuckers Superkräften. Vielleicht spürt er aber auch, dass sich irgendwas Schlimmes zusammenbraut, das er verhindern oder vor dem er mich beschützen will, nur weiß er nicht, wie. Hunde sind schlau, viel schlauer als Menschen, besonders bei solchen Sachen. Und Tucker liegt mit so was eigentlich immer richtig. Diesmal hoffentlich nicht.

Als ich den Feldweg am Maisfeld schon ziemlich weit entlanggegangen bin, höre ich in der Ferne das Dröhnen von einem Traktor. Ich stelle mir Dylan vor, wie er obendrauf sitzt, nur in Jeans, Arbeitsstiefeln und seiner roten Peterbilt-Kappe. Auf einmal regt sich wieder *mein anderes Problem* und verursacht ein Kribbeln unterhalb von meiner Gürtelschnalle. In einer seiner flammenden Reden über die Sünden des Fleisches hat der Prediger der North Creek Church of God behauptet, solche Empfindungen würden mir gewaltigen Ärger einbringen. Ich weiß nicht, ob er wirklich direkt mich gemeint hat, es hat sich jedenfalls so angefühlt.

Immerhin muss ich solche Predigten jetzt nicht mehr aushalten – kein Dasitzen mit knallrotem Gesicht, kein tauber Hintern mehr von den harten Holzbänken. Vielleicht setzt sich ja der Teufel nach und nach in meiner Seele fest. Ich habe so lange zu Gott gebetet, er soll *mein anderes Problem* heilen, aber das hat er nicht getan. Keine Ahnung, warum. Vielleicht hat er ja auch einen Charlie-Brown-Übersetzer, den er anstellt, wenn er mich beten hört. Ich versuche das Bild von Dylan mit nacktem Oberkörper aus meinem sündigen Hirn zu verscheuchen, indem ich an seine geschwollene Lippe, sein zerschlagenes Gesicht und den finsteren Ausdruck in seinen Augen denke, vorhin im Laden von Mr Killen. Das funktioniert.

Der Traktor kommt näher und das Rumpeln wird lauter, aber die Sonne steht schon tief und blendet mich. Genau in dem Moment, als ich glaube, meinen ganz persönlichen Superhelden zu Gesicht zu kriegen, sehe ich, dass nicht Dylan den Traktor fährt, sondern sein Vater. Mr Mathews ist ein harter, schroffer Mann. Sein runzliges Gesicht ist wie aus Leder und die Hornhaut an seinen Händen so rau und dick, dass die Leute sagen, man hätte bei ihm das Gefühl, mit einem Ziegelstein Hände zu schütteln. Er ist die Art von Mann, die Papa wahrscheinlich für einen Schwächling halten, nur weil wir umsonst auf Opas Land leben. Aber das liegt bloß daran, dass Opa seine Familie gern um sich hat. Jedenfalls ist Papa kein Schmarotzer oder so.

Als der Traktor näher kommt, schaut Mr Mathews in meine Richtung, winkt aber nicht. Soweit ich erkennen kann, sieht er mich eher böse an, dann wendet er den Traktor mit einem Ruck und fährt zu seiner Farm zurück. Auch wenn mich Papa nicht mehr besonders mag, habe ich tausendmal lieber ihn zum Vater als Mr Mathews.

Ich sehe die beiden am Waldrand stehen und bin ernsthaft sauer, dass Gary Carl mitgebracht hat. Ich habe wirklich keine Lust, mich ausgerechnet dann mit einem quengelnden Kleinkind rumzuschlagen, wenn das größte Abenteuer meines Lebens ansteht – ein Abenteuer, das mich zum Helden machen wird, nicht nur in unserer Familie, sondern in ganz Buckingham, South Carolina. Weil ich nämlich Mama finden werde, nachdem alle anderen versagt haben, besonders Frank. Gary merkt anscheinend, dass ich enttäuscht bin, jedenfalls zuckt er mit den Achseln, als ich ankomme.

»Meine Mutter hat gesagt, ich muss ihn mitnehmen«, erklärt er mit einem Nicken zu Carl hin.

Tucker beschnüffelt Garys Bauch, als ob er die Unmengen von Essen riechen könnte, die da reingewandert sind, und trottet dann zu Carl. Er lässt sich von Carl umarmen und sich einen Kuss seitlich auf den Kopf drücken. Dann leckt er ihm das Gesicht ab und macht es sich bei Carls Füßen gemütlich. *Verräter.*

»Du musst aber durchhalten«, erkläre ich Carl so

streng und energisch, wie ich es nur hinkriege. »Dieses Wochenende haben wir was Großes vor. Vielleicht wirst du Sachen sehen und hören, die du nicht verstehst. Aber du darfst auf keinen Fall ausflippen und uns alles verderben.« Na ja, *mir* alles verderben.

»Mach ich nicht«, sagt Carl in seinem typischen Jammerton. Schon gleich der erste Patzer. Dabei sind wir noch nicht mal losgezogen.

Ich sehe Gary an. »Lass uns da langgehen.« Ich zeige nach Norden.

»Wieso denn?«

Ich werfe Carl einen kurzen Blick zu. Wie viel hat ihm Gary wohl von unserem Plan erzählt?

»Weil ich glaube, *sie* sind in dieser Richtung.«

»Wer?«, fragt Carl.

Anscheinend hat ihn Gary nicht groß eingeweiht. Auch jetzt ignoriert er Carls Frage und läuft einfach los nach Norden. Carl folgt ihm, Tucker und ich bilden den Schluss. Gary schleppt ziemlich viel Gepäck mit sich rum, er trägt die Schlafsäcke für sich und seinen Bruder und hat außerdem auch noch einen großen Rucksack mit Essenssachen dabei. Wahrscheinlich hat er genug Proviant für eine ganze Woche eingepackt. Gary isst immer Unmengen, wenn wir campen gehen. Anscheinend spielt sein Selbsterhaltungstrieb verrückt und er hat Angst, dass er draußen im Wald vom Fleisch fällt und stirbt, wenn er nicht eine Familienpackung Knabberzwiebeln auf einmal verdrücken kann.

Carl hat einen kleineren Rucksack, mit Batman drauf, und trägt ein leichtes Zelt, das wir aber nur bei Regen aufbauen. Wir schlafen lieber im Freien ums Feuer. Aber ich darf nicht einschlafen. Ich habe mein Lysol nicht dabei und auch keinen Essigreiniger – wobei das auch nichts bringen würde. Schlafsäcke mit Gummilaken oder Kunststoffbezügen gibt es nicht. Ich werde zwei Nächte am Stück wach bleiben müssen. Das kann doch nicht so schwer sein.

Gary führt uns in nördlicher Richtung mitten durch den Wald – wie lange, weiß ich nicht, vielleicht eine Stunde oder so. Das Licht, das durch die Baumkronen dringt, wird von Minute zu Minute schwächer. Ich bemühe mich, wachsam zu bleiben, und mustere alles, was sich bewegt. Diesen Teil des Waldes kenne ich nicht so gut, er kommt mir ein bisschen unheimlich vor. Diese Als-ob-uns-Hunderte-von-Augenpaaren-beobachten-Art von unheimlich. Vielleicht ist das nur Einbildung. Oder es gucken uns bloß ein paar Eichhörnchen an, die Dannys Flinte entwischt sind. Vielleicht auch Hirsche, die stocksteif dastehen, bis wir vorbei sind, und dass wir sie nicht sehen, liegt nur am dichten Blattwerk. Vielleicht ist es aber doch mehr. Womöglich beobachten uns andere Wesen – die Flüsterer oder das Schattenmonster von gestern Abend. Oder Hobgoblins. Bestimmt geht es mir besser, wenn wir haltmachen und unser Feuer bauen. In den Märchen heißt es doch immer, dass Trolle Angst vor Feuer haben, und ich vermute mal, Trolle und Hobgoblins sind so ziemlich das Gleiche. Die gehören bestimmt zu einer Familie, wie Cousins oder so.

»Ich kann nicht mehr«, jammert Carl. »Wann halten wir an?«

Schon der zweite Patzer in kurzer Zeit.

»Halt die Klappe, Carl«, blafft Gary über die Schulter weg und stürmt weiter, schiebt Gestrüpp beiseite und bahnt uns wie bei einem Hindernislauf einen Weg durch die Kiefern.

Gary weiß, dass ich für unser Lager tiefer in den Wald will als sonst, aber Carl hat er das wahrscheinlich nicht erklärt. Trotzdem müssen wir haltmachen, bevor die Sonne untergeht und es dunkel wird. Und Tucker wird immer langsamer. Er muss sich ausruhen und braucht Wasser. Fressen für ihn habe ich auch dabei, wenn er welches will.

Irgendwann findet Gary so was wie einen Pfad durch den Wald, und wir kommen besser voran.

»Superman oder Iron Man?«, ruft Gary.

Das ist ein Spiel zwischen uns – zwei Superhelden gegeneinander aufstellen und entscheiden, wer bei einem Kampf gewinnen würde.

»Iron Man«, ruft Carl zurück.

»Superman«, sage ich. »Ohne seinen Anzug ist Iron Man nur ein ganz normaler Typ. Superman hat Superkräfte. Er würde Iron Man vernichten.«

»Wonder Woman oder Black Widow?«, fragt Gary.

»Wonder Woman«, rufe ich. Keiner widerspricht.

»Black Panther oder Captain America?« Gary kickt einen Ast aus dem Weg.

»Captain America«, sage ich, ohne auch nur eine Sekunde nachzudenken. »Captain America ist der Beste.«

Gary wirft mir einen stirnrunzelnden Blick zu, und ich werde rot. Ich hätte nicht gedacht, dass er sich an das Captain-America-Shirt erinnert, das Dylan in der Schule anhatte, aber anscheinend tut er das doch.

»Seit wann geht dir irgendwer über Black Panther, Alter?«, fragt er. »Du hast doch sogar einen Black-Panther-Rucksack.«

Ich zucke nur mit den Achseln und schiebe Dylan aus meinen Gedanken, so gut ich kann, damit man mir nichts ansieht. Tucker stürzt los, er hat einen Bach entdeckt. Gierig schlabbert er Wasser und hört nicht auf, bis wir ihn erreicht haben.

Gary sieht sich in der Lichtung um und schaut hoch in den dämmrigen Himmel. »Hier okay?«

Ich begutachte die Gegend und nicke. Carl lässt sich dramatisch auf die Knie sinken, als ob er die Sahara durchquert hätte. Er zieht eine Flasche Wasser aus seinem Rucksack und schüttet sie mit viel Geklecker in sich rein, ohne abzusetzen. Das Wasser läuft ihm den Hals runter bis auf sein T-Shirt.

Tucker beschnüffelt unseren Lagerplatz. Anscheinend ist er zufrieden mit unserer Entscheidung, vor allem gefällt ihm, dass es hier endlos viel Wasser gibt. Er trinkt an immer neuen Stellen am Ufer, wohl um herauszufinden, wo es am leckersten schmeckt. Gary und ich packen unsere Sachen aus und sammeln Feuerholz, während Carl japsend auf einem Felsen sitzt und zuguckt. Dieses Kind ist wirklich für nichts zu gebrauchen.

Ich traue mich nicht allzu weit von unserem Platz weg. Der Wald hier wirkt irgendwie gespenstisch. Die Kiefern stehen dicht an dicht, der letzte Rest Sonnenlicht schafft es kaum durch die Baumkronen. Es ist still, aber nicht auf friedliche Art. Eher im Gegenteil, es ist so eine Wir-sind-nicht-alleine-hier-Stille. Und der Pfad, den wir vorhin zufällig gefunden haben, geht weiter, immer tiefer in den Wald hinein. Ich frage mich, wo er hinführt. Und ob Mama vielleicht auf diesem Pfad gegangen ist. Ob jemand sie hier entlanggezerrt hat. Auf einmal bin ich in Panik, ich kriege Seitenstechen und will unbedingt nach ihr rufen.

Ich lege die Hände wie einen Trichter um den Mund. »Mama!«

Das Echo meiner Stimme schwebt durch den Wald, wandert von Baum zu Baum. Aber eine Antwort bekomme ich nicht. Ich habe auch nicht ernsthaft daran geglaubt. Und trotzdem gehofft, dass es so einfach sein könnte. Dass sie mich hört und zurückschreit. Als ich mich umdrehe, sehe ich in die Gesichter von Gary und Carl. Sie starren mich mit großen Augen an. Sogar

Tucker, der sich neben Gary niedergelassen hat, legt den Kopf schief, wie um zu fragen: *Im Ernst, Kumpel?*

»Was denn?« Meine Stimme klingt schärfer, als ich will.

Gary schüttelt bloß den Kopf und fängt an, einen Platz für das Feuer vorzubereiten. Bestimmt wollte er nicht, dass ich sein Kopfschütteln sehe. Das war so was Kurzes, Unwillkürliches, er hat für einen Moment einfach seine Manieren vergessen oder so. Ich glaube, er hält mich auch für verrückt. Verrückt genug, um mir einzubilden, dass mich irgendwelche magischen Waldwesen zu Mama führen können. Ja, ich bin mir ziemlich sicher, dass Gary so denkt, ich habe nämlich seinen Blick gesehen, bevor er sich weggedreht hat. Da war so was wie Anteilnahme drin.

Anteilnahme ist, wenn jemand dich für einen totalen Versager hält und Mitleid mit dir hat.

Wie in *Garys Anteilnahme brauche ich nicht, ich werde nämlich die Flüsterer aufspüren, und die helfen mir dann, dass ich endlich Mama finde.*

Ohne Hoffnung geht es nicht, oder?

14

Lauschen, schnitzen, warten

In null Komma nichts hat Gary ein ziemlich gutes Feuer in Gang gekriegt. Konzentriert wie ein Chirurg im Fernsehen schiebt er an sorgfältig ausgewählten Stellen immer wieder ein paar neue Stöckchen in die Pyramide von brennenden Ästen. Carl hockt auf einem Baumstumpf und wühlt in Garys Gepäck. Ich habe mich auf einen umgestürzten Stamm gesetzt, der so lang ist wie eine ganze Bankreihe in der North Creek Church of God, und schnitze mit Opas Taschenmesser an einem Stock herum, bis er eine scharfe Spitze hat. Was ich damit aufspießen will, weiß ich nicht genau, aber ich finde, es schadet nichts, so was zu haben. Zumindest kann ich damit schon mal meine Würstchen ins Feuer halten. Tucker liegt dösend zu meinen Füßen. Ich beuge mich vor und kraule ihm den Kopf. Er ist so erschöpft, dass er nicht mal die Augen aufmacht.

Die Sonne geht jetzt endgültig unter, also muss es gegen halb acht sein. Bald wird Garys Feuer unsere einzige Lichtquelle sein. Schatten formen sich und wabern um unser Lager wie seltsame Türen in die Dunkelheit hinein – eine Dunkelheit, die zu nichts Gutem führen wird. Jetzt kann es nicht mehr lange dauern. Wenn die Stimmen der Flüsterer sogar bis zu uns nach Hause gedrungen sind, werde ich sie hier im Wald laut und klar hören, da bin ich mir sicher. Ich lausche, schnitze und warte. Lausche, schnitze und warte.

Eine gute halbe Stunde vergeht, in der nichts zu hören ist als die Sinfonie der Natur. Sie klingt hier mitten im Wald noch schöner. Aber sonst gibt es nichts. Keinen Wind. Keine Stimmen. Kein Flüstern. Ich stehe auf, laufe ums Lager, spähe ins Dunkle. Tucker folgt mir nur kurz, nach ein paar Schritten lässt er es wieder. Wahrscheinlich wird ihm schwindlig, weil ich immer im Kreis gehe. Dabei reibe ich mir die Hände, als ob ich die Flüsterer auf die Art herlocken könnte. Angst drückt mir auf den Magen wie eine Riesenpackung extrascharfe Knabberzwiebeln. Wo sind sie? Was habe ich falsch gemacht? Hätte ich alleine kommen sollen?

Lauschen, schnitzen, warten, sage ich mir. *Lauschen, schnitzen, warten.*

Gary und Carl sitzen auf unserem Holzstamm beim Feuer und starren in die Flammen. Sie ahnen nichts von meinen verrückten Gedanken. Für sie ist dieser Campingausflug nicht anders als sonst, sie haben beide ein frohgemutes Lächeln im Gesicht, als gäbe es nichts auf der Welt, was sie belastet.

Frohgemut ist, wenn man gute Laune hat und das Leben toll findet.

Wie in *Wenn Gary ununterbrochen Rebecca Johnsons Busen anstarren könnte, wäre er den ganzen Tag frohgemut*.

Gary hält ein Stöckchen übers Feuer, an dem ein schlaffes Würstchen baumelt. Auch Carl hat ein Stöckchen, aber an seinem ist ein flackernder Marshmallow-Klumpen. Anscheinend ist jetzt Abendessen angesagt. Ich habe überhaupt keinen Hunger, setze mich aber trotzdem zu ihnen auf den Baumstamm. Die Hände vergrabe ich tief in den Taschen, mit der einen umschließe ich das Taschenmesser, in der anderen halte ich Mamas Ring.

»Vielleicht waren wir zu laut und haben sie verscheucht«, sagt Gary nach einer Weile.

Wie nett von ihm, dass er das sagt. Er weiß, wie enttäuscht ich bin. »Kann sein.«

»Wen verscheucht?«, fragt Carl und bläst die Flamme von seinem Marshmallow aus.

Gary wirft mir einen Blick zu. Ich zucke mit den Achseln und verdrehe die Augen als Zeichen, dass er Carl ruhig was erzählen kann.

»Unser Kumpel hier sucht was«, sagt Gary. »Sieht aber

schwer danach aus, dass wir's heute nicht mehr finden. Vielleicht dann eben morgen.«

»Was suchst du denn?«, fragt Carl. Sein Mund ist verschmiert mit weißem Klebzeug, an dem noch Asche hängt.

Ich schaue ihn an, bevor ich antworte. Wenn sie heute sowieso nicht mehr kommen, was kann es dann schon schaden? »Flüsterer heißen sie.«

Carl fährt sich mit dem Handrücken über den Mund. »Und was sind Flüsterer?«

»Weiß ich nicht so richtig«, sage ich, ein bisschen genervt, dass er es so genau wissen will. »Vielleicht gibt's die auch gar nicht. Nur in meinem Kopf.«

Das laut auszusprechen ist furchtbar, aber ich bin wirklich nicht ganz sicher, und auf die Art fragt Carl wenigstens nicht weiter nach. Ich hole das Taschenmesser wieder aus der Hosentasche und mache mit meinem Speer weiter.

Lauschen, schnitzen, warten.

Carl sieht mir zu und leckt sich die Finger ab. »Kann ich dein Messer haben? Ich will auch so einen spitzen Stock.«

Ich betrachte Carls klebrige Finger.

»Ja«, sage ich. »Aber wasch dir erst die Hände.«

Mit einem Ruck steht Carl auf. Gary verliert dadurch die Balance, aber er kann sich noch fangen, bevor er runterknallt. Tucker rührt sich. Er hebt den Kopf und sieht Carl hinterher, wie der zum Bach läuft. Dort drüben ist es so dunkel, dass ich im schwachen Schein des Feuers kaum noch seinen Umriss erkennen kann, als er sich zum Wasser beugt. Tucker beobachtet Carl genau. Es macht ihn nervös, wenn er uns nicht alle drei auf einmal im Blick haben kann.

Lauschen, schnitzen, warten.

Carl platscht mit den Händen im Wasser herum und wischt sie dann an seinem T-Shirt ab. Neben mir hebt sich Tucker auf alle vier Pfoten, stellt die Ohren auf und starrt in das dunkle Nichts am anderen Ufer vom Bach.

Ich strecke die Hand aus und kraule ihn am Kopf. »Was ist denn los, Tuck?«

Die Haare in seinem Nacken richten sich auf, und ein tiefes Grollen kommt aus seiner Kehle.

»Wird ein Hirsch sein oder so«, sagt Gary. Das Ganze juckt ihn so wenig, dass er nicht mal von seinem Würstchen aufschaut.

Aber dann knackt draußen in der Dunkelheit ein Zweig. Wir schrecken alle zusammen, auch Gary schaut jetzt in die Richtung, aus der das Geräusch gekommen ist. Ich packe mit einer Hand meinen selbst gebastelten Speer und umklammere mit der anderen das Taschenmesser. Gary erhebt sich langsam, geht ein paar Schritte, bis er beim Bach ist, und späht in die Schatten am anderen Ufer. Tucker knurrt, immer weiter und immer lauter, wie ein näher kommender Güterzug.

»Ich seh nichts«, sagt Gary nach einer Weile, dreht

sich um und kommt zu mir zurück. »Ich sag's ja, das muss ein Hirsch gewesen sein.«

Aber als sich Gary wieder auf dem Stamm niederlässt und mir nicht mehr den Blick zum anderen Ufer verstellt, kippe ich fast rückwärts runter. Tucker schießt los und springt zum Bachufer, er bellt und knurrt und fletscht die Zähne wie ein Raubtier. Carl stößt einen Schrei aus, stolpert und tappt auf allen vieren vom Bach weg, so schnell er kann. Als ich von dem Baumstamm aufspringe, verliert Gary die Balance und kippt wirklich nach hinten. Ich starre ins Dunkle und wedle Rauch vor meinen Augen weg, der gar nicht da ist. Denn das, was ich da sehe, ist keine Einbildung.

Am anderen Ufer, von den Schatten eingehüllt wie in einen dunklen Umhang, steht eine massige Gestalt, sicher doppelt so groß wie wir. Im flackernden Feuerschein lässt sich das Gesicht nur erahnen, aber eines ist klar zu erkennen: Da sind Haare, so viele Haare, das gesamte Gesicht scheint mit Haaren bedeckt. Und diese Augen – sie starren wie Alligatoraugen, die dicht über dem Wasserspiegel der Sümpfe hochragen.

Gary flucht wild und kommt hastig wieder auf die Füße. Carl schreit und schreit, seine Stimme hallt laut durch das Kieferngewirr. Und ich? Kann mich nicht bewegen. Kann nicht schreien. Stehe bloß da und starre die Kreatur an. Nur der Bach trennt uns von ihren haarigen Pranken, aber ich bin sicher, sie käme mit zwei, drei Sprüngen auf unsere Seite – wenn da nicht Tucker mit seinem wütenden Bellen wäre. Er springt mit wildem Schnappen und Knurren am Ufer hin und her, will das Monster mit seinen starken Kiefern zerfetzen.

Carl taumelt zurück und stößt mich fast um. »Was ist das?«, brüllt er.

Ich starre in die Alligatoraugen, die mich fixieren, und ein Wort steigt mir in die Kehle. Ich bringe es nur flüsternd über die Lippen.

»Hobgoblin.«

15

Hobgoblin gegen Superheld

Wenn es meinen rasenden Wachhund und den Bach zwischen uns und der Kreatur nicht gäbe, würde ich wohl blitzschnell kehrtmachen und wild schreiend nach Hause rennen. Aber da ist noch mehr. Vor allem die Möglichkeit, dass dieses Vieh irgendwo da draußen im Wald Mama gefangen halten könnte. Also bleibe ich, wo ich bin, wie festgewachsen im Boden. Ich strecke mein Schweizer-Armeemesser vor, mit der größten Klinge, die es hat. Gary schnappt sich einen dicken Ast und hält ihn wie einen Baseballschläger über den Kopf. Carl versteckt sich hinter uns. Er ist wirklich zu nichts zu gebrauchen.

So halten wir die Stellung – ich, Gary und Tucker. Der Hobgoblin bewegt sich auch nicht. Wie im Fernsehen stehen wir uns mit gezückten Waffen gegenüber und rühren uns nicht. Wenn doch bloß Kommissar Chase Cooper da wäre. Auf einmal höre ich hinter uns noch mehr Geräusche – erst das Rascheln und Knistern von trockenem Laub unter Stiefelsohlen, dann ein klackendes Scharren: eine Flinte, die geladen wird. Mein Herz rast. Da sind noch mehr Hobgoblins. Sie haben Gewehre. Wir sind umzingelt. Mit einem Ruck drehen wir uns um, Carl mit einem Keuchen, Gary und ich mit den Waffen hoch über unseren Köpfen, bereit für den Kampf mit den Hobgoblins.

Aber da steht, nur ein paar Schritte weit weg, Dylan Mathews. Der Widerschein der Flammen zuckt über sein zerschlagenes Gesicht, was wie eine Kriegsbemalung aussieht. Neben ihm liegen ein Rucksack und ein zusammengerollter Schlafsack, sein Gewehr hat er im Anschlag auf der Schulter. Der Lauf zielt direkt auf den Hobgoblin. Die Luft wird mir knapp, als ich ihn anschaue. Mein ganz persönlicher Superheld tritt vor, und wir weichen zur Seite weg wie das Rote Meer vor Moses. Sein Blick heftet sich laserartig auf den Hobgoblin; uns scheint er gar nicht zu sehen. Er geht zum Bachufer und stellt sich neben Tucker, der sofort begreift, dass das hier ein Verbündeter ist und kein Feind. Er konnte Leute schon immer gut einschätzen.

»Mordie«, sagt Dylan laut und mit so fester Stimme, dass auch Tucker zu bellen aufhört. »Hau ab hier, sofort. Dreh dich um und geh.«

Der Hobgoblin steht regungslos da und richtet seine Alligatoraugen jetzt auf Dylan. Tucker knurrt, wie um Dylans Kommando zu unterstreichen. Aber das Wesen bewegt sich nicht.

»Das mein ich ernst, Mordie«, ruft Dylan und macht noch einen Schritt nach vorne. »Scher dich nach Hause.«

Der Hobgoblin starrt ihn an. Ein paar angespannte Sekunden vergehen, bevor er sich langsam zurückzieht, ohne die Augen von Dylan zu lassen. Dann verschwindet er endlich in den Schatten des Waldes. Dylan senkt seine Flinte und starrt auf den Fleck in der Dunkelheit, wo sich der Hobgoblin anscheinend in Luft aufgelöst hat.

»Heilige Scheiße!«, ruft Gary ein bisschen zu laut. »Das war *Wahnsinn*!«

Tucker kommt zu mir, er hechelt wie verrückt. Ich starre Dylans strohblonden Hinterkopf an, bis er sich umdreht und uns ansieht. Der Bluterguss in seinem Gesicht ist im Feuerschein nicht so deutlich zu erkennen, aber seine Lippe ist immer noch geschwollen.

»Was zum Teufel war das für ein Vieh?«, will Gary wissen. Aufgedreht läuft er vorm Feuer auf und ab.

»Hobgoblin«, sage ich, ohne nachzudenken.

Dylan sieht mich mit zusammengekniffenen Augen an. »Hobgoblin?« Er schüttelt den Kopf und kichert ein bisschen, was mich sofort rot anlaufen lässt. Dann geht er zu seinem Rucksack und kniet sich daneben. Nachdem er seine Peterbilt-Kappe vom Boden geklaubt und aufgesetzt hat, holt er eine Flasche mit Wasser aus dem Rucksack und stürzt alles in einem Zug runter.

»Ihr Jungs solltet nicht hier draußen sein, so tief im Wald.« Dylan sieht mich an, ein bisschen außer Atem. Er klingt wie ein Erwachsener, der mit uns schimpft.

Ich schaue kurz in seinen geöffneten Rucksack. Unser Gepäck ist voll mit Knabberzeug und süßen Getränken, er hat vor allem Klamotten dabei, wie für eine richtige Reise. Als er meinen Blick sieht, schließt er den Rucksack schnell wieder.

»Was machst *du* hier draußen?«, frage ich ihn ganz direkt, auch wenn ich noch nie im Leben so froh über eine Begegnung gewesen bin.

»Jagen«, sagt er. »Aber ihr Jungs seid verdammt laut, ihr scheucht alle Tiere weg.«

Ich deute mit dem Kinn auf seinen Schlafsack. »Und wie lange willst du auf der Jagd sein?«

Er schießt einen scharfen Blick auf mich ab, der mich verstummen lässt. So guckt Papa auch manchmal.

Während er sich aufrichtet, betrachte ich Dylan von Kopf bis Fuß. In den Jeans, der Armeejacke über dem weißen T-Shirt und den Wanderstiefeln könnte er schon als Jäger durchgehen. Aber zum Jagen ist es ein bisschen zu spät und zu dunkel. Irgendwas stimmt hier nicht. Doch im Augenblick gibt es Wichtigeres als die Frage, warum er wirklich hier ist.

»Du hast dieses Ding *Mordie* genannt«, sage ich.

Er nickt, als wäre es ganz normal, dass Hobgoblins

Menschennamen haben und dass er persönlich einen kennt.

»Mordecai Mathews«, sagt er. »Der Cousin von meinem Vater.«

Als ich den Namen höre, hämmert mein Herz laut los.

»Verdammt, das war Mordecai Mathews?« Gary ist genauso fassungslos wie ich. »Ich dachte, der wär tot.«

Das habe ich auch gedacht. Oma hat Mordecai Mathews immer einen *schlimmen Finger* genannt oder einen *nichtsnutzigen Trunkenbold*. Die meisten Leute fanden ihn sonderbar, aber harmlos – bis Peetie Munn vor ein paar Jahren verschwunden ist. Ich kannte ihn nicht wirklich. Er war ein bisschen jünger als ich und nicht in der Schule, seine Eltern haben ihn zu Hause unterrichtet. Ich weiß noch, wie die Leute damals getuschelt haben, Mordecai Mathews hätte ihm was Schlimmes angetan. Aber nachdem die mieseste Polizeistation der Welt ihn nach einer Weile hat laufen lassen, ist Mordecai abgetaucht. Er war weg. Tot oder nur weg aus der Stadt, das wusste keiner. Jedenfalls keiner außer Dylan, wie es aussieht.

»Er lebt schon ziemlich lang hier draußen im Wald«, erklärt Dylan und reibt sich den Nacken, genau wie Papa manchmal. »Bin ihm beim Jagen paarmal über den Weg gelaufen, aber näher rangekommen ist er noch nie.«

Ich denke an Mama und den armen Peetie Munn.

Da stellt sich doch gleich die Frage, ob der dämlichste Kripobeamte der Welt jemals auf die Idee gekommen ist, dass die beiden Fälle was miteinander zu tun haben könnten. Wahrscheinlich nicht. Frank weiß bestimmt nicht mal, was eine Cold-Case-Ermittlung ist. Wenn er mehr Krimis gucken würde, wüsste er, dass es ganze Serien über solche unaufgeklärten Fälle gibt.

»Ist er gefährlich?«, frage ich.

Dylan zuckt mit den Achseln und setzt sich auf den Baumstamm neben dem Feuer. »Der ist ein großer Kerl, der kann zulangen, wenn er will. Mein Dad hat mir so'n paar verrückte Sachen über Mordie erzählt. Anscheinend ist der nicht ganz richtig im Kopf.«

Ich setze mich rechts neben Dylan, bevor Gary oder Carl mir den Platz wegschnappen. Carl kniet sich neben Tucker, der von der Aufregung vollkommen am Ende ist und so doll hechelt, dass sich sein Brustkorb immer wieder weit aufspannt und dann wieder eng zusammenzieht. Er sieht aus wie ein großes Akkordeon mit Fell.

Dylan schüttelt den Kopf wie über einen Haufen dumme kleine Kinder, die nicht hören wollen. »Ich denk mal, ich kann schon bis morgens bei euch bleiben. Aber dann müsst ihr Jungs echt zurück zum Waldrand.«

»Das geht nicht«, sage ich in einem weinerlichen Tonfall, auch wenn ich das gar nicht will.

Erst als sich Dylan zu mir dreht, merke ich, wie dicht neben ihn ich mich gesetzt habe. Sein Gesicht ist so nah bei meinem, dass mich sein Nikotinatem in der Nase kitzelt. Normalerweise finde ich Zigarettengeruch grässlich, aber bei Dylan wirkt das ganz anders. Eher wie Feenschimmer, jedenfalls wird mir schwindlig, und alles fängt an zu kribbeln.

Ich schaue ihm direkt in die Augen und bemühe mich, meine Stimme fest klingen zu lassen. »Ich muss die Flüsterer finden. Sie wissen, wo meine Mama ist.«

Dylan erwidert meinen Blick, in seinen traurigen rostbraunen Augen spiegeln sich die Flammen. Dann wirft er Gary einen Blick zu, doch der zuckt nur mit den Achseln. Schließlich senkt er den Kopf und seufzt wie ein müder alter Mann. Er nimmt die Kappe vom Kopf, wischt sich mit der Hand über die Brauen und setzt sie sich wieder auf. Das kommt mir total erwachsen vor, als ob Dylan ein richtiger Mann wäre, eingesperrt in den Körper von einem Vierzehnjährigen. Wobei er natürlich ein Vierzehnjähriger ist, der der Pubertät schon viel früher als andere einen ordentlichen Tritt verpasst hat.

Wir betrachten ihn alle. Sogar Tucker liegt da und starrt zu Dylan hoch, wie um Anweisungen entgegenzunehmen. Das liegt an seiner Art – Dylan hat jetzt eben das Sagen, und ohne eine Entscheidung von ihm sind wir hilflos. Wieder seufzt er, laut und auch ein bisschen verärgert, weil wir seinen Plan durchkreuzen, was auch immer er vorgehabt haben mag. Wahrscheinlich abzuhauen, danach sieht es jedenfalls aus.

»Schlaft ein bisschen«, sagt er nach einer Weile und schaut uns an. »Ich bleib auf und halt Wache, falls Mordie doch noch mal aufkreuzt.«

Erleichtert atme ich aus. Ich fühle mich gleich viel sicherer und will nicht mehr auf der Stelle nach Hause rennen mit lautem Gebrüll – so wie sich die Prediger bei den großen Versammlungen der Christengemeinden die Seele aus dem Leib schreien. Aber die Vorstellung, einzuschlafen und mich vollzupinkeln, wenn Gary und Carl dabei sind, war schon schlimm genug. Auf keinen Fall darf das passieren, wenn Dylan hierbleibt.

»Ich bin nicht so müde«, lüge ich. »Ich kann aufbleiben und mit dir Wache halten.«

»Cool«, sagt Dylan, aber ich weiß nicht, ob er das ernst meint oder nur sagt, um mir Honig ums Maul zu schmieren.

Honig ums Maul schmieren hat nicht wirklich mit Honig zu tun. Es geht eher darum, Leuten das zu sagen, was sie hören wollen, damit sie die Klappe halten.

Wie in *Ist doch egal, ob Dylan mir nur Honig ums Maul schmiert, denn mit ihm zusammen die ganze Nacht am Feuer zu sitzen ist eine Idee, bei der mir äußerst frohgemut wird.*

Gary stochert mit einem armlangen Stock im Feuer herum. »Ich glaub ja nicht, dass überhaupt irgendwer von uns heute Nacht richtig gut schläft. Da können wir doch gleich alle wach bleiben.«

Verräter.

»Ich will nach Hause«, jammert Carl. Das musste ja kommen. Patzer Nummer drei.

»Sei still, Carl«, sage ich und durchbohre ihn mit einem bösen Blick, um ihm klarzumachen, dass er sich zusammenreißen soll. Ich weiß genau, wie das geht, weil Papa mich in den letzten Monaten oft so angeguckt hat.

Dylan schiebt seinen Hintern in den engen Jeans den Baumstamm runter und lässt sich neben Tucker nieder, der sich an ihn schmiegt. Er legt den Arm auf Tuckers Rücken und fährt mit den Fingern durch sein dichtes Fell. Die beiden sehen aus, als ob sie zusammengehören. Ich weiß nicht, auf wen ich eifersüchtiger bin – auf Dylan, weil er mir meinen Hund ausspannt, oder auf Tucker, weil er Körperkontakt mit Dylan Mathews hat, meinem ganz persönlichen Superhelden. Seine Hände sind von der vielen Farmarbeit bestimmt rau, aber ich kann mir nicht vorstellen, dass mir das viel ausmachen würde, wenn er *mir* den Rücken kraulen würde – was er natürlich nicht will. Ich weiß, dass ich lange nicht so schön bin wie Dylan, aber ich habe oft gehört, ich wäre süß. Sehr oft sogar.

Danny kommt an, mit einem Videospiel in der Hand. »Mama, kann ich das haben?«

Ich werfe einen Blick auf das Spiel. Da sind ein paar muskelbepackte Armeetypen drauf, also hoffe ich, dass sie

Ja sagt. Aber Mama schaut auf den Preis und runzelt die Stirn.

»Das ist zu teuer, Schatz«, sagt sie zu Danny. »Geh und such dir was aus, das weniger kostet. Viel weniger.«

Danny verdreht die Augen und schnaubt. »Mann, immer der gleiche Scheiß, Mama.« Ärgerlich stapft er davon.

Mama ruft ihm hinterher: »Pass auf, was du sagst, junger Mann. Und sei nicht so melodramatisch. Ist bloß ein Spiel.«

Ich greife nach der Großpackung Walmart-Klopapier, die wir immer nehmen, und lege sie in den Einkaufswagen.

»Danke, Button«, sagt Mama, während sie ihre Einkaufsliste prüft.

»Mama?«, sage ich.

Sie streicht das Klopapier durch. »Mhm?«

»Was bedeutet melodramatisch?«

Sie lächelt mich an und tippt sich mit der Kappe von ihrem Tintenschreiber ein paarmal ans Kinn, bevor sie antwortet. »Melodramatisch ist, wenn du einen Riesenaufstand machst wegen irgendwas, das total unwichtig ist und kein Schwein interessiert.«

Ich kichere ein bisschen, weil Mama Danny melodramatisch genannt hat. Und weil sie kein Schwein gesagt hat.

Sie schiebt den Wagen weiter und zwinkert mir zu. »Verwend es in einem Satz, Button.«

Ich kneife das linke Auge zusammen und verziehe den

Mund, weil mir das manchmal hilft, gute Sätze für unsere Wörter zu finden.

»Oma hat ziemlich melodramatisch reagiert, als Mr Killen die Birds-Eye-Tiefkühl-Erdbeeren nicht mehr hatte.«

Mama lacht laut los, ihr ist ganz egal, dass alle im Supermarkt sie hören können. »Das hat sie wirklich. Der war gut, Button.«

»Carolyn?«, ruft da eine Frauenstimme. »Carolyn James?«

Mama und ich schauen auf und sehen eine dunkelhaarige Frau mit einem Einkaufskorb, die uns anlacht. Sie ist spindeldürr und sieht okay aus – keine Schönheitskönigin wie Mama, aber dafür kann sie ja nichts.

»Sandy?«, fragt Mama überrascht. Die beiden gehen aufeinander zu und umarmen sich.

»Ich wusste gar nicht, dass du in der Gegend bist«, sagt Mama und hält die Frau ein Stück weit von sich weg. »Wie lange ist es her, zwei Jahre?«

»Jedenfalls zu lange«, sagt die Frau. »Meine Mutter liegt mir deswegen schon die ganze Zeit in den Ohren, das kannst du mir glauben. Und jetzt bin ich auch bloß für ein paar Tage da.«

Bevor die Frau mich bemerkt, kommt Danny aus dem Nichts angeschossen und hält Mama ein anderes Spiel unter die Nase – keine muskelbepackten Armeetypen diesmal.

»Können wir uns das hier leisten, Mama?« Typisch Danny, er platzt einfach in das Gespräch.

Mama schiebt das Spiel ein Stück weg und lächelt die Frau an.

»Oh mein Gott!«, ruft die Frau. »Ist das Danny?«

Mama nickt und Danny setzt sein bestes Zahnpastalächeln ein. Das macht er nur, wenn er weiß, dass ihm gleich ein Erwachsener sagen wird, wie gut er aussieht. Ich schiebe mich aus meinem Versteck hinter Mamas Rücken nach vorne. Vielleicht sagt sie über mich ja auch irgendwas Nettes.

»Er war schon immer so ein schönes Kind«, sagt die Frau zu Mama. »Weißt du noch, wie alle gedacht haben, er wär ein Mädchen, als er noch klein war?« Die beiden lachen, die Frau viel lauter als Mama. Danny verdreht die Augen. Das hat er schon tausendmal gehört, und er kann es nicht ausstehen.

»Und jetzt ist er ein unglaublich gut aussehender junger Mann geworden«, sagt die Frau. »Du und Daniel, ihr müsst so stolz auf ihn sein.«

Ich verdrücke mich wieder hinter Mamas Rücken, jetzt doch nervös über die Aussicht, mit Danny und seiner unglaublichen Schönheit verglichen zu werden. Aber Mama macht dabei nicht mit, das merke ich, ihr Körper wird hart. Sie mag nicht, wenn einer von uns glänzt und der andere im Schatten steht. Also macht sie einen Schritt zur Seite und schiebt mich direkt vor die Frau.

»Danke«, sagt Mama. »An Riley erinnerst du dich bestimmt auch noch, oder?«

Die Frau legt den Kopf schief und quetscht sich ein Lächeln ab, was eher aussieht, als hätte sie Verstopfung.

»Natürlich tu ich das.« Dabei klatscht sie mit den Händen auf ihre Oberschenkel, was so wirkt, als ob das zu hundert Prozent gelogen ist. Oder als ob sie mich für ein Hündchen ohne Zuhause hält. »Der kleine Riley. Immer noch so ein süßer Fratz.«

Das war's. Mehr kriege ich nie. Stattdessen schwänzelt sie gleich wieder um Danny herum und fährt mit den Fingern durch sein dichtes, welliges braunes Haar. Das ist okay. Ich bin es gewöhnt. Kann schon sein, dass Danny schön wie ein Filmstar ist, aber er knallt scharenweise Eichhörnchen ab und ich nicht.

»War wirklich nett, dich zu sehen, meine Liebe, aber ich muss jetzt weiter«, sagt die Frau. »Meine Mutter wartet im Auto, und du weißt ja, wie ungeduldig sie sein kann.«

»Sag ihr schöne Grüße von mir«, antwortet Mama, obwohl sie sich nicht besonders für die ungeduldige Mutter zu interessieren scheint. Die beiden umarmen sich noch mal. Bevor die Frau weggeht, küsst sie Danny kurz auf die Wange und verpasst ihm einen Lippenstiftfleck. Mir wuschelt sie durch die Haare. Ich hasse es, wenn mir Leute durch die Haare wuscheln. Das ist wie ein total dämlicher Trostpreis.

Ein Trostpreis *ist ein wirklich beschissenes Abschiedsgeschenk für die Versager in Spielshows, das nicht mal ein Hundertstel so gut ist wie der Hauptgewinn – eher so was wie ein Teilnahmebändchen.*

Wie in Als ich auf die Welt gekommen bin, haben Mama und Papa bestimmt gedacht, dass ich ein Trostpreis-Baby bin, weil man nicht zweimal hintereinander den Hauptgewinn kriegen kann.

Mama zieht mich zu sich und drückt meine Schulter. »Danny, leg das wieder zurück. Das ist immer noch zu teuer.«

Im Weggehen schnaubt Danny ärgerlich, aber er gibt keine Widerworte. Ich sehe ihm hinterher, bis er um die Ecke verschwunden ist.

»Meinst du, das bleibt so, für immer? Dass ich hässlich und süß bin?« Keine Ahnung, warum ich das laut ausspreche. Ich habe es gerade gedacht, und die Wörter sind einfach so aus meinem Mund gekommen. Manche Wörter tun eben, was sie wollen.

Mama sieht mich an. »Hey.«

»Hey«, wiederhole ich und schaue zu ihr hoch.

Sie zwinkert mir zu. »Wieso nenne ich dich Button?«

Ich verdrehe die Augen, aber meine Lippen verziehen sich trotzdem zu einem Lächeln. »Wegen dieser komischen Redensart über Knöpfe, die ich nicht kapiere. Button heißt Knopf, und du findest, ich bin so süß wie ein Knopf, stimmt's?«

Sie nickt. »Stimmt genau. Oder hast du schon mal von einem hässlichen Knopf gehört?«

Ich kichere.

»Und überleg mal, was passieren würde, wenn's keine Knöpfe gäbe auf der Welt«, sagt sie und reißt die Augen so weit auf, dass sie aussieht, als wäre sie verrückt geworden.

»Wir brauchen Knöpfe, Mama«, sage ich kichernd.

»Sonst könnten wir die Hemden nicht zumachen, und die Hosen würden alle runterrutschen.«

Sie schiebt unseren Einkaufswagen ein Stück weiter und nickt energisch. »Ganz genau, mein Schatz. Ohne Knöpfe wäre die Welt ein riesiges Durcheinander.«

16

Der perfekteste Moment in der Geschichte der Momente

Gary hat es geschafft, dass sich sein kleiner Bruder wieder beruhigt – die beiden haben sich am Feuer auf ihre Schlafsäcke gelegt und das Superheldenspiel gespielt. Jetzt schlingen sie Mr Killens weltbeste Erdnuss-Spezialität in sich rein und versuchen, mit den leeren Schalen in eine Papiertüte zu treffen, wie beim Körbe-Werfen im Basketball.

Ich schaue rüber zu Dylan. Er verwöhnt Tucker mit dem längsten Halskraulen in der Geschichte des Halskraulens und starrt dabei ins Feuer. Tuckers Augenlider senken sich, als ob er auf Drogen wäre oder so. Weil ich finde, ich muss was tun, damit sich Tucker wieder an mich erinnert, gleite ich von dem Baumstamm und lasse mich neben Dylan auf dem Boden nieder. Tucker richtet sich sofort auf, läuft ums Feuer und kommt zu mir, genau wie ich dachte. Er leckt mir zur Entschuldigung das Gesicht ab und schmiegt sich an meine linke Seite. Ich verzeihe ihm, lege den Arm auf seinen Rücken und fahre mit den Fingern durch das weiche, dicke Fell an seinem Hals.

»Wow«, sagt Dylan grinsend und gähnt. »Der weiß, wer der Boss ist.«

Ich zucke mit den Achseln, als wäre das nichts weiter. »Ich bin halt der, der ihn jeden Tag füttert.«

Dylan gluckst. »Da kann ich nicht gegen anstinken.«

Still sitzen wir da. An den Baumstamm gelehnt, starren wir in die Flammen, unsere Schultern sind nur ein paar Zentimeter voneinander entfernt. Das Feuer knistert, knackt und zischt, als ob es uns eine Geschichte erzählen wollte. Die Sinfonie der Natur wirkt hier mitten im Wald fast wie Filmmusik, die genau an den richtigen Stellen lauter oder leiser wird. Wenn sich Gary und Carl auf der anderen Seite vom Feuer nicht über ein Duell zwischen Deadpool und Spiderman streiten würden, könnte man die Situation vielleicht sogar romantisch nennen.

Romantisch ist, wenn du mit jemandem zusammen bist, den du sehr gern hast, und es einen so besonderen Moment gibt, dass in deinem Bauch ganz viele Schmetterlinge flattern und du fast kotzen musst.

Wie in *Das wäre nicht sehr romantisch, wenn ich ausgerechnet jetzt auf Dylan draufkotzen würde.*

»Du glaubst also, die Flüsterer wissen, wo deine Mama ist?«, fragt Dylan und zieht eine Augenbraue in die Höhe. Keine Ahnung, ob er das macht, weil er auch denkt, die Flüsterer könnten das wissen, oder weil er den Gedanken verrückt findet.

Zum hundertsten Mal zähle ich die Sommersprossen auf seiner Nase. Immer noch sieben. Ich nicke und drehe mich wieder schnell zum Feuer, damit es einen normalen Grund für mein rotes Gesicht gibt.

»Ja«, sage ich. »Vielleicht findest du das blöd.«

»Nein. Ich versteh schon ein bisschen was davon, wie doll man seine Mama vermissen kann.«

Ich weiß nicht, was ich sagen soll. Auf der Mathews-Farm habe ich noch nie eine Frau gesehen. Nur Dylan und seinen Vater, der fies wie eine Schlange aussieht. Aber ich habe nie was gehört, dass seine Mutter gestorben ist oder so. Ich würde ihn gern fragen, aber das kommt mir zu persönlich vor. Er wirft einen Kiefernzapfen ins Feuer, wie um einen Punkt zu machen. Ende der Geschichte. Nächstes Thema. Also lasse ich es.

Als ich mich ein bisschen näher zu ihm drehe, berührt mein Knie auf einmal seins. Er zieht sein Bein nicht zurück und schreckt auch nicht zusammen, also lasse ich das Knie da. Mein Herz klopft laut. Ich bete, dass es keine Morse-Botschaften an Dylan schickt und ihn womöglich vor *meinem anderen Problem* warnt.

»Meinst du, Mordecai hat diesem verschwundenen Jungen wirklich was getan?«, frage ich. Hoffentlich merkt Dylan nicht, dass sich unsere Knie berühren, sonst schlägt er mich vielleicht zusammen.

Dylan sieht mich an, dann macht er wieder dieses Ding mit der Kappe, hebt sie ein bisschen hoch, wischt sich mit dem Handrücken über die Stirn und lässt sie zurück auf seinen Kopf sinken.

»Mann, wenn ich das wüsste«, sagt er. »Aber egal, was mit Peetie Munn passiert ist, für die Leute hier ist Mordie schuld, das ist mal klar.« Er starrt ins Nichts, der Feuerschein flackert über sein leeres Gesicht. »Zutrauen würd ich's ihm schon.«

»Hast du darum mit der Flinte auf ihn gezielt?«, frage ich. »Dachtest du, der will irgendwas Böses?«

Er zuckt mit den Achseln und guckt weg. »Ich hab verdammt viele Geschichten von ihm gehört über die Jahre. Und echt keine guten. Mein Dad sagt, als sie Kinder waren, hat Mordie kleine Tiere gequält und abgemurkst, nur so zum Spaß. Und die toten Viecher dann direkt beim Haus versteckt.«

Mir kommt es fast hoch bei der Vorstellung, wie das gestunken haben muss. Und ich frage mich, ob Danny später auch mal ein Hobgoblin wird, der allein im Wald lebt, weil er ja harmlose Eichhörnchen abknallt, nur zum Spaß. Könnte schon sein.

»Er hat auch viel gesoffen«, ergänzt Dylan. »Die Leute sagen, der Whiskey hat Mordies dunkle Seite rausgelockt. Anscheinend hat er bei einem Streit in einer Kneipe mal fast einen umgebracht.«

Ich würde Dylan gerne fragen, ob er glaubt, dass Mordecai Mathews meine Mutter weggeholt haben könnte, aber bestimmt ist es klüger, meinen Verdacht nicht ausgerechnet jemandem aus Mordecais Verwandtschaft auf die Nase zu binden. *Blut ist dicker als Wasser*, sagt Mama immer.

»Und was denkt dein Vater jetzt über Mordie?« Mir fällt nichts anderes ein, was ich sagen könnte, aber auf einmal wird Dylans Gesicht ganz finster.

»Mein Dad ist auch nicht besser«, sagt er. »Die Mathews-Männer, die haben alle was Hundsgemeines an sich.«

Dylan starrt ins Feuer, mit glänzenden Augen. Er berührt sein zerschlagenes Gesicht, wohl ohne es selbst zu merken. Eine einzelne Träne entwischt seinem Augenwinkel und läuft ihm über die Wange. Da begreife ich es. Sein Vater hat ihn so zugerichtet. Darum hat er auch so viele Sachen in seinem Rucksack. Er haut wirklich von zu Hause ab. Und noch was wird mir klar: Obwohl Papa mich nicht mehr lieb hat, würde er mich niemals schlagen und Danny auch nicht.

Mit geballter Faust wischt Dylan die Träne weg, dann räuspert er sich. Ob es ihm peinlich ist, weiß ich trotzdem nicht. Er nimmt wieder einen Kiefernzapfen und wirft ihn ins Feuer. Noch ein Punkt. Ende der Geschichte.

Ich schaue weg, damit er ganz für sich sein kann, und merke, dass von Gary und Carl nichts mehr zu hören ist. Sie sind beide eingeschlafen. Gary dreht sich mit einem kurzen Schnarchen von uns weg. Jetzt sind nur noch Dylan und ich da, umgeben von den beruhigenden Klängen der Natursinfonie. Als wären wir die einzigen Menschen auf der Welt und bekämen unser ganz privates Konzert. Ich traue mich nicht, mein Knie von Dylan wegzuziehen, und er bewegt sich auch nicht. Zwischen uns läuft eine Spannung hin und her, sie strömt genau durch die Stelle, an der sich unsere Knie berühren. Das ist aufregend und gefährlich zugleich. Und es ist der perfekteste Moment in der Geschichte der Momente.

Ich lehne den Kopf zurück an den Baumstamm, schließe die Augen und lausche auf die Nachtgeräusche um uns herum. Die Zikaden haben gerade ein Solo. Dann setzen die Frösche mit der Basslinie ein. Und beim Refrain machen auch die Vögel und die Grillen mit. Keine Ahnung, ob es daran liegt, dass ich so entspannt bin oder dass mein Knie das von Dylan berührt, oder vielleicht auch an der Naturmusik hier im Wald – jedenfalls taucht Mamas Lied beinahe durch den Nebel in mein Hirn. Aber bevor ich es richtig hören kann, verschwindet es wieder. Ich merke nicht mal, dass ich eingeschlafen bin, bis ich wach werde, weil ich was Warmes, Nasses an meinem Bein spüre.

Sofort bin ich in Panik. Ich kämpfe mich auf die Füße und kann das Rinnsal immerhin fünf oder sechs Schritte lang stoppen, bis ich im Schutz der Dunkelheit bin. Mit dem Rücken zum Lager zerre ich den Reißverschluss auf und lasse es strömen, gerade noch rechtzeitig. Der Strahl ist stark und macht beim Auftreffen auf die Blätter ein lautes Geräusch. Das erinnert mich daran, wie manchmal der Regen auf das Blechdach von Papas Werkzeugschuppen prasselt, und dadurch muss ich natürlich an Kenny aus Kentucky denken. Und gleich sind sie wieder da, die Schuldgefühle, wie eine riesige Welle, die mich umhaut.

Angeklagter, worauf plädieren Sie?

Schuldig, Euer Ehren.

Ich schüttle den Gedanken ab und verstaue ihn dort, wo er hingehört – hinter die dicke Mauer in meinem Hirn, wo alles hinkommt, an das ich möglichst nicht denken will.

Als ich fertig gepinkelt habe, schaue ich nach unten und betrachte meine Hose. Zum Glück ist da nur ein kleiner nasser Fleck, nicht viel mehr, als auch dann bleibt, wenn du dein Ding nicht richtig abschüttelst. Dem Plastikbeutel mit Mamas Ring ist nichts passiert, der ist sicher. Ich traue mich nicht, über die Schulter zurückzuschauen, denn vielleicht guckt Dylan ja. Aber als ich endlich fertig bin und alles wieder verstaut habe, drehe ich mich langsam um. Als Erstes sehe ich, dass Dylan jetzt auch eingeschlafen ist, genau wie Gary und Carl. *Mein Problem* ist also weiter ein Geheimnis. Erleichtert atme ich auf, zum ersten Mal, seit ich wach geworden bin. Aber dann sehe ich etwas, das mich gleich wieder in Panik versetzt.

Tucker ist weg.

Ich renne zu meinem Rucksack, fische die Taschenlampe raus und mache sie an. Nach dem ersten Flackern erhellt ein schwacher, aber gleichmäßiger Lichtstrahl die Dunkelheit um unser Camp. Ich richte ihn erst geradeaus, dann nach links und nach rechts. Nichts als Bäume. Ich überlege, ob ich Dylan wecken soll, aber da höre ich, wie Tucker von irgendwo in der Dunkelheit winselnd nach mir ruft. Es ist dieses schrille Jaulen, das er immer macht, wenn er wegen irgendwas angespannt ist und mir nicht mitteilen kann, was es ist. Seit Mama nicht mehr da ist, jault er ziemlich oft auf die Art.

Jetzt klingt es, als wäre er nicht besonders weit weg. Ich werfe einen Blick über die Schulter. Gary und Carl rühren sich nicht. Dylans Kopf ruht auf dem Baumstamm, sein Atem strömt mit einem leisen Schnauben durch seine halb geöffneten Lippen. Ich beschließe, niemanden aufzuwecken. Wahrscheinlich ist Tucker nur losgezogen, um irgendwo sein Geschäft zu machen, so wie ich. Aber es ist finster, und ich will mich auf der Suche nach ihm auf gar keinen Fall verlaufen. So leise ich kann, pirsche ich mich zum Feuer und nehme die Tüte mit den Erdnuss-Schalen.

Tucker jault wieder nach mir, und ich mache mich auf die Suche, in der einen Hand die Taschenlampe, in der anderen die Überreste von Mr Killens weltbester

Erdnuss-Spezialität. Ich halte mich dicht beim Bach und versuche, so geräuschlos wie möglich aufzutreten. Das klingt viel einfacher, als es ist. Blätter rascheln und kleine Zweige zerbrechen mit lautem Knacken unter meinen Sohlen, als würden sie sich ärgern, dass ich sie aus ihrem friedlichen Schlaf aufgestört habe. Das Licht aus meiner Taschenlampe wird schwächer. Ich schüttle sie ein bisschen, und der Schein wird wieder etwas heller.

Ich bleibe stehen und warte, bis das Rascheln und Knacken am Boden um mich herum aufhört. Erst dann versuche ich mich zu orientieren. Tuckers Rufe hallen zwischen den Bäumen herum. Es klingt, als kämen sie von links. Aber wenn ich da hinwill, muss ich über den Bach und mitten ins Hobgoblin-Land. In die Gegend von Mordecai Mathews und wer weiß was noch allem. Vielleicht auch ins Land der Flüsterer. Ich schaue über die Schulter zurück. Das Licht unseres Lagerfeuers ist noch zu sehen, ein heller Fleck, der für Sicherheit steht, nur wird er immer kleiner, und die Umrisse von meinen schlafenden Freunden und meinem ganz persönlichen Superhelden sind kaum mehr zu erkennen.

Ich mache noch ein paar Schritte vorwärts, leuchte mit der Taschenlampe auf den Bach, bis ich die schmalste und flachste Stelle gefunden habe, die es hier gibt. Ein dicker Ast ragt halb übers Wasser wie eine Brücke. Kann gut sein, dass Tucker hier den Bach überquert hat. Ich trete mit einem Fuß drauf, um zu testen, ob der Ast stabil genug ist. Bestimmt kann ich ziemlich weit auf ihm balancieren, und falls er nachgibt, springe ich eben.

Dann spähe ich in die vollkommene Dunkelheit auf der anderen Seite und rufe mit einem gepressten Flüstern nach Tucker, in der Hoffnung, dass ich damit keine schlafenden Hobgoblins wecke.

Er antwortet mit einem Winseln. Aber ich höre ihn nicht herbeitappen, was seltsam ist, weil er sonst immer kommt, wenn ich rufe. Irgendwas stimmt hier nicht. Ich atme tief ein, die Nachtluft ist angenehm frisch, und der vertraute Geruch nach Geißblatt und Jasmin macht mich ruhiger und entschlossener. Vor mir ist mein Hund, der mich braucht, hinter mir ist die Sicherheit unseres Camps mit Dylan und seiner Flinte. Und so steige ich auf den Ast und balanciere über den Bach zum anderen Ufer.

17

Der schlauste Hund in der Geschichte der Hunde

Ich weiß nicht, wie lange ich jetzt schon durch den Wald tappe, jedenfalls sind die Erdnuss-Schalen fast aufgebraucht. Alle paar Schritte habe ich welche fallen lassen – ich fand es ziemlich schlau von mir, auf die Art den Weg zu markieren, damit ich mich im Land von Mordecai Mathews nicht verlaufe. Knabberzwiebeln wären auch gegangen, aber vielleicht hätten dann Eichhörnchen oder Hirsche sie gefressen. Tiere mögen nämlich genauso gern Zwiebelringe wie Menschen, das weiß ich, weil Tucker sie so lecker findet, dabei kriegt er immer so schlimme Blähungen, wenn er sie frisst.

Ich versuche zu verdrängen, wie dunkel es überall um das Taschenlampenlicht ist, und schaue nicht nach rechts oder links. Direkt neben mir kann ein Hobgoblin laufen, ohne dass ich das Geringste mitkriege. Aber ich will auch gar nichts mitkriegen. Tucker meldet sich jetzt in regelmäßigen Abständen, er scheint zu wissen, dass ich komme, und führt mich mit seinem tierischen GPS zu sich. Bestimmt wäre er ein großartiger Polizeihund geworden. Vielleicht könnte er auch im Fernsehen auftreten. Eine ganze Serie könnten sie mit ihm machen. Aber ich weiß, dass mich Tucker nie verlassen würde, auch nicht für das Funkeln und Glitzern einer Filmstar-Karriere in Hollywood.

Vor mir knackt ein Ast und ich erstarre.

»Tucker?«

Wieder jault er. Diesmal von irgendwo rechts. Ich passe meine Richtung an und gehe weiter. Dabei gebe ich mir alle Mühe, nicht daran zu denken, dass es nicht rechts von mir geknackt hat, sondern geradeaus. Nur irgendein Tier, sage ich mir.

Ich bin bei den letzten Erdnuss-Schalen, als ich Tucker vor mir laut hecheln höre. Dann entdecke ich auf einer kleinen Lichtung seinen Umriss, in Mondlicht getaucht, und breche vor lauter Erleichterung fast in Tränen aus. Ich lasse die leere Tüte fallen und renne den Rest vom Weg. Tucker sitzt mitten in einem Lichtkreis aus Mondschein, was aussieht, als ob ihn gleich ein Alien-Raumschiff nach oben beamen wollte. Zur Sicherheit schaue ich sogar in den Himmel. Kein Raumschiff da. Einerseits möchte ich ihn in den Arm nehmen, andererseits bin ich jetzt, wo ich weiß, dass er okay ist und auch keine Gefahr droht, dass ihn Aliens entführen, auf einmal furchtbar wütend auf ihn.

Ich stemme die Hände in die Hüften wie immer, wenn ich mit ihm schimpfe, was nicht besonders oft vorkommt. »Warum bist du weggelaufen?«

Ich lasse meine Stimme so schroff klingen, wie ich nur kann. Er antwortet nicht. Tut er natürlich nie, aber das hält mich nicht davon ab, ihn Sachen zu fragen.

»Willst du, dass wir uns beide hier draußen verlaufen? Dass wir bei lebendigem Leib gefressen werden? Oder von Aliens entführt?«

Er schließt den Mund und legt den Kopf schief, als könnte er nicht verstehen, warum ich so sauer auf ihn bin. In diesem Moment fällt mir auf, dass alle Naturgeräusche verstummt sind. Es ist vollkommen still, eine Konzertpause anscheinend. Ich schaue mich um, will mich vergewissern, dass wir allein sind – mein eigener Satz über das Gefressenwerden macht mir zu schaffen. Da sehe ich es. Da begreife ich endlich. Da mache ich mir fast noch mal in die Hose, vor lauter Aufregung diesmal, denn Tucker, ganz ehrlich, ist der schlauste Hund in der Geschichte der Hunde.

Langsam drehe ich mich und betrachte alles genau, um sicherzugehen, dass ich nicht träume. Ich stehe mitten auf einer Lichtung, die ungefähr so groß wie mein Zimmer ist, auf dem Boden ein knisternder Teppich aus trockenem Laub. Ich schaue nach oben. Zwischen den Baumwipfeln klafft eine Lücke, es sieht aus, als hätte der Wald ein Loch. Der Mond scheint zu uns herunter, durch sein sanftes Licht wirkt der Ort wie eine Oase mitten im Wald.

Eine *Oase* ist ein Ort in der Wüste, wo es Wasser und Palmen gibt. Man kann sich dort niederlassen, Kokosnussmilch trinken und für eine Weile vergessen, dass man trotzdem noch in der Wüste festsitzt.

Tucker geht mit den Vorderpfoten ein Stück nach vorne und streckt sich in Zeitlupe, bis sein Bauch den Boden streift. Und da ist er. Gleich hinter ihm und genau im Mittelpunkt der Lichtung – ein verwitterter alter Baumstumpf, der mir bis an die Hüften reicht. Genau wie in der Geschichte.

Ich will hingehen, aber meine Beine sind wie aus Pudding. Ich lasse die Taschenlampe fallen. Eine kleine Windbö huscht um mich her, wie als Aufforderung. Nach einer Weile umrunde ich Tucker mit ein paar unsicheren Schritten und gehe zu dem Baumstumpf. Sein Durchmesser ist ungefähr wie der von einem Essteller, und es ist eine Höhlung darin, sodass er oben fast wie eine große Müslischale aus Holz aussieht. Ich fahre mit den Fingern über den Rand, die abgestorbene Rinde kratzt an meiner Haut.

Ein vertrauter Geruch kitzelt mich in der Nase, und als ich aufschaue, sehe ich, dass die Lichtung von Geißblattsträuchern umgeben ist. Der Duft ist stark, und ich schmecke den süßen Nektar in den Blüten fast auf der Zunge. Etwas brummt an meinem Ohr und ich ducke mich weg. Kurz flackert so was wie ein winzig kleines blaues Weihnachtslicht auf, aber als ich den Kopf in die Richtung drehe, ist es schon wieder weg. Tucker beobachtet mich mit großen Augen und schief gelegtem Kopf. Diesen Blick sehe ich in letzter Zeit oft, und ich weiß, was er bedeutet: *Mein Mensch ist ein Fall für die Klapse*.

»Du hast es gefunden, Tuck«, sage ich mit einem breiten Grinsen. »Braver Junge.« Ich beuge mich vor und kratze ihn am Kopf. Als Antwort schlägt er fest mit dem Schwanz auf den Boden.

Ich starre in die Höhlung im Baumstumpf, als ob sich darin gleich eine Art Geheimtür öffnen würde. Ich stelle mir vor, wie mein Körper schrumpft. Wie ich in ein Loch falle und in einer Art Wunderland der Flüsterer lande, wo ich Mama begegne, die bei Kuchen und Eis mit einem seltsamen Kerl im Zylinder zusammensitzt. *Schön wär's.*

Riley.

Genau wie letztes Mal sind ihre Stimmen zugleich in meinem Ohr und woanders. Sie sind überall – sie schweben auf einem fliegenden Teppich aus Blättern, Wind und Geißblattduft durch die Baumwipfel. Die blauen Weihnachtslichter schwirren um mich herum, leuchten kurz auf und verblassen so schnell wieder, dass ich nicht sicher sein kann, ob das nicht nur solche komischen Punkte sind, wie man sie kriegt, wenn man fest die Augen zukneift. Ich bemühe mich, sie auf keinen Fall direkt anzusehen, damit ich nicht für immer bei ihnen bleiben muss wie der Junge in der Geschichte, aber ich weiß, die Flüsterer sind da. Diese Chance werde ich nicht ungenutzt verstreichen lassen.

Vorsichtig schiebe ich die Hand in die Hosentasche, als ob jede plötzliche Bewegung sie verscheuchen oder mich aus diesem Traum wecken könnte, aus dem ich nicht aufwachen will. Ich ziehe das Schweizer-Armeemesser heraus und lege es in meine hohle Hand. Dann halte ich es über den Baumstumpf und schaue in die Bäume. Ich weiß nicht, ob sie mir von dort aus zuschauen, aber irgendwie fühlt sich das richtig an.

»Ich habe euch das hier gebracht«, sage ich in einer Lautstärke, die gut zu hören ist, aber nicht respektlos wirkt. »Es gehört meinem Opa. Er wird sehr wütend sein, dass ich es genommen habe, aber das macht mir nichts aus. Ihr sollt es haben, als Opfergabe.«

Keine Antwort. Nur wieder mein geflüsterter Name.

»Wisst ihr, wo meine Mama ist?« Meine Stimme klingt zittrig. »Ich muss sie finden. Ich glaube, dass sie in Not ist.«

Wieder hüllt mich ein warmer, nach Geißblatt duftender Windhauch ein, wie eine angenehm riechende Decke direkt aus dem Trockner. Ich weiß, dass sie mich hören. Sie verstehen mich. Der Windhauch legt sich. Tucker kommt wieder auf die Beine und beobachtet mich. Der Blick in seinen Augen macht mir klar, dass er in diesem Moment alles dafür geben würde, meine

Sprache zu sprechen, damit er mir helfen kann. Dabei verstehe ich ohne Probleme, was er mir mit seinem Starren mitteilen will. Er findet, dass ich das falsch mache.

Ich lege Opas Messer in den Baumstumpf und trete einen Schritt zurück. Dann halte ich inne und überlege mir sorgfältig, was ich sagen will. »Mein Herzenswunsch ist es, Mama zu finden.«

Augenblicke vergehen. Der Wind legt sich. Die leisen Stimmen sind nicht mehr zu hören, und es schwirren auch keine seltsamen blauen Weihnachtslichter mehr um meine Augenwinkel herum. Dies ist einer der Momente, in denen ich glaube, ich hätte mir das alles nur eingebildet – die Flüsterer, den Hobgoblin und auch dass Dylan Mathews als Superheld aufgetaucht ist und uns gerettet hat. Vielleicht war das alles ein Traum. Vielleicht wache ich gleich zu Hause in meinem vollgepinkelten Bett auf.

Nein. Das hier muss real sein. Wenn es das nämlich nicht ist, heißt das –

In der Dunkelheit knackt ein Zweig, dicht bei der Lichtung, und ich reiße den Kopf herum. Ich schaue dorthin, wo das Geräusch hergekommen ist, und warte, dass Mama erscheint. Kaum zu glauben, wie simpel das gewesen ist. Wie konnte ich bloß zweifeln? Die Flüsterer sind real. Sie haben mir meinen Herzenswunsch erfüllt. Ich betrachte die dunklen Türen im Wald und frage mich, durch welche sie wohl kommen wird.

Tucker stellt die Ohren auf, das Fell auf seinem Rücken sträubt sich – nie ein gutes Zeichen. Er weicht zurück und knurrt. Sein bedrohliches Knurren, nicht das wie beim Spielen. Ich beuge mich vor, hebe die Taschenlampe auf und richte sie auf die Dunkelheit direkt vor uns. Das Schattenwesen bewegt sich vorwärts, gleich wird es die Grenze zwischen Walddunkel und Mondlichtboden überschreiten. Aber es ist nicht Mama. Dafür ist das Wesen viel zu groß. Zu hochgewachsen. Zu massig. Zu haarig. Zu … *hobgoblinmäßig*.

Ein schriller Schrei löst sich aus meinem Mund. Er zerreißt den Nachthimmel und lässt den Hobgoblin erstarren. Das Wesen macht allen Ernstes einen Schritt zurück, als hätte *es* Angst vor *mir*. Tucker knurrt und duckt sich, er will angreifen. Aber ich habe Angst, dass im Kampf mit einem Hobgoblin nicht mal Tucker eine Chance hätte.

Ich reiße an seinem Halsband, ziehe ihn in die entgegengesetzte Richtung. Dabei gerate ich ins Stolpern, aber ich fange mich schnell wieder. Mit Tuckers Halsband in der einen Hand und der Taschenlampe in der anderen flüchte ich rückwärts aus der Lichtung. Im Wald drehe ich mich um und suche den Boden nach leeren Erdnuss-Schalen ab. Zum Glück landet der schwankende Lichtstrahl irgendwann auf der Plastiktüte und dann zuerst auf einem Häuflein mit zwei Schalen, dann einem mit drei. So schnell ich kann, folge ich dem Weg, den sie markieren. Tucker und ich rennen, und ich tue alles, um nicht hinzufallen. Ich sehe mich nicht um, ich will gar nicht wissen, ob der Hobgoblin uns verfolgt. Bestimmt hätte er uns dann sowieso schon längst eingeholt. Mein Herz hämmert in der Brust, als ob es einen Morse-Code-Notruf an die Polizei schicken wollte. Hoffentlich kommt der Ruf bei Frank an. Lieber den dämlichsten Kripobeamten der Welt als gar keinen.

Die Erdnuss-Schalen zeigen uns den Weg zurück ins Sichere, und je weiter wir von der Lichtung wegkommen, desto einfacher ist es zu rennen. Keine Ahnung, ob das eben Mordecai Mathews war oder einer von seinen Hobgoblin-Freunden, aber ich werde auf keinen Fall langsam machen, nur um das rauszukriegen. Mit der einen Hand umklammere ich die Taschenlampe, mit der anderen Tuckers Halsband, damit er nicht auf die Idee kommt, zurückzulaufen und den Hobgoblin anzugreifen. Tucker kann sich gegen jeden behaupten, egal ob Mensch oder Tier, aber das hier ist eine ganz andere Nummer. Dieses Wesen ist finster. Es ist böse. Es frisst kleine Jungs wie Peetie Munn und verschleppt mir nichts, dir nichts schlafende Mütter aus dem Wohnzimmer.

Ich renne und renne.

18

Das F-Wort

Wir haben es geschafft, wir sind zurück. Tucker marschiert gleich zum Bach, um zu trinken, während ich auf den umgestürzten Baumstamm sinke, um zu verschnaufen, und den Kopf zwischen den Knien hängen lasse. Die Morgendämmerung taucht das Lager in ein seltsames Zwielicht. Gary, Carl und Dylan sind am Aufwachen. Anscheinend haben sie überhaupt nicht mitgekriegt, dass ich weg war. Als ich hochschaue, stehen sie zu dritt vor mir – mit knittrigen Gesichtern, schief gelegten Köpfen und schlafblinzelnden Augen, in denen lauter Fragen stehen.

Keuchend erzähle ich, wie Tucker mitten in der Nacht auf einmal weg war. Ich erzähle von den Erdnuss-Schalen und der Lichtung. Ich erzähle, wie ich meinen Namen gehört und die blauen Lichter gesehen habe. Und ich erzähle auch, dass ich Opas Taschenmesser in dem verwitterten Baumstumpf gelassen habe, als Opfergabe für die Flüsterer. Erst als ich kurz innehalte, um einen tiefen Atemzug zu tun, merke ich, wie schnell ich rede und wie verrückt sich meine Geschichte anhören muss.

Die anderen glauben mir nicht.

Das weiß ich genau, sie starren mich nämlich an wie einen Irren, der eine Zwangsjacke braucht.

Eine *Zwangsjacke* zieht man nicht an, weil einem kalt ist. Das ist etwas, das die Arme von Leuten festhält, die krank im Kopf sind und toben wie irr, so richtig mit Schaum vor dem Mund.

Wie in *Ich fahre mir über den Mund und bin froh, dass da kein Schaum ist, also brauche ich im Moment anscheinend doch noch keine Zwangsjacke.*

Ich beschließe, meine Erzählung besser an dieser Stelle abzubrechen, vor meiner zweiten Begegnung mit dem Hobgoblin. Wenn ich ihnen davon erzähle, gehen sie nämlich nie noch mal mit mir zu der Lichtung, um alles bei Tageslicht anzuschauen.

Wir warten, bis die Sonne hell am Himmel steht, und überqueren nach einem schnellen Würstchen-Frühstück den Bach an der gleichen Stelle wie ich vor ein paar Stunden. Dann folgen wir dem Pfad, den ich mit den Erdnuss-Schalen markiert habe. Dylan geht vor, die Flinte hängt so selbstverständlich über seiner Schulter, als ob er damit auf die Welt gekommen wäre. Ich gehe hinter ihm, betrachte seinen wohlgeformten Oberkörper und die breiten Schultern und wie tief seine Jeans auf den schmalen Hüften hängt. Im Stillen bitte ich Gott um Verzeihung dafür, dass ich Dylan auf diese Art anstarre. Das soll man nämlich tun, wenn man unreine Gedanken hat, sagt der Prediger in der North Creek Church of God. Irgendwie finde ich das seltsam, denn die Gedanken, die *mein anderes Problem* mich denken lässt, fühlen sich überhaupt nicht unrein an. Aber mein Kopf weiß es besser. In der Schule ist es genau wie in der Kirche: Mein Kopf hat dort mehr gelernt als mein Herz. Ist ja auch irgendwie logisch, Köpfe sind eben schlauer als Herzen. Sie sind schließlich … na ja, Gehirne halt.

Gary und Carl gehen hinter mir, und wie üblich streiten sie sich. Carl ist immer noch total durch den Wind wegen unserer ersten Mordecai-Mathews-Begegnung gestern Nacht und will unbedingt nach Hause. Soll er doch gehen.

Tucker ist ganz hinten. Er bewegt sich langsam und schnauft ziemlich viel. Er wollte auch nichts von dem Trockenfutter fressen, das ich für ihn dabeihabe. Ich musste mich erst über ihn stellen und ihn praktisch dazu zwingen. So wie er mich zwischen den Bissen angeschaut hat, war klar, dass er das Futter nur geschluckt hat, weil er nicht ungehorsam sein wollte. In letzter Zeit ist das die einzige Art, ihn zum Fressen zu bewegen.

Vielleicht fürchtet sich Tucker ja davor, jetzt bei Tageslicht wieder in das Land von Mordecai Mathews zurückzukehren. Das kann ich verstehen. Dabei fühle ich mich im Augenblick doch ziemlich sicher, wie ich so hinter Dylan, seinen breiten Schultern und seinem Gewehr herlaufe.

Ich weiß nicht, wie lange wir gehen, aber die Füße tun mir weh, und in meinen Lungen sind statt Luft lauter Steine, so fühlt es sich jedenfalls an. Ich staune, wie Gary das schafft: Man könnte denken, dass er schier stirbt bei dem vielen Gewicht, das er mit sich rumschleppt, aber er hat schon immer viel mehr Energie gehabt, als man bei seiner Jumbo-Größe erwartet.

Obwohl unsere Füße beim Trampeln durch raschelnde Blätter und trockene Zweige ziemlich viel Krach machen, schrillt der Name so laut in meinen Ohren wie dieser grelle Feueralarm in der Schule. Es muss Carl sein, der ihn ausspricht. *Kenny*. Wie in *Kenny aus Kentucky*. Mein Gesicht wird sofort feuerrot, und ich wage nicht, mich umzudrehen. Ich halte den Mund, schaue nach vorne und lausche.

»Mama hat gesagt, Tante Sadie kommt nächsten Monat wieder zu Besuch. Kenny kommt auch mit«, sagt Carl.

»Verdammt!«, sagt Gary. »Ich hasse diesen Kerl.«

»Zu mir ist der immer nett«, widerspricht Carl.

»Weil du ein kleines Kind bist. Alle sind nett zu kleinen Kindern.«

»Du nicht«, schießt Carl zurück.

Gary gibt darauf keine Antwort. Ich bekomme kaum Luft. Kenny aus Kentucky kommt. Nächsten Monat schon.

»Jedenfalls schläft der nicht noch mal bei mir im Zimmer«, sagt Gary zu Carl, aber laut genug, dass ihn die ganze Welt hören kann. »Er kann ja bei dir schlafen oder auf der Couch.«

Ich kann nicht fassen, dass sie über Kenny aus Kentucky reden, und das vor Dylan.

»Wer ist Kenny?«, fragt Dylan.

Er schaut über die Schulter zurück und sieht mich an. Wieso fragt Dylan ausgerechnet mich nach Kenny? Ich rede nie über ihn. Ich zucke mit den Achseln und tue so, als ob ich den Namen noch nie gehört hätte. Daraufhin meldet sich Gary.

»Der neue Stiefsohn von Tante Sadie«, erklärt er. »Die ist nach Kentucky gezogen, und da hat sie dann Kennys Dad geheiratet. Der ist Mexikaner.«

»Hast du was gegen Mexikaner?«, fragt Dylan. Ich tue, als ob ich unsichtbar wäre. Mit diesem Gespräch will ich nichts zu tun haben.

»Ist mir scheißegal, dass er Mexikaner ist, aber Kenny kann einen echt nerven«, sagt Gary. »Der tut, als wäre er was Besseres. Sein Dad ist reich oder so, jedenfalls hat er immer die dollsten Klamotten an.«

Dylan gluckst ein bisschen, während er ein paar Zweige aus dem Weg schiebt. Irgendwie kommt es mir so vor, als würde er genauso sehr über mich lachen wie über Kenny aus Kentucky. »Was heißt denn doll?«

Gary sagt: »Na ja, du weißt schon, der erklärt dir dauernd, wo seine Sachen her sind und wie teuer sie waren. Irgendwie tussig, der Typ.«

Tussig? Hitze steigt mir in den Kopf.

Gary macht weiter. »Und er tut immer, als ob wir die hinterletzten Landeier wären.«

»Anscheinend machen ihm seine Besuche hier auch nicht viel Spaß«, sagt Dylan.

»Stimmt, der hasst es, bei uns zu sein.« Gary kann nicht aufhören, über Kenny zu reden. »Kommt ständig damit an, dass unser Haus viel kleiner ist als ihres. Der ist einfach unverschämt. Und bloß weil wir gleich alt sind, bilden sich unsere Eltern ein, wir müssten auf Anhieb beste Freunde sein. Dabei war Kenny letztes Mal mehr bei Riley als bei uns, und das war super so. Der Werkzeugschuppen von deinem Dad, der hat's ihm echt angetan, stimmt's, Alter?«

Auf einmal wird mir schlecht, richtig schlecht. Meine Ohren brennen wie Feuer. Mein Herz schlägt so schnell, dass ich mich fühle wie kurz vorm Herzinfarkt.

Ich drehe mich um, gucke Gary böse an und schaffe es nicht, meinen Tonfall so in den Griff zu kriegen, dass er zu einem kleinen Waldspaziergang unter Freunden passt. »Warum hältst du nicht endlich dein großes Maul, du Fettsack?«

Ich brülle fast, meine Stimme hallt laut durch den

Wald. Alle bleiben stehen – sogar Tucker, der den Kopf schief legt und mir seinen *Was-sollte-das-denn-Kumpel-*Blick zuwirft. Gary starrt mich mit weit aufgerissenen Augen und offenem Mund an. Ich habe ihm noch nie gesagt, er soll den Mund halten, und das F-Wort habe ich schon gar nicht benutzt, niemals. Ich hab ihm noch nicht mal gesagt, dass er besser mehr Salat und weniger Knabberzwiebeln essen soll. Ich senke den Kopf und schaue wieder nach vorne.

Dylan steht da und sieht mich mit ewig weit hochgezogenen Augenbrauen an. »Alles okay mit dir? Du bist furchtbar rot im Gesicht.«

»Mir geht's gut!« Das blaffe ich eher, als dass ich es sage, und mein Gesicht wird gleich noch heißer. Wie kann ich es wagen, in diesem Ton mit dem größten Superhelden von allen zu reden?

Ich betrachte meine Füße und das Laub und die Erde, sehe alles andere an als Dylans zerschlagenes Gesicht, seine geschwollene Lippe und seine Augen.

Als ich wieder hochgucke, starrt er mich immer noch an. Ich fühle mich wie ein komplettes Arschloch, dass ich ihn so angefahren habe, und frage mich, ob sich Danny wohl immer so fühlt. Oder Frank, wenn er mal wieder an einem Fall scheitert. Ich schäme mich furchtbar und bin zugleich superwütend. Beides würde ich gerne tief in mir vergraben, aber das geht irgendwie nicht. Und mich packt das überwältigende Bedürfnis, alles Gary in die Schuhe zu schieben.

»Aber der Fettsack vertreibt mit seinem Gequatsche doch die Flüsterer.« Da ist es schon wieder, das F-Wort. Was ist verdammt noch mal mit mir los? Ich bin ja wie vom Teufel besessen. Und wer weiß, vielleicht bin ich das wirklich.

Ich will Gary ansehen, schaffe es aber nicht. Als ich ihm endlich in die Augen schaue, sehe ich, dass sie ganz glasig sind, und sein Gesicht ist dunkelrot angelaufen. Er betrachtet mich lange und wirkt so verletzt, dass es kaum zum Aushalten ist.

»Diese verdammten Flüsterer gibt's doch gar nicht«, sagt Gary mit harter Stimme. Sein Blick und seine Worte machen mich total fertig. Klar, er will mir auch wehtun, das verdiene ich ja. Aber er geht zu weit. Die Flüsterer sind meine einzige Hoffnung, Mama wiederzufinden. Gary weiß das. Wenn er sagt, dass es sie nicht gibt, sagt er damit auch, dass Mama nie mehr zurückkommen wird.

»Wir tun doch alle bloß so, damit's dir besser geht«, sagt er.

Dylan, Carl und Tucker beobachten uns. Ich bin so wütend, dass ich nicht antworten kann.

»Keiner glaubt dir«, sagt Gary. »Nicht mal Dylan.«

Das haut mir den Atem aus der Lunge. Tränen schießen mir in die Augen, aber ich halte sie zurück. Ich spüre Dylan hinter mir, aber er bleibt still. Er sagt nicht, dass Gary ein Lügenmaul ist oder dass er die Klappe halten soll. Ohne Tucker an meiner Seite fühle ich mich vollkommen allein auf der Welt.

Abrupt dreht sich Gary um und läuft zurück in die Richtung, aus der wir gekommen sind. »Komm, Carl. Wir gehen nach Hause.«

Carl geht ihm hinterher, ohne mich auch nur anzusehen. Tucker sitzt hechelnd da und betrachtet mich, anscheinend wartet er ab, was ich als Nächstes tun werde. Ich bringe es nicht über mich, mich umzudrehen und Dylan anzuschauen. Und mir bestätigen zu lassen, was Gary eben gesagt hat. Ein ewig langer Moment vergeht, bevor er von sich aus was sagt.

»Wir gehen vielleicht besser mit den beiden, sonst verlaufen die sich am Ende noch«, höre ich hinter mir seine Stimme. »Ich muss jetzt sowieso bald mal weiter.«

Da drehe ich mich endlich um und sehe ihm in die Augen, aber sie verraten nichts. Sie widersprechen dem, was Gary gesagt hat, nicht, aber sie bestätigen es auch nicht. Dylan sieht mich einfach nur an, mit seinem verfärbten Gesicht, der geschwollenen Oberlippe und den sieben Sommersprossen auf der Nase. Dann schiebt er sich an mir vorbei und geht Gary und Carl hinterher. Das ist sie, die Antwort, auf die ich gewartet habe. Keiner glaubt mir. Schon gar nicht mein ganz persönlicher Superheld.

Tucker macht ein paar Schritte, und eine Sekunde lang bilde ich mir ein, dass er mich auch verlässt. Aber er geht nur zu einem Baum und würgt in drei üblen Kotzschüben sein Frühstück wieder hoch.

Hinterher sieht er so aus, wie ich mich fühle.

19

Kenny aus Kentucky

Ich laufe den anderen nicht nach, sondern stehe nur da und schaue zu, wie sie im Dickicht verschwinden. Sie sehen sich auch nicht um. Anscheinend ist ihnen egal, ob ich mitkomme oder nicht. Nur einer hat mich nicht verlassen: Tucker. Nach seinem Kotzanfall sitzt er nur da und schaut mich an. Wahrscheinlich will er wissen, wie es jetzt weitergeht. Aber ich habe echt keinen Plan. Für wen hält er mich? Kommissar Chase Cooper, oder was?

Ich kann nicht mehr klar denken. Ich bin furchtbar wütend auf Gary und fühle mich zugleich furchtbar schlecht, weil ich das F-Wort gesagt habe. *Zwei Mal!* Aber Garys Gerede ist mir echt an die Nieren gegangen.

Mama sagt, das ist kein medizinischer Ausdruck, auch wenn es so klingt. Dabei könnte es schon einer sein.

Wenn der dämlichste Arzt der Welt an jemand rumoperiert und dabei versehentlich die Nieren erwischt, ist das bestimmt ziemlich schlimm. Frank wäre jedenfalls imstande, so einen Mist zu machen, falls er mal bei der Polizei aufhört. Aber eigentlich ist was anderes gemeint. Wenn jemand was sagt, das einen furchtbar wütend macht, weil ein kleiner Teil davon wahr ist und dazu auch noch irgendwie peinlich. Und wenn es einen irgendwie fertigmacht.

Wie in *Was Gary über Kenny aus Kentucky gesagt hat, ist mir an die Nieren gegangen, weil das alles stimmt und mir ganz furchtbar peinlich ist.*

Papas Werkzeugschuppen hat Kenny wirklich gefallen, aber nicht wegen den Sachen, die Papa dort hat, sondern weil es da schön ruhig und abgeschieden ist, besonders tagsüber, wenn Papa arbeitet. Ich glaube, Papa mochte Kenny nicht besonders. *Der Junge hat doch Zucker im Tank,* hat er mal gesagt, und ich glaube nicht, dass damit der Wassermelonen-Bubblegum gemeint war, den Kenny andauernd kaut.

Wahrscheinlich hat Gary auch recht, wenn er sagt, dass Kenny irgendwie tussig ist, aber mich hat das nicht gestört. Ich fand ihn lustig und interessant – total anders als Gary, Carl und die anderen in der Schule. Mir hat auch gefallen, wie er aussieht. Der Farbton seiner Haut, ein schönes helles Braun. Seine dichten dunklen Haare, die in manierlich geformten Wellen um seinen Kopf sitzen. Seine feine Kleidung, immer frisch gebügelt und ohne Flecken. Seine großen runden Augen, die gucken, als ob er am liebsten alles aufessen will, was er sieht, besonders mich. Und seine Lippen, die so rot sind, dass sie aussehen wie mit Lippenstift angemalt. Wahrscheinlich liegt das nur an dem vielen Wassermelonen-Bubblegum. Der lässt Kenny auch so gut riechen – wie einen menschengroßen Lolli, den man unbedingt abschlecken will.

Als Kenny letzten Sommer eine Woche zu Besuch bei Gary und seiner Familie war, wollte er seine Zeit anscheinend lieber mit mir verbringen als mit seinen neuen Stiefcousins vom Land. Das fühlte sich gut an. Jemand Neuen zum Spielen zu haben war eine schöne Abwechslung – jemanden, der andere Sachen weiß als die, die man uns hier in Buckingham in der Schule beibringt. Jemanden, der Wörter in einer ganz anderen Sprache kennt. Jemanden, der nicht nur über den Busen und den Hintern von Rebecca Johnson redet. Jemanden, der keine Eichhörnchen abknallt. Und jemanden, der endlich mal zugibt, dass Kommissar Chase Cooper in *Sondereinsatzkommando Chicago* verdammt gut aussieht. Mir gefällt dieser Typ jedenfalls so gut, dass ich nachts manchmal von ihm träume, und dann brauche ich neue Bettwäsche, aber nicht wegen *meinem Problem*, sondern aus anderen Gründen.

Kenny hat immer darüber geredet, dass er Kommissar Chase Cooper später mal heiraten will. Er hat das einfach laut und offen gesagt, ohne sich darum zu kümmern, ob Gott ihn hört. Ich wusste nicht mal, dass das überhaupt geht – dass ein Typ einen Typen heiratet. Vielleicht ist das ja nur in Kentucky erlaubt. Aber Kenny kannte sich mit solchen Sachen aus. Darum ist es eigentlich komisch, dass ich so überrascht war, als mich Kenny in Papas Werkzeugschuppen geküsst hat.

Es hat geregnet, das weiß ich noch.

Ich mag das Geräusch von Regen, der auf das Blechdach von Papas Werkzeugschuppen prasselt. Das macht so viel Krach wie tausend Feuerwerkskörper auf einmal. Wenn es richtig fest regnet, lege ich mich manchmal auf den Boden vom Schuppen und lausche, sonst nichts. Aber heute liege ich nicht. Heute bin ich mit Garys neuem Stiefcousin da, Kenny aus Kentucky. Der schlimme Regen draußen ist wie ein Mantel, der uns einhüllt und uns das Gefühl gibt, ganz allein auf der Welt zu sein. Das fühlt sich kuschlig an, aber auch ein bisschen gefährlich.

Kenny steht dicht bei mir – viel, viel näher, als Gary das jemals getan hat, und das hat nichts mit Garys dickem Bauch zu tun. Er starrt die ganze Zeit in meine Augen, als wollte er irgendwas rauskriegen. Und anscheinend gelingt ihm das, denn auf einmal spuckt er seinen Kaugummi aus – einfach so auf den Boden – und legt seinen Mund auf meinen, alles innerhalb von Sekunden.

Mein anderes Problem *schaltet den Superturbo ein, und ich erstarre. Ich weiß nicht, was ich machen soll, also stehe ich nur mit geschlossenen Augen da und presse die*

Lippen zusammen. Aber das passt Kenny nicht. Er schiebt seine Zunge in meinen Mund und fuhrwerkt darin herum, wie wenn er die Küche putzt oder so.

Ich habe noch nie irgendwen mit der Zunge geküsst. Wenn Danny mir erzählt hat, dass er das mit Mädchen macht, fand ich die Vorstellung immer eklig. Aber mit Kenny ist es kein bisschen eklig. Ein bisschen nass und schlabberig, aber seine Lippen sind wunderbar weich, und er riecht und schmeckt nach Wassermelone. Er legt die Hände auf meine Arme, die seitlich an meinem Körper kleben wie festgewachsen. Ich fasse Kenny nicht an, denn das würde mich zum Komplizen machen.

Ein Komplize *ist einer, der mitmacht, wenn ein anderer was Falsches oder Illegales tut. Durch das Mitmachen ist er genauso schuldig ist wie der, der angefangen hat.*

Wie in Ich werd mich auf gar keinen Fall zum Komplizen machen bei diesem Geküsse, das Kenny aus Kentucky da veranstaltet.

Aber ich tue auch nichts, damit er aufhört. Falls ich mal in den Zeugenstand muss, mit Auf-die-Bibel-Schwören und so, werde ich zugeben müssen, dass es mir gefällt. Sehr sogar. Bis zu dem Moment, als ich die Augen aufschlage und Mama in der Tür stehen sehe. Sie ist klatschnass und guckt schockiert oder vielleicht auch angeekelt. Ich weiß nicht, ob das eine oder das andere. Wahrscheinlich beides.

Danach haben sich die Tage wie Wochen in die Länge gezogen, aber irgendwann waren sie doch vorbei. Kenny ist zurück nach Kentucky gegangen, und Mama war mir gegenüber auf einmal anders. Über das, was im Schuppen passiert ist, hat sie nichts gesagt, und ich habe jeden Abend gebetet, dass das so bleibt. Ich wäre gestorben, wenn sie das getan hätte. Ich war sehr reumütig wegen dem Kuss, und ich glaube, Gott hat mir verziehen. Aber das hat nicht viel genützt – dass Mama auf einmal so komisch zu mir war, war viel schlimmer.

Schuld daran ist natürlich Kenny. Wahrscheinlich hat er schon viele Jungs geküsst, denn er wusste ja ziemlich gut, wie das geht. Es war so, wie wenn Kommissar Chase Cooper Bezirksstaatsanwältin Amanda Ramirez küsst – die sind bei jeder Gelegenheit in einer Art Abstellkammer in der Polizeistation verschwunden. Aber jetzt nicht mehr, weil Amanda Ramirez am Ende der dritten Staffel von einem Messermörder aufgeschlitzt worden ist.

Ich habe nur ein paarmal versucht, Jungs zu küssen, und da war ich noch klein und wusste es nicht besser. Es hat sich für mich ganz natürlich angefühlt, also habe ich mir nicht viel dabei gedacht. Wie dieses eine Mal, als ich diese Teufelsbrut Gene geküsst habe, hinter dem Garderobenschrank in der Grundschule.

Nach dem Tag in Papas Werkzeugschuppen mit Kenny aus Kentucky ist Mama immer seltsamer geworden, als wäre sie ganz weit weg. Wir haben nicht mehr so viel zusammen gemacht, vor allem, nachdem sie diesen Job auf Zeit im Regionalkrankenhaus von Upton gekriegt hat. Die Arbeitszeiten waren ziemlich unregelmäßig. Manchmal war sie eine Woche lang jeden Tag drei oder vier Stunden dort, aber dann haben sie erst zwei, drei Wochen später wieder angerufen, dass sie kommen soll. Wenn sie von der Arbeit heimkam, war sie immer furchtbar müde und ist gleich ins Bett gegangen. Papa hat das gar nicht gefallen mit diesem Job im Krankenhaus, er hat gesagt, das wäre nur vorübergehend, bis alles besser würde. Ich glaube, er hatte zu der Zeit selbst nicht so viele Aufträge, jedenfalls war er viel mehr zu Hause als sonst.

Manchmal musste Mama auch Nachtschicht arbeiten, dann haben Danny und ich bei Oma und Opa übernachtet, weil Papa an den Tagen auch erst morgens nach Hause gekommen ist. Ich hoffe nur, er hat sich nicht in irgendwelchen Bars mit liederlichen Frauenzimmern rumgetrieben, während Mama so hart gearbeitet hat, um die Familie über Wasser zu halten. Oma und Opa haben mir schon zu der Zeit mehr Geld zugesteckt als sonst. Ich habe versucht, es Mama zu geben, damit sie nicht mehr so viel im Krankenhaus arbeiten muss. Das wollte sie aber nicht, obwohl Papa und sie sich sehr gesorgt haben wegen dem Stapel von Rechnungen auf dem Küchentisch, der immer höher wurde – sie haben immer geflüstert, wenn sie darüber gesprochen haben, aber ich habe sie doch gehört.

Mama und ich sind samstags auch nicht mehr zu Walmart gefahren. Wahrscheinlich wollte sie nicht, dass die Leute sehen, wie wir das Geld von der Fürsorge auf den Kopf hauen. Dabei weiß ich gar nicht, ob wir wirklich was von der Fürsorge gekriegt haben. Aber bei den vielen Sorgen, die sich Mama und Papa gemacht haben, würde mich das nicht wundern. Irgendwann wurde es so schlimm, dass sie uns in der North Creek Church of God auf die Liste mit Leuten gesetzt haben, für die an Sonntagen extra alle beten. Wir standen da monatelang drauf.

Ich glaube, die Geldsorgen waren wirklich schlimm für Mama, jedenfalls habe ich sie in dieser Zeit öfter dabei überrascht, wie sie allein im Schlafzimmer geweint hat. Wenn ich sie gefragt habe, was los ist, hat sie schnell aufgehört und mich angestrahlt. Sie hat es nicht mal mehr geschafft, mir abends das Lied vorzusingen, ohne dass ihr vor lauter Weinen die Stimme weggeblieben ist. Also hat sie irgendwann ganz aufgehört mit dem Singen. Mir ist klar, dass ihre Tränen auch ziemlich viel mit mir zu tun hatten. Mit dem, wobei sie mich beobachtet hat, mit Kenny aus Kentucky im Schuppen.

Und jetzt ist sie weg, und das ist allein meine Schuld. Seit dem Tag letzten Sommer in Papas Werkzeugschuppen, an dem Mama *mein anderes Problem* mitgekriegt hat, ist alles zum Teufel gegangen.

Gott straft mich. Genau wie es Schwester Grimes, das Klatschmaul, vorhergesagt hat.

20

Im Land von Mordecai Mathews

Ich muss zur Lichtung und nachschauen, ob die Flüsterer meine Opfergabe angenommen haben, also laufe ich weiter, auch wenn ich als Verstärkung jetzt nur noch Tucker habe. Anscheinend finden Eichhörnchen und Hirsche die Erdnuss-Schalen genauso lecker wie Knabberzwiebeln, meine Markierungen sind jedenfalls fast alle verschwunden. Hier draußen im Land von Mordecai Mathews herumzuirren, hilft nicht unbedingt, mich von der Tatsache abzulenken, dass Kenny aus Kentucky zurückkommt. Vielleicht kann ich mich einfach in meinem Zimmer verstecken, bis er wieder weg ist. Aber vielleicht sollte ich etwas ganz anderes tun, nämlich mir Kenny schnappen, ihn zur Polizei schleppen und einsperren lassen. Frank sollte *ihn* verhören und nicht mich.

Mama ging es prima, bis er letzten Sommer hier aufgekreuzt ist.

Ungefähr zu der Zeit habe ich auch mitgekriegt, wie Schwester Grimes, dieses Klatschmaul, beim Kirchenfest zu irgendwem gesagt hat, sie fände mich komisch. Und ich weiß genau, dass sie nicht die Art von *komisch* gemeint hat, die Leute zum Lachen bringt, sondern etwas ganz anderes: komisch, weil ich lieber Jungs als Mädchen küssen will.

Schwester Grimes sollte Frank auch verhören. Sie hat an diesem Sonntag nämlich irgendwas Grässliches über Mama gesagt. Ich weiß nicht mehr, was genau, aber auf mich hat es wie eine Drohung gewirkt. Ich versuche mir zu merken, dass ich Frank beim nächsten Mal, wenn er mich antanzen lässt, unbedingt den Tipp geben muss, sich Kenny aus Kentucky und Schwester Grimes, das Klatschmaul, vorzuknöpfen.

Auf einmal sprintet Tucker los. Ich mache auch schneller, und einen Augenblick später bin ich zurück auf der Lichtung von gestern Nacht.

Ich gehe zu dem Baumstumpf. Es ist genau, wie ich gehofft habe: Das Taschenmesser ist verschwunden. Auf einmal bin ich total aufgeregt. Die Flüsterer haben es genommen. Aber was passiert jetzt? Wann sagen sie mir, wo Mama ist? Ich sehe mich um und hoffe irgendwie, dass Mama gleich mit einem Blech voll mit frisch gebackenen Muffins auf mich zuschlendert, während die Waldvögel gelbe Bänder in ihr Haar flechten oder so.

Ich laufe die Lichtung ab, schaue mich überall um und lausche, ob ich die Flüsterer höre. Kurz macht Tucker mit, aber dann wird er müde und lässt sich bei dem Baumstumpf nieder, mit einem Ächzen, das zu sagen scheint: *Du drehst doch wieder mal ab, Kumpel.* Aber das tue ich nicht. Ich komme bloß nicht drauf, was ich falsch gemacht habe. Ich habe eine Opfergabe dagelassen und den Flüsterern meinen Herzenswunsch mitgeteilt, nämlich Mama zu finden, und sie haben die Gabe angenommen – aber trotzdem passiert nichts.

Der Hobgoblin muss sie vertrieben haben. Schließlich ist Mordecai Mathews hier aufgetaucht, kurz nachdem ich das Taschenmesser in den Baumstumpf gelegt habe. Er hat meine einzige Chance, Mama zu finden, ruiniert. Oder vielleicht …

»Die Flüsterer wollten mir sagen, dass Mordecai schuld ist«, sage ich laut, teils an Tucker, teils an den Baumstumpf gerichtet. »Er ist genau in dem Moment bei der Lichtung aufgetaucht, als ich den Flüsterern meinen Herzenswunsch mitgeteilt habe. Er muss Mama geholt haben.« Ich sehe Tucker an. »Los, wir suchen ihn.«

Tucker schlägt mit dem Schwanz auf den Boden, ein Mal nur, aber richtig fest. Das ist seine Art, mir zu sagen, dass er bereit ist. Er hebt sich auf alle viere und kommt hechelnd zu mir. Dann tut er etwas, das wieder mal bestätigt, was ich schon weiß: Tucker ist der schlauste Hund in der Geschichte der Hunde. Er schnüffelt an meiner linken Hosentasche – der Tasche, in der Mamas Ehering sicher in dem Plastikbeutel verstaut ist. Ich greife in die Tasche, zerre den Ring raus und betrachte ihn. Tucker hat recht. Das muss der Grund sein, warum sie in mein Zimmer gekommen sind und ihn auf die Kommode gelegt haben. Sie wollen ihn, aber sie nehmen ihn sich nicht einfach so. Der Ring soll meine Opfergabe sein. Ich will ihn wirklich nicht hergeben, aber die Flüsterer können mir helfen, den Hobgoblin zu finden, und der Hobgoblin hat Mama. Ihn finden heißt: sie finden. Außerdem ist Mamas Ring die einzige Opfergabe, die ich noch habe. Abgesehen von meiner Seele. Mama wäre bestimmt dafür, dass ich es erst mit dem Ring versuche, denn meine Seele gehört Jesus, sagt sie.

Ich reiße den Plastikbeutel auf und hole den Ring raus, obwohl die Tageszeit nicht stimmt. Jetzt ist keine *magische Zeit*. Aber bis die Sonne untergeht, dauert es noch Stunden, und es kann sein, dass es für Mama jetzt wirklich knapp wird. Oder Mordecai Mathews ist bis dahin längst weg, denn vielleicht weiß er ja, dass die Flüsterer ihn verraten haben. Ich lege den Ring behutsam in die Höhlung des verwitterten Baumstumpfs und trete einen Schritt zurück. Den Plastikbeutel lasse ich auf den Boden fallen. Mit fest geschlossenen Augen flüstere ich meinen Wunsch.

»Bitte bringt mich zu dem Hobgoblin. Das ist mein Herzenswunsch. Zeigt mir, wo ich Mordecai Mathews finde.«

Ich habe Angst, die Augen zu öffnen. Angst, dass nichts passiert. Angst, dass Mordecai Mathews nicht auftaucht und der Ring trotzdem weg ist. Aber was, wenn er direkt hinter mir steht, um mich zu fressen, und ich merke es nicht? Ich bin ziemlich sicher, dass Tucker mich dann warnen würde, aber er ist mucksmäuschenstill. Ich gehe das Risiko ein und öffne die Augen.

Kein Hobgoblin in Sicht, und der Ring liegt immer noch im Baumstumpf. Aber Tucker steht am Rand der Lichtung, genau da, wo gestern Nacht Mordecai Mathews aufgetaucht ist. Mit hoch aufgerichteten Ohren starrt er in den Wald. Er hört irgendwas. Vielleicht Mama, die irgendwo da draußen um Hilfe schreit, zu weit weg für menschliche Ohren.

»Tucker«, sage ich, aber er reagiert nicht, sondern starrt nur weiter wie festgezaubert in den Wald.

Ich gehe zu ihm und tätschle ihn am Kopf, als Signal, dass er mich führen soll. »Lauf, Tucker.«

Ohne sich auch nur einen Moment nach mir umzudrehen, trabt Tucker los, und zwar genau so schnell, dass ich zwar in einen Laufschritt fallen muss, aber doch noch gut mitkomme. Als ich über einen Ast stolpere und beinahe hinfalle, bleibt er stehen und dreht sich kurz nach mir um. *Jetzt mach schon, du Idiot,* sagt sein Gesicht. Ich strenge mich an und habe bald nicht mehr die geringste Ahnung, wo wir sind oder wie lange ich ihm schon hinterherrenne. Egal ob jemand sagen würde, es wären zehn Minuten oder auch zehn Stunden, ich wäre nicht überrascht. Tucker hat jetzt so viel Energie wie schon lange nicht mehr. Er ist total konzentriert. Immer wieder sucht er schnüffelnd den Boden ab und prescht dann weiter. Er hat eine Mission. Und er lässt nicht locker, bis er mich zu einer verlotterten Hütte in einem der entlegensten Winkel des Waldes geführt hat.

Die Hütte ist mit Geißblatt überwuchert. Die Sträucher ranken sich an den Seitenwänden hoch und hängen vom Dach runter, als ob sie die Bretterbude verschlingen wollten. Sie ist nicht mal so groß wie Papas Schuppen und ganz schief. Ich begreife nicht, wieso die Hütte überhaupt noch steht – ein stürmischer Windstoß kann sie zum Einsturz bringen, kommt mir vor. Vielleicht halten die Geißblattranken das Ganze zusammen.

Vor der Hütte hat jemand aus lose aufeinandergeschichteten Steinen eine Feuerstelle gebaut, daneben steht ein rostiger Klappstuhl. Ich will mir gar nicht erst vorstellen, was auf dieser Feuerstelle schon alles gebraten worden ist – sie ist jedenfalls groß genug für einen Hirsch oder einen kleinen Jungen wie Peetie Munn. Oder mich. Mein Bauchgefühl sagt mir ganz klar, wer hier wohnt. Es gibt nur die eine Möglichkeit, denn Tuckers Nase irrt sich nie. Aber daran will ich jetzt nicht denken, denn anscheinend ist sowieso keiner da, also ist das die perfekte Gelegenheit, um nach Mama zu suchen.

Tucker umrundet die Hütte, schnüffelt überall herum und winselt. Ich starre die Tür an, ich kann nicht anders. Sie steht ein kleines Stück weit offen, wie als Einladung, einen kurzen Blick ins Innere zu werfen. Nur um sicherzugehen, dass Mama nicht drin ist. Ich will glauben, dass ich sie dort finde, und zugleich will ich es nicht.

Während Tucker die Gegend hinter der Hütte auskundschaftet, gehe ich zur Tür und stecke den Kopf durch den Spalt.

»Mama?«, frage ich mit einem Fitzelchen Hoffnung.

Es kommt keine Antwort, und sehen kann ich fast nichts. Ich drücke die Tür ein bisschen weiter auf. Sie knarrt genauso wie die Tür zu dem heruntergekommenen Haus, in dem Kommissar Chase Cooper in der Abschlussfolge der dritten Staffel die Leiche von Amanda Ramirez gefunden hat.

Noch ein Schritt und ich werde über die Schwelle treten. Das wirklich zu tun wirkt wie eine furchtbar dumme Idee. Wenn das hier ein Gruselfilm wäre, den Danny und ich zusammen anschauen, würden wir beide schreien: *Geh da bloß nicht rein!* Aber die Flüsterer haben mich hergeführt, damit ich Mama finde. Dafür habe ich ihren Ehering hergegeben. Ich muss da rein und nachsehen. Ich drücke die Tür noch ein bisschen weiter auf und schlüpfe hinein.

Dann stehe ich mitten in einem kleinen Raum. Ich will mich umsehen, muss aber warten, bis sich meine

Augen an die Düsternis gewöhnt haben. Als es endlich so weit ist, knarrt hinter mir der Boden. Ich fahre herum, zum Losrennen bereit. Aber ein großer haariger Hobgoblin versperrt mir den Weg ins Freie.

21

In der Hobgoblin-Höhle

Mordecai Mathews duckt sich beim Reinkommen und schiebt die Tür langsam hinter sich zu. Ein bisschen so, als wollte er mir noch einen letzten Blick auf eine Welt gönnen, die ich nie mehr wiedersehen werde. Ich kriege keine Luft mehr. Mein Herz hämmert wie wild. Hoffentlich weiß es, was zu tun ist, falls ich ohnmächtig werde, sonst war's das mit uns beiden.

Von Nahem wirkt er noch massiger – größer, breiter und haariger. Ein Bart, der so buschig ist, dass eine Eichhörnchenfamilie darin wohnen könnte, bedeckt fast sein ganzes Gesicht, nur diese glänzenden Alligatoraugen sind zu sehen. Augen, deren Blick mich durchbohrt. Keine Ahnung, wie ich mir die Kleidung von Hobgoblins vorgestellt habe, er ist jedenfalls ziemlich normal angezogen – Jeans, Arbeitsstiefel, wie Papa sie auch hat, und ein ausgeblichenes jeansblaues Baumwollhemd über einem schlichten weißen T-Shirt. Er sieht aus wie ein Grizzlybär, der sich für Halloween als Mensch verkleidet hat.

Mordecai scheint nicht besonders überrascht, einen elfjährigen Jungen in seiner Hütte zu finden. Vielleicht haben die Flüsterer ihm verraten, dass ich hier auftauchen werde. Vielleicht stecken sie mit ihm unter einer Decke. Oder vielleicht erinnere ich ihn an Peetie Munn. Er mustert mich ein paar Sekunden, die mir wie Stunden vorkommen, dann lässt er einen Stoffbeutel auf das Holztischchen in der Raummitte fallen. Ich weiß nicht, was drin ist, und will es eigentlich auch nicht wissen, denn es stinkt erbärmlich.

Irgendwann atme ich aus, ganz langsam und leise, bleibe dabei aber stocksteif stehen. Ich sollte wohl etwas sagen, aber alles, was mir einfällt, klingt lahm.

Ach, hallo, da sind Sie ja, Mister Mör… ich meine, Mathews.

Sprechen Sie Hobgoblin oder Englisch?

Ich schaue nur mal eben vorbei, um meine Mama abzuholen, Sie wissen schon, Ihre Geisel. Wir sind gleich wieder weg.

Fressen Sie mich so, wie ich bin, oder wollen Sie mich erst noch ein bisschen mästen?

Ja, alles ziemlich lahm.

Von draußen hinter der Tür kommt ein Kratzen und

Schnüffeln, dann fängt Tucker an zu bellen. Wahrscheinlich fragt er sich, wieso er nicht reindarf. Er ist es nicht gewöhnt, dass man ihn ausschließt. Mordecai streckt den Arm aus und haut gegen die Tür – mit so viel Karacho, dass die Wände wackeln. Tucker ist sofort still, und ich springe vor Schreck fast in die Höhe. Er wimmert jetzt nur noch und schnüffelt wieder unten an der Tür herum. Wenn er wüsste, in welcher Gefahr ich stecke, würde er die Tür sprengen und den Hobgoblin in Stücke reißen, das weiß ich. Aber Mordecai macht sich wegen Tucker anscheinend keine Sorgen. Er geht um den Tisch und zieht direkt vor mir einen Klappstuhl raus, den einzigen weit und breit. Der Stuhl sieht haargenau so aus wie die in der Schulcafeteria, nur dass dieser hier zerbeult und verrostet ist. Mordecai zeigt auf ihn. Ich wage nicht, diesen stummen Befehl zu missachten, und setze mich.

Er geht in eine Ecke und holt einen großen Behälter mit Wasser. Wie ein Habicht behält er mich im Auge, während er den Verschluss aufdreht und gut die Hälfte Wasser in sich reinschüttet. Ein Teil läuft ihm aus dem Mund in den Bart. Wer weiß, vielleicht ist das für die Eichhörnchen. Dann schließt er den Behälter und dreht mir kurz den Rücken zu. Mir ist klar, dass ich nur noch ein paar Momente zu leben habe – gleich wird mich ein haariger Hobgoblin verspeisen –, also sehe ich mich noch kurz in dem Raum um, in dem ich sterben werde. Falls ich durch ein göttliches Wunder doch gerettet werde, muss ich der Polizei bestimmt eine Beschreibung der Hobgoblin-Höhle geben. Wobei ein göttliches Wunder nicht sehr wahrscheinlich ist, denn wir waren ja schon lange nicht mehr in der North Creek Church of God, und meine Gebete erhört Gott auch längst nicht mehr.

In einer Ecke der Hütte steht ein schwarzer Holzofen mit einem zusammengeflickten Ofenrohr aus Blech, das zur Decke hochführt. Dicht an der Wand gibt es ein Bett, das viel zu klein für Mordecai aussieht. Es hat kein richtiges Kopfteil oder so, die Matratze liegt einfach auf einem Metallrahmen ein paar Zentimeter über dem Boden. Das Bett ist ordentlich gemacht, fast als ob Mordecai Besuch erwartet hätte, was ich komisch finde. Ich kann mir nicht vorstellen, dass Hobgoblins nur aus Spaß jeden Tag ihr Bett machen. An der anderen Wand sind Regale angebracht, mit Büchern, zusammengewürfeltem Geschirr und ordentlich gestapelten Zeitschriften und Zeitungen. Dass Hobgoblins lesen können, ist mir neu. Ich frage mich, ob sie wohl ihre eigenen Zeitungen haben, so was wie die *Hobgoblin-Rundschau* oder so.

Mordecai stellt den Wasserbehälter vor mir auf den Tisch und zeigt drauf. Anscheinend soll ich was trinken, und ehrlich gesagt habe ich wirklich Durst. Meine Kehle fühlt sich an wie Schmirgelpapier. Ob er mich vergiften will? Oder vielleicht würzen, bevor er mich verspeist? Das glaube ich nicht, denn er hat ja von dem gleichen Wasser getrunken, und warum soll er sich selbst vergiften oder würzen? Ich ziehe den Behälter zu mir her, drehe den Verschluss auf und starre den Rand an.

Ist es unhöflich, ihn vor dem Trinken mit meinem T-Shirt abzuwischen? Aber wenn ich das nicht tue, kriege ich Hobgoblin-Spucke und jede Menge Bakterien in den Mund. Vielleicht mischt sich seine DNA dann mit meiner, und ich verwandle mich nach und nach selbst in einen Hobgoblin – mir wachsen Haare an den unmöglichsten Stellen, ich kriege Appetit auf Menschenfleisch und stinke zum Himmel. Doch ich weiß nicht, wie ich das vermeiden kann, also nehme ich den Behälter, schließe die Augen und trinke. Das Wasser ist ziemlich warm, trotzdem schmeckt es gut. Ich trinke gierig, aber nach einer Weile nimmt mir Mordecai das Wasser mitten im Trinken wieder weg. Vielleicht waren doch irgendwelche Gewürze drin und er will es nicht übertreiben. Kann ja sein, dass er nicht gerne scharf isst.

»Du bist einer von Dylans Freunden«, sagt er – eine Feststellung und keine Frage. »Was macht ihr hier? Wo ist der Rest?«

Erst kapiere ich gar nicht so richtig, dass er tatsächlich Wörter laut ausgesprochen hat. Ich dachte, Hobgoblins wären stumm, keine Ahnung, wieso. Aber seine Stimme ist tief und rund, und sie klingt ziemlich normal.

Ich räuspere mich, damit ich mich nicht so wacklig anhöre wie in letzter Zeit oft. »Ich bin alleine da.«

Hoppla. Bestimmt ist es ziemlich unklug, das ausgerechnet einem mörderischen Hobgoblin gegenüber zuzugeben. Ich muss noch mal neu anfangen. Kommissar Chase Cooper sagt immer, man soll Kidnappern gegenüber *die menschliche Komponente ins Spiel bringen*.

Das mit der *menschlichen Komponente* heißt, wenn man vor einem großen, hungrigen Hobgoblin sitzt, soll man sich wie ein normaler, nicht essbarer Mensch verhalten statt wie ein saftiges Roastbeef.

Wie in *Bloß blöd, dass* menschliche Komponente *so ähnlich wie* köstliche Kinderlende *klingt*.

»Ich heiße Riley«, sage ich so langsam, als ob er Verständnisschwierigkeiten hätte. »Ich suche meine Mama.«

Er setzt sich auf den Bettrand – ein paar Schritte weit weg von mir, aber doch so, dass er mich locker schnappen könnte, wenn ich abzuhauen versuche. Ich schaue zur geschlossenen Tür. Sie ist weiter weg, als ich möchte, und Tucker dahinter macht keinen Mucks mehr.

»Wie kommst du da drauf, dass deine Mama hier wär?«

Ich muss mir gut überlegen, was ich jetzt sage. Ich darf ihm keine direkten Vorwürfe machen, sonst beschließt er vielleicht, sein Abendessen vorzuverlegen und mich gleich zu verputzen. Ich halte seinen Alligatorblick nicht aus, darum starre ich auf meine Hände, die nervös zappelnd in meinem Schoß liegen.

»Die Flüsterer haben mich hergeführt.« Ich klinge zittrig, als wäre ich zehn und nicht schon elf.

»Die Flüsterer«, grunzt er.

Statt ihn anzusehen, nicke ich nur.

Nach einer Weile ergänzt er: »Meine Mama hat mir die Geschichte erzählt, als ich klein war.«

Das schockt mich so, dass ich nichts sagen kann. Erstens schockt mich, dass der Hobgoblin mal *klein* war, und zweitens schockt mich, dass er eine Mama hatte, die ihm Gutenachtgeschichten erzählt hat. Ich bringe es kaum fertig, mir vorzustellen, dass er mal Eltern hatte. Verdammt, ich schaffe es ja kaum, Mordecai Mathews überhaupt als Mensch anzusehen nach allem, was er Peetie Munn und Mama angetan hat. Kann schon sein, dass er irgendwann mal einer war, aber jetzt ist er ein Monster. Ein Hobgoblin.

»Wie heißt deine Mama?«, fragt er.

»Carolyn«, sage ich. »Carolyn James.«

Der Hobgoblin seufzt und wird still. Soweit ich das unter den vielen Haaren erkennen kann, verfinstert sich seine Miene.

»Kennen Sie sie?«

Er weicht meinem Blick aus, was äußerst verdächtig wirkt. Wenn doch nur Kommissar Chase Cooper da wäre, um ihn zu verhören. Frank wäre nutzlos. Wahrscheinlich würde er sich gleich beim ersten Anblick von Mordecai in die Hosen machen.

»Riley«, sagt er. Mir ist gleich klar, dass er nicht mich meint, sondern Mamas Mädchennamen – so wie sie vor ihrer Heirat geheißen hat. »Bin mit ihr zur Schule als Kind.«

Davon wusste ich nichts, aber überraschend ist es eigentlich nicht. Buckingham ist winzig. Und Kommissar Chase Cooper sagt, meistens kennen sich Täter und Opfer.

»Sie war nett zu mir, nicht so wie die andern«, sagt Mordecai und starrt den Ofen an. Wahrscheinlich überlegt er, ob einer von seinen Töpfen groß genug für mich ist. Er kratzt sich am Bart. Kann ich verstehen – so wie diese vielen Haare aussehen, juckt es darunter bestimmt gewaltig. Ich weiß, dass ich ihn am Reden halten muss. Solange er redet, tut er mir nichts.

»Sie waren also mit meiner Mama in der Schule?«

Er nickt, ohne mich anzusehen, wahrscheinlich weil er das doch sowieso schon gesagt hat. Meine nächste Frage darf ich nicht vergeuden, sonst ist es vielleicht die letzte. Sobald er merkt, dass ich ihn im Verdacht habe, ein mieses Spiel zu treiben, muss er mich loswerden. Ich hoffe bloß, er kommt nicht auf die Idee, Körperteile von mir für den Winter in Weckgläsern einzukochen. Den Geruch von Essigbeize finde ich widerlich.

»Haben Sie …«, fange ich an, bin wieder still und versuche es noch mal. »Haben Sie sie geholt? Carolyn. Meine Mama. Ist sie hier?«

Den nächsten Satz bringe ich kaum über die Lippen, aber irgendwann schaffe ich es doch.

»Haben Sie ihr was getan?«

Er reißt den Kopf rum und starrt mich an, so plötzlich, dass ich mir vor Schreck fast in die Hosen pinkle.

Aber er brüllt nicht und drischt auch nicht mit seiner Hobgoblin-Keule auf mich ein – irgendwas in der Art müssen die ja wohl alle haben. Er glotzt nur mit seinen Alligatoraugen. Aber etwas hat sich verändert, seit Mamas Name und die Erinnerung an sie in der Hütte herumschweben. Sein Blick verschleiert sich.

»Ich hab gesagt, sie war nett zu mir«, sagt er. Das ist anscheinend seine Antwort und fertig. Punkt, Schluss, Ende der Geschichte.

Aber er hat meine Frage nicht beantwortet, und auf einmal kocht die ganze Wut in mir hoch, die sich in den letzten Wochen und Monaten in mir aufgestaut hat. Ich sehe ihm nämlich genau an, dass es da irgendwas gibt, was er mir nicht sagt. Bevor ich mich bremsen kann, beuge ich mich vor und brülle in sein haariges Hobgoblin-Gesicht: »Was haben Sie mit ihr gemacht?«

Anscheinend fürchtet er sich nicht besonders vor mir, jedenfalls sitzt er einfach nur da und starrt mich an. Als ob *ich* der Irre hier wäre. Als ob das hier *meine* verlotterte Hütte mitten im Wald wäre und nicht seine.

»Haben Sie Peetie Munn auch was getan?«, frage ich. Vor lauter Wut reiße ich die Klappe schon wieder weiter auf, als gut für mich ist.

Mordecai atmet tief ein. Sein Blick wird eisig, er presst die Lippen aufeinander, und seine Stimme ist ein kehliges Knurren, das mit jedem Wort lauter wird.

»Ich. Hab. Keinem. Was. Getan.« Er knallt die Faust auf den Tisch, und ich zucke zusammen.

Er senkt den Blick und atmet langsam aus. Anscheinend fühlt er sich mies, weil er mich angeschrien hat. Seine Hände zittern. Seine Schultern sinken zusammen, was ihn irgendwie kleiner wirken lässt. In diesem Moment sieht er doch mehr wie ein Mensch aus und nicht wie ein Hobgoblin. Fast könnte man meinen, er hätte … Angst.

»Sie hat mir Kekse gebracht, deine Mama, in den Knast«, sagt er und starrt auf einen Fleck irgendwo über mir. »Und gesagt, sie glaubt nicht, was die Leute reden. Dass ich mit dem Jungen was gemacht haben soll.« Seine Augen glänzen. »War die Einzige, die gekommen ist. Nicht mal meine Familie hat mich besucht.«

Mordecai atmet wieder tief ein und wischt sich mit dem Handrücken über die Augen. Zu einem Hobgoblin passt das absolut nicht. »Und die Flüsterer haben dich hergeführt, sagst du? Hast du die echt gesehn?«

Ich nicke nur, aber inzwischen weiß ich nicht mehr, was ich denken soll. Mordecai Mathews war meine einzige heiße Fährte, und die Suche nach ihm hat mich Opas Schweizermesser und Mamas Ehering gekostet. Auf eine komische Art war Mordecai meine einzige Hoffnung. Und jetzt schleicht sich das Gefühl ein, dass er vielleicht doch nicht so schuldig ist, wie ich dachte. Oder überhaupt unschuldig. Anscheinend hat er Mama nichts getan und Peetie Munn auch nicht, und auch sonst hat er nichts Kriminelles gemacht. Vielleicht fürchtet er sich einfach, dass ihm schon wieder was angehängt wird. Und überhaupt: Mama glaubt ihm. Wie kann ich da denken, dass er lügt?

»Wie sehn die denn aus?«, fragt er so leise, dass es fast schon ein Flüstern ist.

Ich schlucke und richte mich auf. Noch nie hat mich jemand ernst genommen, wenn ich von den Flüsterern erzählt habe, und noch nie habe ich sie jemandem beschrieben.

»Sie sind klein«, sage ich. »Sie schwirren in der Luft rum, also müssen sie wohl Flügel haben. Und sie leuchten blau, ein bisschen wie Weihnachtslichter. Ganz genau angesehen habe ich aber noch keinen. Sie sind schnell. Wahrscheinlich sehen sie so ähnlich aus wie … Feen.«

Dann halte ich den Mund, ich will nicht noch verrückter klingen als sonst. Aber Mordecai guckt gar nicht so, als ob er mich für einen Spinner hält. Er kratzt nur seinen Bart – oder die Eichhörnchenfamilie darin – und mustert mich blinzelnd. Ich glaube zumindest, dass er blinzelt. Seine Augenbrauen sind zu buschig, um das richtig zu erkennen. Wenn es so was wie einen Hobgoblin-Weihnachtsmann gäbe, könnte Mordecai vor Weihnachten jederzeit einen Job im Einkaufszentrum kriegen.

»Kleine blaue Feen, was?«, fragt er. Jetzt glänzen seine Augen nicht mehr, eher liegt Neugier in seinem Blick.

Achselzuckend sage ich: »So ähnlich.«

»Und die reden mit dir?«

Ich nicke. »Ich hab sie ganz klar gehört. Und meine

Opfergaben haben sie auch genommen, also weiß ich genau, dass es sie gibt.«

»Opfergaben«, wiederholt Mordecai. »Wie in der Geschichte.« Er nickt, aber so langsam wie ein Erwachsener, bei dem du nicht sicher sein kannst, ob er dir glaubt oder nur mitspielt.

»Ich hab die auch gesehn«, sagt er. »Bloß gesagt haben sie nichts.«

»Wo?«, frage ich aufgeregt. »Wo war das?«

Mordecai stützt die Arme auf die Knie und verschränkt die Hände wie zum Beten. »Drüben beim Biberdamm. Sieht manchmal aus, als ob's da Hunderte so Dinger gibt – lauter kleine blaue Feen. Die fliegen überall rum, manchmal ganz hell, manchmal ganz schwach. Schön irgendwie, sieht magisch aus.«

Ich nicke bedächtig. *Magisch*. Ich weiß genau, was er meint.

»Vielleicht ist da ihr Zuhause«, sage ich. »Am Biberdamm.«

Das muss der Grund sein, warum die Flüsterer mich zu Mordecai geführt haben. Er weiß, wo sie leben. Vielleicht ist Mama auch dort – bei den Flüsterern am Biberdamm. Bestimmt haben sie genau das gemeint, als sie gesagt haben: *Sie ist hier.* Das sollte nicht einfach nur heißen *hier im Wald*, sondern *hier bei uns*.

»Führen Sie mich hin?«, frage ich so unschuldig, wie ich kann, ohne gleich wieder weinerlich zu klingen. »Ich muss Mama finden, bevor es zu spät ist.«

»Zu spät?« Mordecai kneift die Augen zusammen, als hätte er sich noch nicht entschieden, ob er mir helfen oder mich doch lieber fressen will. Mein Herz fängt wieder an zu rasen. Falls es irgendwelche Botschaften morst, dann hoffentlich, dass er das Erste tun soll und nicht das Letzte.

Nach einer Weile seufzt er und sieht kopfschüttelnd weg. »Na ja, hoch bis zum Biberdamm, das geht, wenn du willst. Ist nicht mehr weit von da bis zum Waldrand im Norden.«

»Würden Sie das?« Ein Energieschub fährt durch mich durch, auf einmal spielt es keine Rolle mehr, wie wenig ich geschlafen habe. Ich verstehe bloß nicht, warum er so zweifelnd klingt, denn *hoch bis zum Biberdamm* ist doch genau da, wo ich hinwill. Aber das ist jetzt egal. Ich werde die Flüsterer finden, und bei ihnen ist Mama, und kein Hobgoblin wird mich fressen – zumindest heute nicht.

»Ich denk mal, du musst sie halt finden, deine Mama.« Mordecai steht auf. Jetzt ist er wieder so himmelhoch über mir, dass er mir wie ein großer, haariger Wolkenkratzer vorkommt. »Hier kannst nicht bleiben, das ist klar. Darfst auch keinem sagen, dass du bei mir warst.«

Er greift nach dem Stoffbeutel auf dem Tisch und schlingt ihn sich über die Schulter. »Du musst hier weg. Gleich jetzt.«

22

Gespräche mit einem Hobgoblin

Tucker liegt schlummernd an der Tür, als wir aus der Hütte kommen. Er sieht gleich, dass mit mir alles in Ordnung ist, darum versucht er nicht, Mordecai in Stücke zu reißen.

Außerdem ist er für solche Aktionen anscheinend sowieso viel zu müde. Er knurrt nur ein bisschen und beschnüffelt Mordecai vorsichtig. Was er da riecht, behagt ihm wohl gar nicht, er weicht nämlich zurück. Auf einmal wirkt er so, wie ich ihn noch überhaupt nie erlebt habe, nämlich hasenherzig.

Hasenherzig ist, wenn einer sich anstellt wie ein Hase, wenn er also keine Eier in der Hose hat oder sich so benimmt.

Wie in *Tucker ist ja schon lange kastriert und hat so-*

wieso keine Eier mehr, aber trotzdem ist er bis jetzt noch nie hasenherzig gewesen.

Doch auch ohne Eier schiebt sich Tucker jetzt zwischen Mordecai und mich, und zu dritt gehen wir Richtung Norden, weg von der Hütte und tiefer in den Wald, als ich jemals gewesen bin.

Mordecais Beine sind viel länger als meine, und Tucker hat gleich vier Rottie-Schäferhund-Beine, also muss ich mich sehr anstrengen, um mit ihnen mitzuhalten. Mein Körper erinnert mich bei jedem Schritt daran, dass ich seit eineinhalb Tagen kaum mehr geschlafen habe. Das ist ein Rekord für mich, erst recht ohne *Sondereinsatzkommando-Chicago-Marathon* und das Koffein im Mountain Dew, das ich dazu sonst literweise trinke. Ich spähe hoch zum Himmel. Es muss Nachmittag sein, aber ich könnte nicht sagen, ob die Mittagessenszeit eben erst vorbei ist oder ob es schon fast Zeit fürs Abendbrot wird. Meinem Magen ist das egal, Hauptsache Essen. Ich wäre schon froh, wenn ich hier irgendwo eine Tüte extrascharfe Knabberzwiebeln fände. Was ziemlich unwahrscheinlich ist, aber ohne Hoffnung geht es ja nicht.

Mordecai summt beim Laufen vor sich hin. Dass Hobgoblins singen können, hätte ich nie gedacht. Kurz überlege ich, ob das alles nur Verstellung ist. Vielleicht tut er ja bloß so harmlos, mit seinem Gesumme und überhaupt, damit er mich leichter tief in den Wald locken kann, um dann wer weiß was zu tun, statt mich zu den Flüsterern zu führen. Er könnte mich, ohne dass ich es mitkriege, zu einer großen Hobgoblin-Versammlung bringen. Hoffentlich findet Tucker seine Eier wieder, falls irgendwas in der Art passiert. Aber eigentlich hatte ich schon das Gefühl, dass Mordecai die Wahrheit gesagt hat, als er meinte, er hätte nie jemandem was getan. Auch wenn er dabei geschrien und die Faust auf den Tisch geknallt hat. Und Mama hat ihm auch geglaubt, zumindest behauptet er das. Sicher weiß ich es nicht. Um am Leben zu bleiben, kann ich nichts anderes tun, als wachsam zu sein und die Strategie von Kommissar Chase Cooper anzuwenden, das mit der menschlichen Komponente.

»Was summen Sie da?«, frage ich unschuldig und süß wie ein kleines Kind.

»Billy Joel«, grunzt er über die Schulter zurück.

Zufällig weiß ich, dass Billy Joel nicht der Name von einem Lied ist, sondern der von einem Sänger. Mama *liebt* nämlich die Musik von Billy Joel. Sie sagt, früher hat Papa ihr andauernd »Just the Way You Are« vorgesungen, das war ihr Lied als Paar. Ich frage Mordecai nicht, was genau von Billy Joel er summt, sondern versuche es anders.

»Tut mir leid, dass ich dachte, Sie hätten Mama was getan und Peetie.« Ich spreche ein bisschen lauter, damit mich Mordecai hört, obwohl das trockene Laub unter unseren Schuhsohlen beim Drauftreten so viel Krach macht.

Er reagiert nicht, sondern summt bloß vor sich hin und läuft weiter, als ob ich nicht da wäre.

»Gestern Nacht haben Sie uns furchtbar erschreckt«, sage ich, diesmal noch ein bisschen lauter.

Mordecai wirft mir über die Schulter weg einen Blick zu, antwortet aber nicht. Er geht einfach weiter und hört auch nicht auf zu summen.

»Warum haben Sie das gemacht?«, frage ich, aber ganz freundlich. Als ob wir zwei ganz normale Typen wären, die an einem schönen Nachmittag durch den Wald spazieren und ein bisschen quatschen. Und nicht ein Hobgoblin und sein Opfer, das durch Bewegung noch ein bisschen zarter gemacht werden soll, damit es nachher besser schmeckt.

»Ich wollte, dass ihr heimgeht oder wenigstens bis zum Waldrand«, grunzt er über die Schulter zurück. »Ist hier nachts nicht sicher. Gibt Luchse und Koyoten und so.«

Ich warte einen Augenblick, bevor ich die nächste Frage stelle.

»Waren Sie das neulich abends am Waldrand? Haben Sie mich beobachtet?«

Er dreht sich nicht zu mir um, aber er nickt. Also war er das Schattenmonster. Warum er das gemacht hat, frage ich nicht. Ich will ihm glauben. Ich will glauben, dass er nur auf einen dummen kleinen Jungen aufpassen wollte, der drauf und dran war, sich im Dunkeln zu weit in den Wald vorzuwagen.

Tucker trottet nach links, schnüffelt und hockt sich zum Kacken hin. Als Mordecai das sieht, bleibt er stehen, wohl damit ich mich ausruhen kann, während Tucker sein Geschäft erledigt. Er wischt sich mit dem Hemdsärmel den Schweiß von der Stirn, holt eine Flasche Wasser aus seinem Stoffbeutel und stürzt alles auf einmal runter, ohne mir was anzubieten. Das kommt mir unhöflich vor, aber dann zieht er noch eine Wasserflasche raus und wirft sie mir zu. Sie knallt gegen meine Brust und fällt auf den Boden, bevor mein Hirn kapiert, dass ich sie auffangen soll. Ich bin in Sport nicht besonders gut. Das ist Dannys Ding. Ich hebe die Flasche auf und nicke ihm vor dem Trinken kurz zu, um Danke zu sagen.

»Wann hast du sie das letzte Mal gesehn, deine Mama?«, fragt er.

Ich fahre mir mit dem Handrücken über den Mund. »Vor ungefähr vier Monaten, im Wohnzimmer. Sie hat sich da ausgeruht, auf dem Sofa. Dann ist sie verschwunden.«

Er sieht mich an und nickt ein bisschen. Tucker kommt wieder angetrottet, er hechelt ganz schlimm. Als er mein Wasser sieht, leckt er sich die Lefzen. Mordecai kommt zu mir, geht in die Knie und formt seine Hände zu einer Schüssel. Das ist wirklich nett von ihm. Ich schütte Wasser rein und Tucker schlürft gleich gierig.

»Weißt du sonst noch was über den Tag?«, fragt Mordecai.

Ich zucke mit den Achseln und schütte den letzten Rest Wasser in seine Hände. »Nicht viel. Ich hab draußen gespielt, mit Gary und Carl. Und da waren zwei verdächtige Typen, die haben in einem schicken weißen Wagen in der Auffahrt bei unserem Haus gestanden. Das ist es so ziemlich.«

Nachdem Tucker alles ausgetrunken hat, tut er etwas, das an Verrat grenzt. Er leckt Mordecais Kopf ab, nur ein bisschen und nur an der Seite, aber trotzdem. Und Mordecai krault Tucker den Rücken. Ich glaube, er lächelt ihn sogar an. Wegen dem buschigen Bart kann ich das nicht genau sagen, aber es ist für alle Leute schwer, nicht zu lächeln, wenn sie Tucker zusehen – anscheinend sogar für einen wohl zu Unrecht verdächtigten Hobgoblin.

»Zwei Typen in 'nem schicken weißen Wagen, aha«, murmelt er und schaut dabei immer weiter Tucker an. »Sonst noch wer?«

Ich habe noch nie darüber nachgedacht, wer sonst an dem Tag noch im Haus war. Aber jetzt, wo mein Hirn halb wach ist und halb schläft, fällt mir doch was ein.

»Schwester Grimes«, sage ich. Diese Erinnerung überrascht mich. »In der Küche war Schwester Grimes.« Heilige Scheiße. Das muss ich unbedingt Frank erzählen, wenn ich ihn das nächste Mal sehe.

Mordecai legt den Kopf schief. »Schwester Grimes?«

»Das ist so ein Klatschmaul aus der North Creek

Church of God«, sage ich und sehe ihm direkt in die Augen, die jetzt gar nicht mehr starr und angsteinflößend wirken.

»Becky Grimes?«

Ich nicke. »Sie hat Mama gedroht, bei diesem Kirchenfest ein paar Monate vorher.«

»Gedroht?« Mordecai guckt schnell wieder von mir weg zu Tucker und krault ihn am Kopf. Das wirkt irgendwie zwielichtig. »Was hat sie denn gesagt?«

Wahrscheinlich sollte ich besser behaupten, dass ich mich nicht erinnern kann, sonst bezichtige ich mich womöglich noch selbst.

Eine *Selbstbezichtigung* ist, wenn man aus Versehen etwas Dummes sagt, das einen mit einem Verbrechen in Verbindung bringt, und dann hat man verloren.

Aber ich weiß es jetzt wieder. Als wäre es erst gestern passiert. Ich höre in meinem Kopf, wie sie es sagt – genau die Worte, die sie benutzt hat, als ich mit Lily, der Tochter vom Prediger, beim Kirchenfest Verstecken gespielt habe. Schwester Grimes hatte keine Ahnung, dass ich unter dem Tisch mit den Nachspeisen war. Sie hat es einfach so dahingesagt, zu der Frau vom Prediger.

»Das wird Carolyn umbringen, wenn sie begreift, dass ihr Junge komisch ist.«

Ich wusste genau, dass sie über mich redet. Sie hat mich schon immer mit hochgezogenen Augenbrauen angeschaut, wenn ich bei Kirchenfesten lieber mit Lily gespielt habe statt mit den anderen Jungs, aber Lilys Puppensammlung hat mich eben mehr interessiert als irgendwelche Ballspiele. Und garantiert hat Gene seiner Mutter alles über den verrückten Serienküsser in der Grundschule von Buckingham erzählt, da bin ich sicher.

»Ich weiß nicht«, lüge ich und gebe ihm die leere Wasserflasche zurück. »Ich kann mich nicht mehr erinnern. Sollten wir nicht weiter? Ist doch schon ziemlich spät, oder?«

Mordecai kneift seine haarigen Augen zusammen, als ob er wüsste, dass ich lüge, aber er fragt nicht weiter. Er richtet sich auf, sieht kurz zum Himmel hoch und deutet dann vor sich. »Da lang. Ist nicht mehr weit.«

Er führt Tucker und mich noch eine Weile weiter und summt dabei wieder irgendwas von Billy Joel. Die Melodie kommt mir vertraut vor. Mama kannte alle Billy-Joel-Lieder und hat sie oft gesungen. Garantiert wüsste ich, welches es ist, wenn er richtig mit Text singen würde, aber ich werde den Teufel tun und ihn bitten. Wir laufen und laufen und laufen. Fünfzehn Minuten vielleicht oder auch fünfzig. Verdammt, ich habe keine Ahnung. Wir müssen schnell machen. Wahrscheinlich ist das meine letzte Chance, die Flüsterer zu finden und Mama zu retten. Wie es aussieht, geht die Sonne schon bald unter.

Wir laufen weiter. Und weiter. Meine Beine tun weh und mein Magen knurrt. Tucker schleppt sich immer langsamer neben mir her. Endlich hat Mordecai Erbarmen mit uns und bleibt stehen.

»Weiter kann ich dich nicht bringen.« Er greift in seinen Stoffbeutel, holt noch eine Flasche Wasser raus und gibt sie mir.

Ich schaue hoch in sein haariges Gesicht. »Warum? Haben Sie etwa Angst vor den Flüsterern?«

Er schnaubt auf eine Art, die wie ein Kichern klingt. »Deine Flüsterer, die schrecken mich nicht. Aber der Biberdamm ist nah beim Waldrand. Ist besser, wenn ich ein Stück wegbleibe von der Welt da draußen. Die wollen mich nicht hier im Wald, und mal ehrlich, so wie die sich gegenseitig behandeln, will ich die auch nicht.« Er zeigt jetzt mit ausgestrecktem Arm in die Richtung, die er meint. »Geh immer weiter da lang. Ist nicht weit zum Biberdamm. Und geh danach immer weiter in die Richtung, dann findest du nach Hause.« Er senkt den Kopf und starrt den Boden an oder vielleicht auch Tucker. Genau kann ich das nicht erkennen. »Ich bleib hier hinten, aber ich behalt dich im Auge, bis du raus bist aus dem Wald. Soll dir ja nichts passieren.«

Mit großen Augen schaue ich ihn an und weiß nicht, was ich sagen soll. Ich denke an die traurige, heruntergekommene Hütte, in der er ganz alleine lebt. Und daran, wie die Leute seit Jahren über ihn reden, an die grässlichen Sachen, die sie ihm vorwerfen. Mir fällt wieder ein, wie er mir in die Augen geguckt und gesagt hat, er hätte nie irgendwem was getan, und dass ich es ihm geglaubt habe. Und wie er Mama gekannt hat und sie die Einzige war, die nett zu ihm gewesen ist. Aber ich glaube, das kümmert Mordecai alles nicht mehr. Jetzt ist ihm nur eins wichtig: Er will mir helfen, Mama zu finden. Er will einem kleinen Jungen helfen, der sich im Wald verlaufen hat – er tut also genau das Gegenteil von dem, was alle Welt denkt, das er täte. Das Gegenteil von dem, was ein Hobgoblin täte.

»Wenn Sie Dylan noch mal sehen, sagen Sie ihm, dass ich okay bin, ja?«, bitte ich ihn, weil mir sonst nichts einfällt.

Er wirft einen Blick auf mich, und sein Bart verzieht sich zu einem einzigen Grinsen. »Und dass ich dich nicht gefressen hab, was?«

Ich lächle ihn an. »Genau. Danke dafür.«

Sonst gibt es nichts mehr zu sagen, also nicke ich kurz, lächle noch mal und stoße Tucker an, damit er sich Richtung Biberdamm in Bewegung setzt. Ich schaue nicht zurück, bis Mordecai laut meinen Namen ruft. Da bleibe ich stehen und sehe mich zu ihm um. »Bestimmt vermisst dich deine Mama genauso sehr wie du sie. Geh und find sie.«

Auf einmal wird meine Kehle eng, meine Augen jucken und ich bringe kein Wort mehr heraus. Wobei ich auch nicht wüsste, was ich sagen könnte. Außerdem habe ich riesigen Hunger und bin so müde, dass ich auf der Stelle zusammensinken und losheulen könnte. Mama sagt, manchmal ist man so müde und erschöpft, dass man einfach eine Runde weinen und alles Schlimme rausspülen muss. Aber dafür habe ich keine Zeit, also winke ich Mordecai zum Abschied nur und marschiere mit Tucker zusammen los, um die Flüsterer zu finden. Die Flüsterer und Mama.

23

Der Biberdamm

Mordecai hat recht gehabt. Es dauert nicht lange und ich habe den Biberdamm gefunden. Ein Rauschen führt mich zu der Stelle, wo eine gewaltige Mauer aus Stöcken und Ästen das Wasser von einem Flüsschen aufstaut. Ich kann mir kaum vorstellen, wie lange die Biber gebraucht haben müssen, um das hier zu bauen. Jetzt verstehe ich erst richtig, was Oma meint, wenn sie sagt, sie wäre *fleißig wie ein Biber*. Und das ist sie ja wirklich.

Tucker schlabbert gierig von dem Flusswasser, geht dann zu einem Baum in der Nähe und erbricht es gleich wieder. Ich knie mich neben ihn und reibe seinen Kopf – mein Bauch fühlt sich an wie verknotet. Er schnauft richtig schlimm, lächelt dabei aber so breit, dass die Zähne zu sehen sind. Er will nicht, dass ich mir Sorgen um ihn mache.

»Alles in Ordnung, Tuck. Das wird schon wieder.«

Er sieht mich mit seinen großen dunklen Augen an und jault, das Ganze scheint ihm peinlich zu sein. Tucker macht nie viel Theater um irgendwas, auch nicht, wenn er krank ist. Und er hasst es, wenn ihm irgendwo im Haus ein Malheur passiert, aber manchmal kann er eben nicht anders.

Ich kratze ihn hinter den Ohren und suche das Ufer ab. Dicht bei dem Damm gibt es einen Baumstumpf, der aussieht, als wäre er extra aufgestellt worden, damit man sich hinsetzen und in Ruhe den Biberdamm betrachten kann. Ich schleppe mich hin, mit dem keuchenden Tucker im Schlepptau. Meine Beine fühlen sich taub an, und meine Augenlider sind schwer von zu wenig Schlaf. Wenn ich ein paar Minuten hier sitzen und mich ausruhen würde, wäre ich fitter und könnte Mama besser helfen, wenn ich sie finde.

Mein Hintern sackt geräuschvoll auf die Erde, und ich lehne mich mit dem Rücken an den Baumstumpf. Tucker legt sich dicht neben mich, sein großer Rottie-Kopf ruht auf meinem Bein. Dankbar für die Pause schließt er die Augen, und eine Minute später schnarcht er wie Oma auf der Couch, wenn sie als Nachtisch ihre Pillen eingenommen hat. Allerdings braucht Tucker dazu keine Pillen. Er kann von einer Sekunde auf die andere einschlafen, wenn er will. Wie ein Roboter, der sich für Wartungsarbeiten selbst abschaltet. Die Vorstellung von Tucker als Cyborg-Hund ist wirklich cool. Und es würde viel erklären. Dass er so schlau und so groß ist und dass er so perfekt aussieht. Dann könnte er für immer am Leben bleiben.

Ich lehne den Kopf an den Baumstumpf, höre zu, wie das Wasser durch die Ritzen im Damm rieselt, und trinke den Rest aus Mordecais Flasche. Meine Augenlider sind schwer wie Beton. Wenn ich sie doch nur für fünf Minuten zumachen könnte …

Mama sitzt auf der Verandaschaukel hinterm Haus und sieht mir zu, wie ich den Maisfeld-Chor dirigiere. Sie ist eben erst von ihrer Schicht im Krankenhaus zurückgekommen und sagt, sie ist zu müde, um mitzumachen, aber zuschauen kann sie, also geben wir ihr ein Privatkonzert. Den Anfang macht »Amazing Grace«, dann singen wir »Blessed Assurance« und am Schluss Mamas liebstes Kirchenlied: »It Is Well with My Soul« – alles Lieder, die trösten und vom Vertrauen auf Gott handeln.

Mama liegt im Schlafzimmer auf dem großen Bett und schläft ein bisschen. Zum Glück hat sie den Zeitarbeitsjob im Krankenhaus endlich aufgegeben, aber sie ist immer noch meistens müde, wegen so was wie einer richtig schlimmen Grippe. Ich glaube, ich habe sie aus Versehen geweckt, jedenfalls setzt sie sich im Bett auf.

»Wie spät ist es, Button?«, fragt sie und sieht mich an.

Ihr Haar ist irgendwie komisch und ihr Gesicht ganz blass. Diese Grippe hat ihr wirklich arg zugesetzt.

»Halb sieben«, sage ich.

»Hat euch Oma schon was zum Essen gemacht?«, will sie wissen. »Und ist Papa zurück?«

Sie steht auf und geht ein paar Schrittchen auf mich zu.

Da sehe ich es. Das Fleischermesser von diesem Serienkiller. Es liegt auf dem Bett. Ich drehe durch. Wieder dieser Traum, und wieder stecke ich darin fest. Egal wie sehr ich es versuche, ich wache nicht auf. Im Gegenteil, ich ertrinke in einem Ozean von Schlaf.

»Schnell, Mama.«

Mehr kriege ich nicht raus, und sie macht einfach nicht schneller. Sie ist zu müde. Das Messer steigt vom Bett auf und schwebt in der Luft, die Klinge zeigt auf ihren Rücken.

»Mama, mach schnell!«, schreie ich, aber sie bewegt sich jetzt nur noch in Zeitlupe. Aufwachen. Aufwachen. Ich muss aufwachen.

»Mama!« Ich will zu ihr rennen, aber meine Füße kleben am Boden, ich kann sie nicht bewegen. Ich kriege keine Luft mehr. Genau in dem Moment, als ich beide Hände nach Mama ausstrecke, rast das Mördermesser durch die Luft und bohrt sich in ihren Rücken.

Mit einem lauten Schrei wache ich auf.

Tucker hebt erschrocken den Kopf und reckt die

Ohren in die Höhe. Er starrt mich an, wie um zu fragen: *Wieder dieser Albtraum, Kumpel?*

Ein leises Brummen an meinem Ohr lässt mich zusammenfahren. Schnell komme ich auf die Füße und sehe mich um. Hoffentlich keine Motte. Aber das Brummen ist nicht mehr zu hören. Im Wald ist es dämmrig geworden. Wie lange habe ich geschlafen? Fünf Minuten? Fünf Tage? Keine Ahnung.

Ich suche die Baumwipfel ab, kann aber nicht erkennen, wo genau die Sonne steht. Vielleicht ist der Sonnenuntergang schon vorbei. Was ist, wenn ich sie verpasst habe? Ich gehe zum Ufer und spritze mir Wasser ins Gesicht. Es ist so kalt, dass es fast wehtut auf der Haut, aber das fühlt sich gut an. Ich muss wach bleiben.

Ich schaue auf. Ein einsamer Biber tappt über den Damm, mit einem Stöckchen im Maul. Er interessiert sich kein bisschen für mich, läuft nur hin und her, immer an der gleichen Stelle, bis er den richtigen Platz für den Stock gefunden hat und ihn sorgfältig einbaut. Biber sind ausgesprochen beharrlich.

Beharrlichkeit ist, wenn man lange auf etwas warten kann, ohne sich gleich ins Hemd zu machen.

Wie in *Man braucht echt viel Beharrlichkeit, wenn man einen riesigen Damm aus lauter einzelnen Stöcken bauen will.*

Riley.

Schnell drehe ich den Kopf, aber ich kann nicht sagen, aus welcher Richtung die Stimme kommt. Irgendwas berührt mich am Arm, und ich krieche zurück zu dem Baumstumpf. Tucker sitzt aufrecht da und schnüffelt, er scheint sie riechen zu können. Ich atme tief durch und warte. Schaue. Lausche.

Riley.

Ich drehe suchend den Kopf, doch ihre Stimmen sind überall und nirgends. Das Abendkonzert beginnt, und bald ist die Sinfonie der Natur so laut, dass ich noch schwerer erkennen kann, aus welcher Richtung die Stimmen kommen. Ich schließe die Augen und stelle mir vor, die Flüsterer würden zu dieser Musik tanzen, ihr Tanz wäre Teil der großen Vorführung. Als mich noch einmal etwas am Ohr berührt, ganz sacht, öffne ich die Augen wieder.

Einer nach dem anderen schlüpfen die Flüsterer durch die Hintertür meiner Fantasie hinaus in die wirkliche Welt. Ich sehe sie – die tanzenden blauen Lichter, mal heller, mal blasser, auf einmal sind sie überall. Ein Licht ist direkt neben mir, nur Zentimeter weit weg. Ein anderes schwebt am anderen Ufer durch die Luft. Zwei sind rechts von mir, ein anderes links, sie fädeln sich durch die Baumkronen, immer hin und her in Schlangenlinien, und tauchen wie aus dem Nichts direkt vor meinem Gesicht auf. Aber wenn ich versuche, eins der Lichter richtig ins Auge zu fassen, verschwindet es. Anscheinend wollen sie mit mir Verstecken spielen, oder ich soll sie fangen. Trotzdem bleibe ich ganz still sitzen, und einen Augenblick später sind es schon fünfmal mehr. Ich kann kaum fassen, wie viele von ihnen jetzt hier herumschwirren – vielleicht Hunderte, vielleicht Tausende. Die Luft ist erfüllt von blau schimmernden Linien. Kleine blaue Feen, so hat Mordecai doch gesagt, oder? So schön und so magisch.

Auf einmal kommt Leben in Tucker, er springt auf und schnappt nach ihnen. Ich glaube nicht, dass er sie fressen will, aber weil er keine Hände hat, ist das die einzige Art, nach ihnen zu greifen.

»Nein, Tucker!«

Er hört nicht auf mich, sondern verfolgt sie bis zum Ufer und tritt mit seinen riesigen Pfoten auf diejenigen, die dicht am Boden fliegen. Ehrlich gesagt habe ich mehr Angst um Tucker als um die Flüsterer. Kann doch sein, dass sie magische Kräfte haben, mit denen sie ihm Stromschläge verpassen, und wenn er sie zu sehr ärgert, bleibt am Ende nur ein Häufchen Asche von ihm übrig. Oder seinem Cyborg-Hunde-Hirn knallt die Festplatte durch, und er ist für immer gelähmt.

»Tucker!«

Er dreht sich zu mir um und erstarrt für einen Augenblick, dazu hechelt er im höchsten Gang.

Ich zeige mit dem Finger auf ihn und sehe ihn streng an. »Nein!«

Jaulend beäugt er die Flüsterer, die jetzt dicht um seinen Kopf schwirren, aber er hört endlich auf, mit seinen tödlichen Cyborg-Hunde-Kiefern nach ihnen zu schnappen. Ich lege einen Finger auf die Lippen, als

Zeichen, dass er still sein soll. Die Sinfonie der Natur wird immer lauter, was noch mehr Flüsterer anlockt, anscheinend wollen sie auch einen Auftritt bei diesem Konzert. Jetzt ist *die* Gelegenheit. Aber nachdem ich Opas Schweizermesser und Mamas Ehering schon weggegeben habe, fehlt mir eine Opfergabe, die ich ihnen anbieten kann. Hoffentlich werden sie das verstehen.

Ich gehe zurück zu dem Baumstumpf und stelle mich hinter ihm auf, als ob er der Altar des Predigers in der North Creek Church of God wäre. Ich räuspere mich und gebe Tucker noch mal ein Zeichen, dass er stillhalten soll. Er hechelt so stark, dass sein ganzer Körper bebt, und guckt irgendwie ängstlich, aber er gehorcht. Ich beobachte den Schwarm von Flüsterern vor mir. Inzwischen fürchte ich mich nicht mehr, sie direkt anzuschauen, denn ich habe nichts mehr zu verlieren. Nicht mal Hoffnung.

»Ich habe euch alles gegeben, was ich habe«, sage ich und bin überrascht, wie laut und klar meine Stimme klingt. »Das wertvolle Armeemesser von meinem Opa und den Ehering von meiner Mutter. Ihr habt gesagt, sie wäre hier. Also, wo ist sie?«

Ein nach Geißblatt duftender Windstoß wogt über den Fluss, wie eine duftende Meereswelle. Ich höre genau hin und versuche alle Geräusche auszublenden, die nicht von den Flüsterern kommen. Ein einziges dahingewispertes Wort schwirrt um meine Ohren.

Opfergabe.

»Aber ich habe keine Gaben mehr!« Ich schreie jetzt fast. Ich bin müde und wütend. Und ich will, dass es endlich vorbei ist.

Seele.

Das Wort dröhnt in meinem Innern. Tucker wird wieder unruhig und knurrt die Flüsterer an. Er bleibt, wo er ist, und schnappt auch nicht nach ihnen, aber anscheinend versteht er, was sie gesagt haben, und es gefällt ihm gar nicht.

Ich seufze laut. Meine Geduld ist vorbei. »Meine Seele? Wie soll ich das machen, verdammt noch mal? Was ist mit meiner Familie? Das kann ich ihnen nicht antun.«

Hoffentlich merken die Flüsterer nicht gleich, dass das gemogelt ist. Ehrlich gesagt käme meine Familie nämlich sehr gut ohne mich klar. Wahrscheinlich ginge es ihnen sogar besser, wenn sie nicht jeden Tag der Person ins Gesicht schauen müssten, die für Mamas Verschwinden verantwortlich ist.

Ich schaue mich um und frage mich, ob irgendwo da draußen wirklich Mordecai ist und mich im Auge behält, so wie er es gesagt hat. Wenn ja, dann soll er jetzt kommen – ich könnte wirklich gut Hilfe gebrauchen.

»Das ist kein Spiel«, sage ich mit lauter Stimme, auch mein Tonfall ist scharf. Ich hatte das eigentlich nicht sagen wollen, aber auf einmal komme ich mir wie Kommissar Chase Cooper vor, der mit einem Täter verhandelt. »Eine Frau ist womöglich in Gefahr. Sie braucht

Hilfe. Bringt mich zu ihr, dann belästige ich euch nie mehr.«

Die Flüsterwesen sind jetzt überall, die blassblauen Lichter schwirren durch den Wald, leuchten heftig auf und werden nach und nach wieder blasser. Sie wirken wie der Herzschlag des Waldes. Tucker ist von ihnen umzingelt und versucht auszuweichen.

Eine einzelne kleine Stimme kitzelt mein Ohr. *Seele.*

»Ich kann nicht!« Meine Stimme hallt durch die Bäume, als mir der Ausdruck über die Lippen kommt, den Mama mir verboten hat. »Ich kann euch meine Seele nicht geben. Ich weiß doch nicht, wie.«

Du bist fast da.

Sie ist fast da.

Mein Herz hämmert so stark, dass es fast durch das Hemd bricht. »Mama?«, flüstere ich.

Carolyn.

Mama.

Ich verstehe nicht, wie ich den Flüsterern meine Seele als Opfergabe überlassen kann. Vor allem habe ich keine Ahnung, was mit mir passieren würde, falls ich es täte. Würde ich dann wirklich einer von ihnen werden und müsste für immer im Wald bleiben, so wie in der Geschichte? Aber … Mich kümmert das alles nicht mehr. Wenn das der einzige Weg ist, um Mama zu finden, dann ist es das wert. Sie kann mich ja im Wald besuchen kommen, und ich kann ihr jeden Abend zur magischen Zeit mit dem Wind etwas zuflüstern. Das wird nicht so sein, wie eine richtige Mama zu haben, aber immerhin besser, als wenn ich gar keine habe.

»Okay«, sage mit lauter, fester Stimme. »Ich gebe euch meine Seele. Zeigt mir, wie. Bitte. Zeigt mir, wie.«

Kalte Tränen laufen mir die Wangen runter, und vor lauter Erschöpfung und Verzweiflung schluchze ich so sehr, dass ich auf die Knie sinke. Ich zittere am ganzen Körper. Mir ist kalt und ich habe das Gefühl, mich aufzulösen. Ich weiß nicht, was mit mir passiert. Das Schluchzen packt mich und schüttelt mich durch, ich ertrinke in Wogen von Kummer. Ich habe keine Kontrolle, kann nichts dagegen tun. So sehr habe ich noch nie geweint, und ich kann gar nicht mehr damit aufhören. Vielleicht holen sich die Flüsterer auf die Art meine Seele. Vielleicht strömt sie ja in einem Meer von Tränen aus mir heraus. Vielleicht wohnt sie genau dort, die Seele – in meinen Tränen.

Aber das alles bringt Mama nicht zurück. Ich opfere den Flüsterern jede Seelenträne, die ich habe, aber sie kommt einfach nicht. Die haben mich angelogen. *Die Flüsterer haben gelogen.*

Schreiend kämpfe ich mich zurück auf die Füße und schlage mit beiden Händen nach ihnen, aber weil mir dabei die Seele aus den Augen strömt, sehe ich fast nichts. Als Tucker das merkt, springt er auf und macht mit bei dem Krieg gegen die Flüsterer, so gut er kann.

»Ihr habt gesagt, sie ist hier! Ihr habt mich angelogen! Ich hasse euch!«

Ich greife in meine Hosentasche und ziehe das Einzige raus, was noch drin ist. Den Zettel von Papa und den Zehn-Dollar-Schein. Ich reiße beides in kleine Fetzen und werfe sie in die Luft. Der Wind nimmt sie mit und verstreut sie überall.

»Hier«, schreie ich. »Jetzt habt ihr alles. Ihr habt mir alles abgeknöpft.«

Ein paar von den Fetzen landen am Ufer, ein paar andere gleich im Wasser, sie treiben flussabwärts wie stinknormaler Müll. Meine letzte Opfergabe ist den Flüsterern egal.

Sie werden immer weniger, von einem Moment zum andern, nach und nach ziehen sie sich in den Waldschatten zurück. Als einer dicht an meinem Ohr vorbeiflattert, schlage ich nach ihm und packe ihn mit der Faust. Ich spüre, wie seine kleinen Flügel gegen meine Hand ankämpfen, aber nicht lange. Ich quetsche das Ding zusammen, mit dem ganzen Schmerz, der schon so lange in mir brodelt. Ich quetsche es, weil es mich angelogen hat. Ich quetsche es, weil Papa mich nicht mehr lieb hat. Ich quetsche es, weil Gott unsere Gebete nicht hört – nicht bloß meine, sondern die von allen. Ich quetsche es, weil ich Mama nie finden werde. Ich quetsche es, weil mit mir irgendwas nicht stimmt. Ich quetsche das Ding, bis es tot ist.

Ich schreie noch mal meine geballte Faust an. Tucker hinter mir winselt, aber ich kümmere mich nicht um ihn. Ich starre nur wie ein Wahnsinniger auf meine

Faust. Meine Knöchel sind weiß und mir ist schwindlig. Ich lockere meinen Griff und atme langsamer, damit ich nicht umkippe. Dann löse ich einen Finger nach dem anderen und starre auf das winzige zerdrückte Wesen auf meiner Handfläche.

Der blaue Schein leuchtet noch einmal kurz auf, wie ein letzter Atemzug vorm Sterben, und jetzt sehe ich, was dieser Flüsterer in Wirklichkeit ist. Keine Fee. Und auch kein Wesen aus Haut und Fleisch und Knochen wie ich oder aus Baumrinde oder Blättern oder Erde. Nichts Schönes und nichts Magisches. Sondern ein Käfer. Einfach nur ein Käfer.

Irgendwo in der Ferne kracht ein ohrenbetäubender Donnerschlag, und mein Schluchzen hört jäh auf. Tucker bellt wie zur Antwort. Aber irgendwie war das doch kein Donner. Sondern etwas anderes, etwas, das ich gut kenne. Der Knall einer Flinte. Meine Gedanken rasen.

Dylan.

Oh nein. Was ist, wenn er Mordecai erschossen hat, weil er dachte, der hätte mir was getan? Oder wenn Danny in seinem Eichhörnchenwahn einen Schuss auf Dylan abgefeuert hat? Oder auf Gary oder Carl?

Ein zweiter Schuss zerreißt die Luft, der Wind trägt das Echo durch die Bäume.

Tucker reagiert mit einem drängenden Bellen und trottet los, genau in die Richtung, aus der die Schüsse gekommen sind.

»Tucker! Nein!«

Aber er ist weg. Ich renne hinter ihm her, den zerquetschten Käfer immer noch in der Hand. Tucker läuft nicht in seinem vollen Tempo, aber ich bin so müde, dass ich trotzdem nicht hinterherkomme. Ich taumele nur noch seinem Bellen hinterher.

»Tucker!«

Ich bleibe an einem Ast hängen und falle hin – mit dem Kopf voll auf den Boden, richtig schlimm. Meine Knie tun weh und mein Gesicht brennt. Ich versuche, schnell wieder auf die Füße zu kommen, aber weil ich so müde bin, brauche ich einen Augenblick, um mich wieder zu orientieren. Tuckers Bellen ist jetzt weit weg. Kalter Mountain Dew und ein paar Knabberzwiebeln würden mir die Kraft geben, die ich so dringend brauche. Aber an Schlafen oder Essen zu denken hilft mir auch nicht weiter.

Im Weiterlaufen schlagen mir Zweige ins Gesicht, und ich stolpere immer wieder über Äste, aber nach ein paar Minuten erreiche ich den Waldrand und gelange auf eine weite, offene Fläche. Vor lauter Schweiß und Tränen kann ich kaum richtig gucken, und das Zwielicht der Dämmerung macht es noch schlimmer – aber das, was ich sehe, wirkt auch sonst vollkommen unsinnig.

Wie bin ich bloß hierhergekommen?

Vielleicht träume ich. So muss es sein. Das war alles ein Traum. Bestimmt wache ich gleich auf, in meinem vollgepinkelten Bett. Komischerweise ist das im Moment sogar eine ziemlich schöne Vorstellung. Ich weiß, dass ein Sechserpack Mountain Dew im Kühlschrank steht, und Danny hat in seinem Zimmer garantiert irgendwo ein paar Knabberzwiebeln versteckt.

Aber das hieße, dass auch die Flüsterer nur ein Traum gewesen sind. Und das mit Mordecai wäre dann auch nicht real – dass er kein unheimlicher Hobgoblin, sondern ein Mensch ist und noch dazu freundlich. Und das mit Dylan letzte Nacht auch, der perfekteste Moment in der Geschichte der Momente. Vielleicht war überhaupt alles nur geträumt.

Meine Augen weigern sich, auch nur eine Sekunde länger offen zu bleiben. Meine Wackelbeine geben unter mir nach, und während ich falle, rattert in meinem benebelten Hirn eine Frage.

War Mama nur ein Traum?

24

Carolyn Riley James

Mein Gesicht ist warm. Auch sonst ist mir ziemlich warm, und ich rieche scheußlich. Ein Schmerz im Nacken bringt mich dazu, die Augen aufzuschlagen. Die Welt ist voll Sonnenlicht, und alles wirkt seltsam verrutscht. Nicht weit von mir liegt was Großes, Spitzes auf der Seite, dahinter steigt die Sonne hoch. Nirgends mehr Bäume. Stattdessen Gras. Und Blumen. Und taufeuchte Morgenluft.

So was wie eine Decke hüllt mich ein. Es ist warm, riecht aber nach Männerschweiß und Achselhöhle. Ich berühre den ausgeblichenen Jeansstoff. *Mordecais Hemd.* Er muss mich getragen haben, den ganzen Weg vom Waldrand bis hierher. Also hat er mich wirklich im Auge behalten.

Etwas Schweres drückt gegen meinen Rücken. Ich drehe mich um und sehe Tucker. Sein Körper mit dem dichten Fell ist eng an meinen geschmiegt, so wie früher, bevor das mit *meinem Problem* losging, als er noch bei mir im Bett geschlafen hat.

Mein Problem.

Ich zucke zusammen und betaste meine Hosen. Sie sind knochentrocken, was mich überrascht. Nicht der kleinste Tropfen Pisse ist danebengegangen. Ich habe die ganze Nacht hier geschlafen und nicht in die Hose gemacht. Aber wo verdammt noch mal bin ich überhaupt?

Ein paar Schritte weiter ragt ein großer Stein mit einem geschwungenen Abschluss aus der Erde. Rechts davon gibt es noch einen, der ähnlich aussieht, und links auch noch welche, alle in verschiedenen Größen und Formen. Auf manchen sind Kreuze drauf, und vor ein paar von den Steinen stehen verwelkte Blumen oder solche aus Kunststoff. Ich betrachte wieder das große, spitze Ding. Jetzt, nachdem ich mich gesetzt habe, steht es aufrecht da, und endlich macht es Klick in meinem verschlafenen Hirn. Ich bin auf dem Friedhof hinter der North Creek Church of God.

Ich stupse Tucker mit dem Ellbogen an. »Tuck. Wach auf.« Er rührt sich nicht. Kein bisschen. Und er schnarcht auch nicht.

»Tucker?«

Auch sein Brustkorb bewegt sich nicht wie sonst,

wenn er schläft. Panik macht sich in mir breit, als ich auf die andere Seite krabble, damit ich ihm ins Gesicht sehen kann. Seine Augen sind offen, aber leblos und kalt.

»Tucker! Tucker, jetzt wach schon auf, Junge!«, rufe ich und schüttle ihn. Meine Kehle ist wie zugeschnürt. »Alles okay, Junge. Alles okay. Ist doch alles wieder in Ordnung.« Tränen steigen mir in die Augen, dabei dachte ich, ich wäre ganz leer geweint. »Bitte, Tucker. Verlass mich nicht. Bitte verlass mich nicht. Bitte verlass mich nicht.«

Ich wiederhole das wie ein Gebet, aber Tucker bewegt sich nicht. Er starrt einfach an mir vorbei. Seine Augen sehen mich nicht mehr. Er ist nicht mehr da. Gott hört meine Gebete immer noch nicht. Oder ihm ist alles egal. Ich schlinge die Arme um Tuckers haarigen Körper und ziehe ihn auf meinen Schoß. Vergrabe mein Gesicht in der weichen Kuhle an seinem Hals und schluchze.

»Wieso denn hier, Tuck? Ich will hier nicht sein. Überhaupt nicht. Bloß nicht hier.«

So sitze ich eine Weile lang, weine in sein Fell und wiege den leblosen Körper des großartigsten Hundes in der Geschichte der Hunde. Mein Beschützer. Mein Freund.

Mein Blick ist vom vielen Weinen verschwommen, als ich aufschaue und den Grabstein vor mir anstarre – den Stein, unter dem ich die Nacht über geschlafen habe, den Stein, unter dem Tucker gestorben ist. Ich lese den Namen, der in schönen, spitz zulaufenden Buchstaben in den Stein eingemeißelt ist.

Carolyn Riley James.

Mamas Name. Mein Name. Ein Name, der uns verbindet. So wie Danny und Papa durch ihren Namen verbunden sind. Direkt unter dem Namen stehen ein Tag und ein Monat, unser Geburtstag – noch etwas, das uns verbindet. Dann kommt das Jahr, in dem Mama geboren wurde. Ein Stück weiter ist noch ein Datum eingemeißelt, es liegt ungefähr vier Monate zurück. Da war ich zum letzten Mal hier. Auf ihrer Beerdigung. Und ganz unten auf dem Grabstein stehen vier Wörter, die meine löchrige Erinnerung auf Hochtouren bringen.

SCHLAF GUT, MEIN SCHATZ.

Ich halte Tucker fest im Arm, und während ich sanft sein Fell streichle, strömt mir wieder die Seele aus den Augen. Ich summe ein Lied für ihn, mein Lied, das Lied, das sich Mama für mich ausgedacht hat. Jetzt erinnere ich mich wieder. An alles. Wie Mama immer schwächer und kränker wurde; wie sie zur Chemotherapie (und nicht wegen irgendeinem Job auf Zeit) ins Krankenhaus nach Upton musste; an ihre schönen langen Haare, die immer dünner wurden und dann ausgefallen sind; an den Abend, an dem sie gestorben ist – Danny und ich waren bei Oma und Opa, als Papa angerufen hat; an Omas lautes Schreien und Klagen, das mir so Angst gemacht hat und daran, wie Opa in seinem Fernsehsessel vor sich hin geschluchzt hat – ich hatte ihn vorher noch nie weinen gesehen; an die Totenwache bei uns zu Hause, bei der Mama aufgebahrt im Sarg gelegen hat – und nicht zum Ausruhen auf dem Sofa; an Schwester Grimes und die Frau vom Prediger, die sich in Mamas Küche um die von den Leuten mitgebrachten Speisen gekümmert haben; an die Beerdigung in der North Creek Church of God, die so voll war wie nie. Ich erinnere mich an alles, obwohl ich es nicht will. Die Erinnerungen kommen aus dem dunklen Winkel in meinem Hirn, wo ich sie monatelang eingesperrt hatte. Und ich schaue nicht weg; ich streichle immer weiter Tuckers Fell und singe ihm Mamas Schlaflied vor und lasse das, was wirklich passiert ist, endlich frei in mir hochsteigen.

»Riley!«

Vom Waldrand her höre ich meinen Namen, was mich ziemlich verwirrt. Es klingt nicht so, wie wenn die Flüsterer ihn rufen, außerdem weiß ich inzwischen, dass es sie gar nicht gibt. Erst als die Stimme zum zweiten Mal ruft, erkenne ich sie und schaue zum Wald.

Dylan rennt auf mich zu, mit zwei Rucksäcken über der Schulter, an der außerdem auch noch seine Flinte baumelt. Ich lege mein Kinn auf Tuckers Kopf und starre Mamas Namen auf dem Grabstein an. Sie kommt nie mehr zurück. Und das ist meine Schuld.

»Riley?« Das Trappeln von Dylans Schritten ist jetzt

ganz nah. »Alles okay mit dir? Ich hab dich überall gesucht. Dein Dad auch. Ich bin zu ihm und hab ihm gesagt, dass ich dich nicht finden kann. Er macht sich furchtbar Sorgen. Ich hab in die Luft geschossen, ich dachte, das hörst du vielleicht.«

Erst jetzt schaue ich richtig hin und erkenne, dass Dylan meinen Black-Panther-Rucksack mitgebracht hat. Er betrachtet Tucker mit großen Augen.

»Er ist tot«, sage ich zwischen zwei Schluchzern. »Sie ist auch tot.« Ich richte das Kinn auf Mamas Grabstein. »Ich hab sie umgebracht.«

Dylan lässt die beiden Rucksäcke fallen, legt die Flinte auf den Boden und geht vor mir in die Knie, genau wie ein Erwachsener das tun würde.

»Das tut mir so leid, Riley.« Er streichelt Tuckers Kopf und seine Augen werden feucht. Einen Moment später laufen ihm schon Tränen übers Gesicht, genau wie mir. Und auf einmal kommt mir Dylan gar nicht mehr erwachsen vor, auch nicht wie ein Superheld, sondern wie ein ganz normaler Junge, nicht anders als ich. Er wirft einen Blick auf Mamas Grabstein und fährt sich mit dem Handrücken über die Nase. »Aber du hast sie nicht umgebracht. Wieso sagst du so was?« Seine Stimme klingt zittrig.

Vor einer Weile wäre mir das alles viel zu peinlich gewesen. Ich hätte mich geschämt, Dylan von *meinem anderen Problem* zu erzählen. Aber jetzt ist es mir egal. Jetzt ist mir alles egal.

»Das hat Schwester Grimes gesagt«, erkläre ich, so fest und klar, wie ich kann.

»Was zur Hölle redest du da?« Da ist sie wieder, seine Superheldenstimme, aber die Tränen laufen ihm trotzdem noch übers Gesicht.

Ich wische mir mit dem stinkigen Ärmel von Mordecais Hemd über die Augen. »Schwester Grimes hat gesagt, es würde Mama umbringen, wenn sie rauskriegt, dass ich komisch bin. Und dann hat mich Mama erwischt, wie ich in Papas Werkzeugschuppen Kenny aus Kentucky geküsst habe. Bald danach ist sie krank geworden und am Ende gestorben, genau wie Schwester Grimes das vorhergesagt hat.«

Dylan schaut mich mit sanftem Blick an, aus tränennassen Augen. Er reagiert ganz anders auf mein Geständnis, als ich mir das vorgestellt habe. Jedenfalls wirkt er nicht schockiert oder angewidert. Er nennt mich auch nicht pervers oder rennt weg, und er haut mir auch keine rein. Das, was er tut, kommt so unerwartet, dass ich gleich wieder anfange zu weinen. Er setzt sich neben mich, den Rücken an Mamas Grabstein gelehnt, drückt meinen Kopf sanft an seine Superheldenbrust und zieht mich in seine Arme. So sitzen wir eine Weile da, während ich herausweine, was von meiner Seele noch übrig ist. Dylan hält mich. Ich halte Tucker. Und Mama hält uns alle.

Es dauert lange, bis Dylan wieder etwas sagt, aber das macht mir nichts aus, im Gegenteil. Seit Mama verschwunden ist, habe ich mich nicht mehr so geborgen gefühlt wie jetzt, wo ich mit dem Kopf an seiner Brust dasitze, in seine Arme gekuschelt. Seit Mama *gestorben* ist. Als mein Schluchzen endlich nachlässt, wird es still. Die einzigen Geräusche, die ich noch höre, sind der Herzschlag von Dylan und die zwitschernden Morgenvögel.

»Sie ist einfach gestorben, Riley«, haucht Dylan in mein Ohr.

Sonst geht ja immer gleich mein innerer Charlie-Brown-Übersetzer an, wenn jemand so was sagt, aber der funktioniert anscheinend nicht mehr. Ich höre klar und deutlich, was Dylan sagt. *Sie ist einfach gestorben*.

»Das hat überhaupt nichts damit zu tun, dass sie gesehen hat, wie du einen Jungen küsst. Sie war schwer krank. Sie hatte Krebs. Monatelang ist sie zur Chemotherapie nach Upton gefahren, aber das hat nichts genützt. Es ist nicht deine Schuld. Niemand hat Schuld. Das passiert einfach so. Und weinen ist total in Ordnung, das ist nämlich wirklich eine ganz große Scheiße. Meine Mama ist genauso gestorben, schon lange her, da war ich noch ganz klein.«

Von dem, was Dylan dann tut, wird mir von Kopf bis Fuß wohlig warm. Er küsst mich auf den Kopf, genau wie Papa das getan hat, als er mich noch lieb hatte.

»Komm, ich bring dich heim, du kannst dann mit deinem Dad zurückkommen und Tucker holen.« Dylan streichelt mit der Hand über meine Brust, und dabei raschelt irgendwas in Mordecais Hemd. Ich schiebe die Hand in die Hemdtasche.

»Wo hast du das Ding denn her?«, fragt Dylan. »Das stinkt.«

»Von Mordecai Mathews«, sage ich und ziehe den Plastikbeutel heraus, den ich in der Lichtung gelassen habe.

»Mordie?«, fragt Dylan. Erst wirkt er überrascht, dann erschrocken. »Hat er dir was getan?«

Mir ist vollkommen klar, was ich sagen möchte: *Nein. Der Hobgoblin ist in Wirklichkeit ein hilfsbereiter Mensch, und ich bin sicher, er hat das, was man ihm anhängen will, nie gemacht. Mama hat ihm jedenfalls geglaubt, und ich glaube ihm auch. Wie die Leute ihn behandeln, ist furchtbar.*

Aber ich sage gar nichts, sondern starre nur auf das, was in dem Plastikbeutel ist. Der Zettel mit dem Wort PRIVAT, in dickem Filzstift geschrieben, verdeckt den Blick auf Opas Schweizer-Armeemesser und Mamas Ehering nämlich nur teilweise.

25

Der schlimmste Bruder in der Geschichte der Brüder?

Später an diesem Tag stehen wir alle zusammen still unter der alten Eiche hinterm Haus – ich, Papa, Opa, Oma und Danny. Als ich am Morgen nach Hause gekommen bin, war ich dermaßen müde, dass ich gleich nach dem Duschen ins Bett gesunken bin und fast den gesamten Tag verschlafen habe. Reingepinkelt habe ich nicht. Anscheinend bin ich geheilt von *meinem Problem*. Papa hat mich irgendwann geweckt, er meinte, es wäre jetzt Zeit. Ich habe die Mutter von Gary angerufen und ihn und Carl eingeladen, aber die beiden sind nicht gekommen. Meine Freundschaft mit Gary habe ich wohl komplett ruiniert.

Die Beerdigungen von Hunden sind wahrscheinlich meistens schlecht besucht. Jedenfalls ist das hier nichts im Vergleich zu der Beerdigung von Mama in der North Creek Church of God. Die Kirche war brechend voll an dem Tag, mit Menschen und mit Blumen. Jeder Platz war besetzt, sogar hinten und seitlich neben den Bänken standen Leute. Alle waren da, kommt mir vor, nicht nur aus Buckingham, sondern auch aus Upton, um sich von ihr zu verabschieden. Gary und Carl kamen mit ihren Eltern. Mr und Mrs Killen waren auch da. Und die gesamte Kirchengemeinde, wirklich jeder war da, wie am Ostersonntag. Ich habe auch ein paar von meinen Lehrern entdeckt und Miss Betty. Auch Mamas Freundinnen vom Schönheitswettbewerb waren da und die Bekannte, die Sandy heißt und die wir bei Walmart getroffen haben, sogar ein paar von den Krankenschwestern aus dem Krebszentrum in Upton. Auch arme Familien, denen Mama mal geholfen hat, und Angehörige von Gefangenen, mit denen sie sich bei ihren Besuchen angefreundet hat. Sogar Dylan Mathews und sein Vater sind gekommen, sie standen ganz hinten in der Kirche, still wie Statuen.

Ich habe vorher noch nie so viele Blumen auf einem Fleck gesehen, lauter bunte Gestecke, die den Altar fast verdeckt haben. Rosen vor allem, rote Rosen. Alle wussten, wie gern Mama rote Rosen mag. Der Kirchenchor hat »It Is Well with My Soul« gesungen, Mamas Lieblingslied. Dann hat der Prediger über Mamas *christliche Tugenden* und ihre *Mildtätigkeit gegenüber den Notleidenden und Eingekerkerten* gesprochen und auch über ihre *außergewöhnliche Schönheit, äußerlich wie innerlich*. Außerdem sagte er, Jesus allein wüsste, warum er sie *in solch jungen Jahren zu sich in den Himmel gerufen* hätte. Sie hätte noch so viel Leben vor sich gehabt, und jetzt stünden zwei Kinder ohne Mutter und ein junger Mann ohne die Liebe seines Lebens da. Aber anscheinend war das für ihn doch irgendwie normal. *Nach dem Warum zu fragen, steht uns nicht zu,* hat er gesagt, *für uns gilt es, auf Gott zu vertrauen*. Dabei fand ich es schon immer blöd, wenn man keine Warum-Fragen stellen soll. Warum ist mein liebstes Fragewort überhaupt. Vielleicht hört Gott darum meine Gebete nicht. Weil ich ihm andauernd Warum-Fragen stelle.

Ich habe in der allerersten Reihe gesessen, ganz nah beim Sarg, das weiß ich noch, zwischen Papa und Oma. Ihr Kummer war so schlimm, dass ich kaum Luft bekommen habe. Oma hat die ganze Zeit laut geschluchzt und meine Hand so fest gedrückt, dass ich fast Angst hatte, sie könnte abbrechen. Papa war ganz still und zurückgezogen, er hat leise in seine Hände geweint und am ganzen Körper gezittert. Es war schrecklich. Und noch schrecklicher war es später auf dem Friedhof hinter der Kirche. Als der Sarg runter in die Erde gelassen wurde, hat Oma so laut geheult und geschrien *wie ein sterbendes Tier*. Ich habe an dem Tag nicht geweint, für meine Tränen war kein Platz. Stattdessen habe ich immer zwischen Oma und Papa hin- und hergeschaut und mit der linken Hand Mamas Ring umklammert, den ich tief in der Tasche meiner Anzugjacke versteckt hatte. Es war zu spät, um ihn zurück in den Sarg zu legen, das war mir klar, und ich konnte auch keinem erzählen, dass ich ihn mir am Tag vorher genommen hatte, während der Totenwache bei uns zu Hause. So war das nämlich in Wirklichkeit. Und da haben sich mein Herz und mein Hirn wohl zusammengetan und beschlossen, dass ich das Weinen, Heulen, Schreien nicht mehr aushalte, und mir eine andere Geschichte erzählt. Eine Geschichte mit Hoffnung. Sie wollten mir bestimmt nicht schaden, mein Herz und mein Hirn. Sie haben nur auf mich aufgepasst, also verzeihe ich ihnen.

Papa wirft die letzte Schaufel Erde auf Tuckers Grab und klopft sie behutsam fest. Wir sind alle still, und ich frage mich, ob nicht jemand etwas sagen sollte. Oder ein Lied singen. Wenn Mama da wäre, würde sie das tun, aber keiner von uns anderen kann so gut singen wie sie. Außerdem weiß ich keine Kirchenlieder für Hunde. Dabei muss es welche geben, schließlich sagen die Leute doch immer, dass alle Hunde in den Himmel kommen. Ich glaube, Hunde sind automatisch Christen, vom Tag ihrer Geburt an, bis sie sterben, also haben sie ein garantiertes Himmelfahrts-Ticket. Ohne blöde Regeln wie die, die sie uns in der North Creek Church of God eintrichtern, weil nämlich Hunde keine Sünden begehen können. Sie können überhaupt nur eins: andere lieb haben. Sie vergeben und vergessen schnell, sind einem nie lange böse, und wenn sie müde sind, legen sie sich hin und schlafen. Wir sollten alle mehr wie Hunde sein. Ich weiß, dass ich nie so großartig sein werde wie Tucker, aber ich will versuchen, seinem Vorbild nachzueifern. Vielleicht lege ich mich bei Mrs Turner im Unterricht auch mal auf den Boden und schlafe eine Runde, wenn ich müde werde. Allerdings macht sie mich dann bestimmt fertig, auf ihre toughe Cassandra-Bailey-Art.

Opa hat den Arm um Oma gelegt. Die beiden lächeln, mit Tränen in den Augen. Danny lässt den Kopf hängen, ich kann nicht erkennen, ob er weint oder nicht. Und ich? Ich habe keine Tränen mehr. Ich bin leer geweint. Ich fühle mich bloß irgendwie taub, genau wie bei Mamas Beerdigung vor vier Monaten.

Papa guckt traurig, aber als er mit dem Schaufeln fertig ist, stellt er sich neben mich und legt mir seinen Arm um die Schultern. Als Dylan mich am Morgen nach Hause gebracht hat, war er so froh, mich zu sehen, dass er fast weinen musste. Er hat auch nicht geschimpft, weil ich ihn angelogen und gesagt habe, ich würde bei Gary übernachten. Sondern mich nur in den Arm genommen und ganz fest gedrückt, genau wie früher, bevor Mama gestorben ist. Das war sonderbar und schön, und vertraut war es auch, alles zugleich.

Jetzt sieht er mich an, sein Blick ist so sanft wie seit sehr langer Zeit nicht mehr. »Möchtest du vielleicht etwas sagen, mein Junge?«

Mein Junge. So hat er mich schon ewig nicht mehr genannt.

Ich trete vor und stelle mich an Tuckers Grab. Papa hat ein Holzkreuz für ihn gemacht und seinen Namen reingeschnitzt. Wir haben ihn neben *Kann-nicht* und *Wenn-doch-nur* begraben, was ziemlich gut passt, ich glaube nämlich, selbst wenn Tucker Menschensprache gekonnt hätte, hätte er die beiden Ausdrücke nie benützt. Er konnte alles und brauchte keine Ausreden.

Ich mache den Mund auf, um zu sprechen, klappe ihn aber wieder zu, als ich zwei vertraute Gestalten ums Haus kommen sehe. Sie nähern sich langsam, richtig respektvoll irgendwie, und stellen sich neben Danny. Gary nickt mir zu, und Carl senkt den Kopf wie beim Beten. Ich lächle Gary ein bisschen an, aber ganz vorsichtig, weil ich ihn nicht verschrecken will, bevor ich nicht Gelegenheit hatte, mich bei ihm zu entschuldigen. Ich nicke zurück und danke ihm im Stillen dafür, dass er gekommen ist.

Dann räuspere ich mich und fange noch mal an. »Genau wie Mama hat mir Tucker eine Menge beigebracht. Er hat sich nie wegen Sachen gesorgt, die gestern waren oder morgen sein werden, sondern immer das Beste gemacht aus dem, was jetzt ist, und hatte nie Angst, sich voll da reinzustürzen. Er hat immer das Gute in Leuten gesehen, egal was die anderen geredet haben.« Ich schaue Gary an. »Er hat seine Freunde nie enttäuscht und war nie gemein zu ihnen. Er hat alle lieb gehabt, ohne Vorbehalt, genau wie Mama. Ich will lernen, mehr wie Tucker zu sein. Und wie Mama.«

Ich trete zurück. Ich weiß, meine Rede war ein bisschen kurz und Tucker hätte was Besseres verdient, aber ich habe es so gut gemacht, wie ich kann. Ich denke mal, das weiß er. Gary lächelt mich ein bisschen an. Danny nimmt eine Handvoll Erde und wirft sie aufs Grab. Jetzt sehe ich seine Augen. Sie sind feucht, und er schnieft auch ein bisschen. Gary und Carl machen es wie Danny, sie nehmen ein bisschen Erde in die Hand und werfen sie aufs Grab. Das mache ich auch.

Opa spricht ein Abschlussgebet, muss es aber früher zu Ende bringen, weil seine Stimme zittrig wird. Ich bin immer noch nicht sicher, ob Gott zuhört, obwohl ich es gerne glauben würde. Ich möchte mir gern vorstellen, dass er gut aufpasst auf Mama und Tucker da oben im Himmel. Dass er ihnen zeigt, wo alles ist, ihnen eine kleine Einführung gibt und keinen Wutanfall kriegt, falls Tucker mal auf die Straßen aus Gold kackt. Tucker hasst es, wenn ihm so was passiert.

Nach dem Amen drückt Papa meine Schulter, dann läuft er zum Schuppen und bringt die Schaufel weg. Ich gehe rüber zu Gary.

»Hey«, sage ich. Wie lahm.

»Yo«, antwortet Gary.

»Danke fürs Kommen«, sage ich. Noch viel lahmer.

Er nickt nur und sieht nach unten. Carl starrt mich finster an. Anscheinend hat es ihm genauso wenig gefallen wie mir, dass ich seinen großen Bruder mies behandelt habe.

»Hör mal, Kumpel«, sage ich. »Was ich da im Wald gesagt habe, tut mir sehr, sehr leid, wirklich furchtbar leid.«

Gary sieht mich an. »Mir auch.«

Ich lächle ihn an. »Und danke.«

»Für was?« Er verzieht das Gesicht.

»Dass du mir geholfen hast, sie zu finden.«

Gary zuckt mit den Achseln. »Ich hab doch gar nichts gemacht.«

»Ich weiß, dass du das mit den Flüsterern nicht geglaubt hast und dass wir Mama finden können, schon gar nicht«, sage ich. »Aber du hast trotzdem mitgespielt. Wegen mir. Danke dafür.«

Gary starrt mich eine Weile an und tut dann etwas, womit ich nicht rechne. Er zieht mich an sich und umarmt mich. So richtig fest. Das ist komisch und schön zugleich.

»Schon okay, Alter«, sagt er und grinst so breit, wie nur Gary grinsen kann. »Wir sehen uns im Bus.«

Ich bringe Gary und Carl bis zu dem geschotterten Fahrweg vor unserem Haus, und die beiden machen sich auf den Heimweg. Ein alter Pick-up kommt angerumpelt, er wirbelt Staub und Dreck auf. Eine Hand im Fenster winkt Gary und Carl im Vorbeifahren zu. Sie winken zurück. Als der Pick-up auf meiner Höhe ist, bleibt er stehen. Es ist ein altmodischer blauer Ford, mit seltsamen Rundungen und solchen Dingern an der Seite, auf denen man stehen kann. Hinter dem Steuer sitzt Dylan, in einem schlichten weißen T-Shirt und mit der Peterbilt-Kappe auf dem Kopf. Er wirkt wieder total erwachsen. Ich weiß genau, dass er frühestens in einem Jahr legal mit einem Lernführerschein fahren darf, er ist nämlich im gleichen Alter wie Danny. Aber die Regeln aus der Stadt kümmern keinen, solange er nur hier draußen in der Pampa rumkurvt.

Ich gehe zu dem Wagen, und er lächelt mich durch das offene Fenster an, während er den rumpelnden Motor abstellt. Der hustet und keucht erst noch ein bisschen, dann geht er aus.

»Hey«, sage ich. *Lahm, Teil 2.*

»Hey, Riley«, sagt er.

Sein Gesicht sieht inzwischen besser aus, aber man erkennt immer noch, dass er was abgekriegt hat. Ich frage mich, ob das, was sein Vater getan hat, jemals verheilt oder ob es für immer ein Teil von Dylan bleiben wird.

»Alles okay mit dir?«

Ich nicke ganz schnell, keine Ahnung, warum.

»Cool«, sagt er.

Dylan Mathews hat gesagt, er findet mich cool. So in etwa jedenfalls.

»Eben haben wir Tucker beerdigt«, sage ich so locker wie in einem Gespräch übers Wetter. »Oma hat seinen Lieblingskuchen gemacht. Angel Food Cake. Willst du welchen?«

Ich halte die Luft an. Hoffentlich denkt er nicht, dass

das ein Date sein soll oder so. Dylan ist zu alt für mich, das weiß ich. Und wahrscheinlich küsst er auch lieber Mädchen als Jungs. Das verstehe ich zwar nicht, aber ich habe ja auch noch nie ein Mädchen geküsst. Wie kann ich das also beurteilen?

Dylan legt die Hand aufs Lenkrad und guckt erst geradeaus, dann wirft er einen Blick in den Rückspiegel und sieht wieder mich an.

»Geht nicht«, sagt er. »Ich muss los.«

Anscheinend sieht er mir an, wie enttäuscht ich bin.

»Aber danke«, ergänzt er mit einem Lächeln. »Ist auch mein Lieblingskuchen.«

Ich stelle mich auf die Zehenspitzen und spähe in die Fahrerkabine wie ein neugieriges Klatschmaul. Auf dem Beifahrersitz liegt Dylans Rucksack. Und eine große Reisetasche.

»Wo willst du hin?«

Dylan guckt wieder durch die Windschutzscheibe nach vorne. »Nicht weit weg, ich wohn nur mal ein Weilchen bei meiner Tante.«

Jetzt sieht er wieder mich an. Das kommt mir so vor, als ob er gewusst hätte, dass mir das nicht gefallen wird, und als hätte er mich nicht anschauen wollen in dem Moment, in dem er es mir sagt.

»Ich bin dann nicht mehr im Bus«, sagt er. »Aber in der Schule sehen wir uns trotzdem.«

Das ist eine riesige Erleichterung, und ich entspanne mich wieder. Da höre ich, wie irgendwo hinter mir laut mein Name gerufen wird. Als ich mich umdrehe, sehe ich meinen Bruder neben dem Haus stehen.

»Oma sagt, du sollst reinkommen, der Kuchen steht auf dem Tisch«, brüllt er. Er hat echt keine Manieren.

Dylan winkt Danny, und Danny winkt zurück. Wahrscheinlich kennen sie sich aus einem anderen Leben – als die beiden noch in eine Klasse gegangen sind und Danny noch nicht so ein grässlicher Highschool-Typ war.

»Lass dir den Kuchen schmecken und iss für mich mit«, sagt Dylan wieder mal ganz erwachsen, bevor er den Motor anlässt. »Und sag Tucker auf Wiedersehen von mir.«

Bevor er losfährt, reicht er mir noch einen Zettel durchs Fenster. Verwirrt nehme ich ihn. Dabei bin ich mir sicher, dass das kein Liebesbrief sein kann oder so.

Ich werfe einen Blick auf den Zettel und lese schnell das lange Wort, das Dylan aufgeschrieben hat.

»Schlag's nach«, sagt er grinsend. Dann winkt er noch mal kurz und fährt langsam weiter.

Ich winke zurück und schaue ihm hinterher, bis der Pick-up am Ende der Schotterstraße nach rechts abbiegt und bald nicht mehr zu sehen ist. Als ich mich umdrehe und merke, wie Danny auf mich zugelaufen kommt, schäme ich mich ein bisschen, dass ich Dylan so lange hinterhergeschaut habe. Schnell stopfe ich den Zettel in meine Hosentasche.

»Jetzt mach schon«, sagt er in seinem genervten

Danny-Tonfall. »Alle warten auf dich, und ich will jetzt endlich Kuchen.«

Schnaubend gehe ich an ihm vorbei. Mir passt nicht, dass er in mein Treffen mit Dylan geplatzt ist.

»He, warte.« Er fasst mich an der Schulter.

Ich bleibe stehen und drehe mich ihm zu. »Was denn?« Das kommt raus wie eine ganz normale Frage. Ich kann eben nicht so gut schnauzen wie Danny. Er ist wohl ein Naturtalent.

Er zieht etwas aus der hinteren Tasche seiner Jeans. »Ich wollte dir das hier geben.«

»Hä?« Das ist auch wieder lahm, aber aus Dannys Mund ergibt der Satz einfach keinen Sinn.

Er hält mir etwas hin und ich nehme es. Als ich draufschaue, fangen meine Augen wieder an zu kribbeln. Vielleicht sind doch noch Tränen übrig, vielleicht gibt es noch ein bisschen Seele zum Rausweinen. Es ist ein Foto von Mama auf dem Rücksitz von einem weißen Mustang-Cabrio mit offenem Verdeck, aufgenommen beim Weihnachtsumzug, an dem sie als Siegerin beim Mrs-Upton-Schönheitswettbewerb natürlich dabei war. Ich starre das Bild an, betrachte das strahlende Lächeln, mit dem sie Richtung Gehweg schaut und mir winkt. Sie sieht wie eine echte Königin aus.

»Das Bild hat dir doch schon immer gefallen, stimmt's?«, sagt Danny und späht über meine Schulter.

Ich drehe mich zu ihm, mit einem Gefühlsmix, von dem mir ganz schwindlig wird. Dass er so einfühlsam sein kann, ist wie ein Schock. Und ich bin ihm so unglaublich dankbar, dass ich schon fast Angst bekomme, wohin das führen wird.

»Ich hab mitgekriegt, dass du sie gefunden hast«, sagt er. »Die Fotoalben. Ich wollte sie mir nicht unter den Nagel reißen. Ich hab nur … keine Ahnung. Du hast sie doch immer gehabt. Ich glaube, ich wollte sie einfach mal ein bisschen für mich.«

Ich starre ihn an, als wüsste ich nicht, wer er ist. Mir ist klar, dass ich jetzt etwas sagen sollte wie *Wow, Danny. Vielen, vielen Dank. Du bist der beste Bruder auf der Welt.*

Aber schon bei der Vorstellung kommt es mir hoch. Also frage ich stattdessen: »Wie hast du gemerkt, dass ich die Alben gefunden habe?«

Er verdreht die Augen. »Du hast sie nicht richtig zurückgelegt. Ich weiß auch, dass du ihren Ring hast. Ich hab ihn neulich in deiner Schublade gefunden. Mir war klar, dass du da irgendwas versteckst, und ich war stinksauer, weil du in meinem Zimmer rumgeschnüffelt hast.«

Ich brauche ein paar Sekunden, bis ich kapiere, was er da sagt, aber dann kommt es in meinem Hirn an. »Du warst das«, sage ich. *Und nicht die Flüsterer.* Aber den Teil behalte ich für mich.

Er macht eine Kopfbewegung, um zu sagen, dass wir endlich reingehen sollen. »Keine Sorge, ich hab Papa nichts von dem Ring erzählt.«

Ich laufe mit ihm los, schaue dabei aber immer das Foto an, statt auf den Weg zu achten, und komme darum dauernd ins Stolpern. Danny geht ein paar Schritte vor mir, so wie er das schon mein ganzes Leben lang getan hat.

»Du kannst sie dir immer angucken, wenn du willst«, sagt er. »Nur klopf erst an und schleich dich nicht rein, wenn ich weg bin.«

Ich starre seinen Hinterkopf an, und für diesen einen Moment verschlägt es mir komplett die Sprache.

Vielleicht ist Danny doch nicht der schlimmste Bruder in der Geschichte der Brüder.

26

Allüren

Ein paar Tage später sitze ich wieder bei Frank auf der Couch, die immer noch nach Erdnussflips müffelt. Hoffentlich ist das mein letzter Besuch. Frank tippt die ganze Zeit auf seinem iPad rum, und ich betrachte das dreieckige Namensschild auf seinem Schreibtisch, der immer noch chaotisch und unprofessionell aussieht.

Dr. Frank Harvey

Frank hat also doch keine Allüren, wie sich herausstellt, jedenfalls nicht die, alle drei Namen zu benutzen – der dritte Name war nämlich gar keiner. Wobei Oma vielleicht sagen würde, dass jemand, der seinen Doktortitel gleich auf zwei Schilder schreibt, eins an der Tür und eins auf dem Tisch, eben doch Allüren hat.

Ich werfe einen Blick auf die eingerahmten Urkunden, die an der Wand hinter ihm hängen. Sie stammen von der Universität von South Carolina, und auf beiden steht in großen, geschwungenen Buchstaben das Wort *Kinderpsychologie*. Die eine beweist, dass er an der Uni war, die andere, dass er wirklich seinen Doktor gemacht hat.

»Sehr interessant«, sagt Frank nach einer Weile und hält den Zettel hoch, den Dylan mir vorm Wegfahren in die Hand gedrückt hat. Darauf steht in Superhelden-Handschrift: *Blaue-Geister-Glühwürmchen*. »Wie es aussieht, hat dein Freund Dylan vollkommen recht.«

Mein Freund Dylan. Das klingt wirklich gut.

Frank dreht das iPad zu mir, damit ich reinschauen kann. Er hat einen Artikel über die Glühwürmchen gefunden. Es sind auch Bilder dabei, die diese Wesen in Nahaufnahme zeigen, wie sie leuchten in ihrem schönen Feenblau.

»Ich wusste nicht, dass es so viele verschiedene Arten von Glühwürmchen gibt.« Frank dreht das iPad wieder zu sich. »Die hier leuchten blau und lange am Stück, statt weiß oder grün zu blinken wie normale Glühwürmchen.«

Ich lege den Kopf schief und sehe ihn an. »Die sind aber nicht unnormal. Bloß anders.«

»Natürlich.« Frank schiebt das iPad weg und lässt die

Hände auf seinen dicken Bauch sinken. »Also, lass uns alles noch ein letztes Mal durchgehen, Riley.«

Ich schaffe es, nicht die Augen zu verdrehen, aber die Vorstellung, es zu tun, ist fast genauso gut.

»Mama war krank«, sage ich. »Sie ist an Krebs gestorben, genau wie Tucker.«

Mit einem Nicken fordert Frank mich zum Weiterreden auf.

Ich seufze ein bisschen, aber nicht schlimm respektlos. »Zur Totenwache ist sie aufgebahrt worden, bei uns zu Hause im Wohnzimmer. Das schöne Sofa haben sie extra rausgeräumt und stattdessen den Sarg hingestellt. Die zwei Männer, die draußen in dem großen weißen Wagen gewartet haben, waren vom Bestattungsinstitut.«

»Und wo warst du während der Aufbahrung, Riley?«

Ich fummle an meinen Schuhbändeln und rutsche auf der Couch herum. »Draußen, zum Spielen mit Gary und Carl.«

Frank legt den Kopf schief. »Anscheinend ist dir da irgendwas unangenehm, Riley. Was denn?«

In diesem Moment kann ich Frank überhaupt nicht leiden. Aber je schneller ich das hier durchziehe, desto eher komme ich raus.

»Ich hätte drinnen bei Mama sein sollen, nicht draußen zum Spielen. Aber da waren so viele Leute im Haus. Die meisten haben laut geredet und gelacht, und es gab alles Mögliche zu essen, wie bei einer Party. Ich musste da raus. Ich glaube, Papa, Danny, Oma und Opa waren die Einzigen, denen es wirklich was ausgemacht hat, dass Mama weg ist. Außerdem war Schwester Grimes da.«

»Und die war dir unangenehm.«

»Sie hat gesagt, Mama würde sterben wegen mir.«

Mit einem tiefen Seufzer beugt sich Frank vor, die Ellbogen auf den Knien. Er lächelt, aber diesmal sieht das nicht so angesteckt aus wie bei Mr Potato Head. Es wirkt beinahe … *echt*.

»Mrs Grimes hat gedankenlos etwas Schreckliches gesagt, und es ist schlimm, dass du das zufällig mit angehört hast. Aber sie ist nicht daran schuld, dass deine Mutter Krebs bekommen hat, und du bist es auch nicht. Manchmal passieren guten Menschen schlimme Dinge. Okay?«

Ich nicke. Frank ist gar nicht übel. Aber er sollte sich wirklich darauf beschränken, mit verrückten Kindern zu reden, und nie in die Strafverfolgung wechseln.

»Irgendwann bist du zurück ins Haus gegangen«, sagt er.

Ich nicke wieder. »Ich wollte Mama ein letztes Mal anschauen.«

»Und wie hat sie für dich ausgesehen, Riley?«

Darüber muss ich erst nachdenken. »Eigentlich fast wie sonst, aber irgendwie auch nicht. Friedlich, fand ich. Ich wollte sie anfassen und sehen, ob sie wirklich tot ist und nicht einfach nur schläft.«

»Und was hast du da gemacht?«

Ich starre Frank eine Minute lang an, weil ich mich immer noch schuldig fühle.

»Ich hab die Decke von ihrer Hand weggeschoben und sie angefasst.« Mir ist klar, was Frank als Nächstes fragen wird, also mache ich alleine weiter und erzähle es ihm. »Ihre Haut war ganz kalt. Irgendwie hart und wie Wachs. Mir hat nicht gefallen, wie sie sich anfühlt. Aber dann habe ich ihren Ehering gesehen.«

Ich warte ein bisschen, vielleicht lässt mich Frank ja ein Stück überspringen. Das tut er aber nicht, er will den ganzen Kuchen.

»Mama hat mich oft mit ihrem Ehering spielen lassen, einfach zum Spaß. Da dachte ich, es wäre doch schön, irgendwas von ihr zu haben, und dass es ihr bestimmt nichts ausmachen würde. Bei der Beerdigung hat der Prediger gesagt, dass Mama schon nicht mehr in ihrem Körper gewesen ist. Und ich dachte, es kriegt sowieso niemand mit.«

»Kannst du dich erinnern, wie du den Ring genommen hast?«

Ich nicke. »Die meisten Leute waren draußen in den anderen Zimmern und auf der Veranda. Ein paar auch im Wohnzimmer, aber die haben mich nicht groß beachtet, sondern mit Papa und Danny geredet. Also hab ich ihr den Ring vom Finger gestreift, ihn in die Hosentasche gesteckt und die Decke wieder über ihre Hand gezogen. Keiner hat mich gesehen.«

Frank nickt und strahlt mich an, als ob ich gerade Erster in einem Buchstabierwettbewerb geworden wäre. Ich könnte bei so was bestimmt auch gewinnen, ich kenne schließlich eine Menge Wörter, dafür hat Mama gesorgt.

»Das ist gut, Riley«, sagt er. »Sehr gut. Was ist dann passiert?«

»Ich bin wieder raus zu Gary und Carl. Ein bisschen später sind die Männer vom Beerdigungsinstitut gekommen und haben Mamas Sarg zur Vordertür rausgerollt, und dann haben sie ihn in diese große weiße Limousine –«

Frank zieht eine Augenbraue hoch.

»– in den Leichenwagen geschoben.«

Ein *Leichenwagen* ist ein großes weißes Fahrzeug für tote Leute. Manchmal sind die Dinger aber auch schwarz.

Wie in *Ich wette, die Fahrer von Leichenwagen kriegen nie Trinkgeld von ihren Fahrgästen.*

Frank grinst mich an. Ich weiß nicht, ob er stolz ist, weil ich mich richtig an alles erinnere oder weil er sich einbildet, er hätte mich höchstpersönlich geheilt.

»Und jetzt noch das Letzte, Riley«, sagt er. »Was ist mit den Flüsterern?«

»Was soll mit ihnen sein?«, frage ich.

Frank lehnt sich in seinen Stuhl zurück. »Können wir uns darauf einigen, dass du eine stark ausgeprägte Fantasie hast? Das ist wohlgemerkt nicht Schlechtes. Aber glaubst du immer noch, dass du ihre Stimmen gehört hast?«

Ich schüttle den Kopf und sage: »Nein, das ist nur so eine Geschichte, die mir Mama immer erzählt hat.« Und es stimmt ja, ich dachte wirklich, die Blaue-Geister-Glühwürmchen wären Flüsterer. Aber dass ich die Stimmen nicht gehört habe, werde ich niemals glauben. Irgendwas habe ich jedenfalls gehört. Vielleicht Mama, die mich ruft. Vielleicht wollte sie mich zu ihrem Grab führen, damit ich mich wieder an alles erinnere und es mir besser geht und auch damit Papa und Danny langsam wieder besser mit dem Leben zurechtkommen. Klar ist nur, dass ich ganz sicher etwas gehört habe. Aber das muss Frank nicht wissen. Niemand muss das wissen.

»So ähnlich wie die Geschichte, die du dir selbst erzählt hast«, sagt Frank. »In deiner Geschichte war deine Mutter noch am Leben, und es hat eine Chance gegeben, dass sie wieder nach Hause kommt. Was du erlebt hast, nennt man eine traumatische Trauerreaktion. Du und deine Mutter, ihr wart euch extrem nah. Ihr Tod trifft dich darum besonders schwer.«

Ich denke nach über das, was er gesagt hat. »Ist das auch der Grund, wieso ich ins Bett gemacht habe?«

Frank nickt. »Das ist anzunehmen, ja.«

»Und jetzt bin ich geheilt?«, frage ich, obwohl ich mich vorher gar nicht krank gefühlt habe.

Frank lacht und schüttelt den Kopf. »Es ist nie darum

gegangen, dass du geheilt werden musst, Riley. Du musstest nur einen Weg zurück in die Realität finden und akzeptieren, was passiert ist, statt dich in einer alternativen Geschichte einzurichten. Verstehst du, was das bedeutet?«

Ich nicke. Und das tue ich jetzt wirklich. Mein Hirn und mein Herz haben sich in den letzten Monaten wahnsinnig ins Zeug gelegt, um mich zu beschützen.

»Gut.« Frank wirft einen Blick auf die Wanduhr. »Damit ist unsere Zeit für heute vorbei.«

Ich kann gar nicht schnell genug von seiner Erdnussflip-Couch aufspringen und bin schon fast an der Tür, als mich Frank noch mal zurückruft. Ich bleibe stehen und schaue über die Schulter zurück.

»Ein- oder zweimal werden wir uns noch treffen«, sagt er. »Nur zur Sicherheit. Aber ich bin überzeugt, dass alles restlos in Ordnung kommt mit dir.«

Statt die Augen zu verdrehen, lächle ich ihn an und mache, dass ich wegkomme.

Außer Papa wartet draußen niemand mehr. Als ich komme, steht er auf. Er sieht wahnsinnig erschöpft aus. Daran bin bestimmt ich schuld. Er hat sich furchtbare Sorgen gemacht, als Dylan ihm gesagt hat, dass ich alleine draußen im Wald rumstolpere, da bin ich sicher. Aber er sieht nicht wütend aus. Er lächelt sogar ein bisschen. Ich laufe auf ihn zu, und er geht vor mir in die Knie, genau wie Dylan an Mamas Grab.

Fragend hebt er die Augenbrauen. »Wie ist es gewesen?«

»Ich habe Frank alles erzählt«, sage ich. »So wie es in Wirklichkeit passiert ist.«

Ich dachte nicht, dass ich weinen würde, aber dann erwischt es mich doch. Ein paar Tränen laufen mir aus den Augenwinkeln, vielleicht auch, weil ich so viel Angst habe vor dem, was ich gleich tun werde. Ich stecke die Hand in meine rechte Hosentasche und ziehe den Plastikbeutel mit Mamas Ehering raus. Papa starrt ihn mit leerem Blick an, sein Lächeln verschwindet.

»Tut mir leid, Papa«, sage ich. »Ich hab ihn mir am Tag von der Totenwache genommen. Ich wollte nur –«

Er legt seine Hand auf meine mit dem Beutel darin und bremst mich mit einem ernsten Blick. Ich weiß nicht, ob er wütend ist oder traurig oder ob er mich vielleicht gleich zur richtigen Polizei bringt.

»Ich wusste, dass du ihn genommen hast«, sagt er.

Ich brauche einen Augenblick, bis mein Hirn kapiert, was meine Ohren gehört haben, aber als es bei mir ankommt, falle ich beinahe in Ohnmacht.

Ein Hauch von einem Lächeln kehrt zurück in sein Gesicht. »Ich hab's gesehen.«

Ich starre ihn an und weiß nicht, was ich sagen soll. Papa hat die ganze Zeit gewusst, dass ich den Ring habe. »Und du bist nicht wütend?«

Sein Blick wird weich. »Zuerst schon. Ich war sogar sehr wütend. Aber das lag nur an meiner eigenen Trauer. Dann ist mir ziemlich schnell klar geworden, dass deine Mama gewollt hätte, dass du ihn hast. Und nachdem du jetzt schon so lange gut auf ihn aufpasst, kannst du das ja vielleicht auch weiter für mich tun?«

Es ist, als ob das Gewicht der ganzen Welt von meinen Schultern genommen worden wäre. Ich strahle ihn an und stopfe den Plastikbeutel zurück in meine Hosentasche, um Papa zu zeigen, dass der Ring bei mir wirklich sicher ist.

»Tut mir leid, dass ich euch alle so traurig gemacht habe mit meinem Verrücktsein.«

Papas Lachen klingt wie ein Husten, und er senkt den Kopf. »Nenn dich doch nicht verrückt, mein Junge.«

»Wie würdest du das denn nennen?«

Als er mich wieder ansieht, stehen Tränen in seinen Augen. »Einmalig. Besonders. Außergewöhnlich.«

Er zieht mich an sich und drückt mich so fest, dass ich kaum noch Luft kriege. »Ich habe solche Angst um dich gehabt.«

Ich schlinge die Arme um ihn und lege den Kopf auf seine Schulter, vergrabe mein Gesicht in der Kuhle an seinem Hals, genau wie ich es bei Tucker gemacht habe an Mamas Grab. Nur dass Papa eindeutig besser riecht.

Da stehen wir in Dr. Franks spärlich eingerichtetem Wartezimmer und halten uns ganz lange fest. Aber irgendwann lässt mich Papa dann doch los und sieht mich an.

»Du weißt schon, dass diese Wörter Synonyme sind«, sage ich.

Papa guckt verwirrt.

»*Einmalig. Besonders. Außergewöhnlich.* Die bedeuten alle so ziemlich das Gleiche.«

»Ach so, stimmt«, sagt er mit einem breiten Grinsen. Er guckt so froh wie der Papa von früher. »Gibt's eigentlich auch Kalender für solche *Synonyme?*«

Wir kichern ein bisschen, und er knufft mich in die Seite.

»Du kannst mir bestimmt mit meinem Wortschatz helfen«, meint er. Dann sieht er mich lange schweigend an, und nach einer Weile sagt er: »Ich darf dich nie wieder verlieren. Ich kann das nicht aushalten.«

Ich will nicht, dass ihm wieder die Tränen kommen, also gucke ich streng und sage: »Es gibt kein Können und Nicht-Können, nur Wollen und Nicht-Wollen!«

Da muss er lachen. Er richtet sich wieder auf und fährt mit den Fingern durch seine dichten gewellten Haare.

»Es tut mir so leid, mein Junge. Ich hätte mehr Geduld mit dir haben sollen.« Er legt mir die Hand auf den Kopf, genau wie ich das immer bei Tucker gemacht habe. »Ich war nicht so für dich und Danny da, wie ihr das gebraucht hättet.« Dann zieht er mich gleich noch mal an seine Brust und umarmt mich, auch diesmal ganz fest, beugt sich zu mir runter und flüstert in mein Ohr: »Und es gibt nichts, was du vor mir verstecken musst. Du bist großartig, so wie du bist.«

Kurz bin ich in Panik und habe Angst, die ganze Pisse, die in den letzten Nächten nicht in meinem Bett gelandet ist, schießt auf einmal aus mir raus wie das Wasser aus den kaputten Feuerhydranten in *Sondereinsatzkommando Chicago*. Mama muss ihm von Kenny aus Kentucky erzählt haben. Natürlich hat sie das. Die beiden haben sich immer alles erzählt. Papa weiß also von *meinem anderen Problem*. Aber das macht nichts. Er hat mich trotzdem lieb.

Mit der Hand auf meiner Schulter führt Papa mich zur Tür. »Und wie steht's mit dem Abendessen? Fischstäbchen und Kroketten? Oder willst du lieber Omas Brathähnchen?«

Ich verdrehe die Augen, aber nicht respektlos. Er kennt die Antwort doch sowieso. Omas Brathähnchen ist nämlich der Hammer, das weiß jeder hier in der Gegend.

Papa grinst. »Na gut, also Fischstäbchen.«

»Papa«, wimmere ich.

Er lacht. »Ich mach doch bloß Spaß, Button.«

Da grinse ich auch, so doll, dass es sich anfühlt, als ob es mir gleich das Gesicht zerreißt. Zum ersten Mal überhaupt hat Papa mich *Button* genannt.

27

Schlaf gut, mein Schatz

Später am Abend stehe ich in der Dämmerung hinterm Haus und mustere den Maisfeld-Chor. Die Sonne geht gerade unter, der Geruch von Geißblatt weht heran, die Sänger wiegen ihre schlaksigen Pflanzenleiber und warten auf ihren Einsatz. Um uns herum werden die Instrumente der Natursinfonie gestimmt, damit alles für den großen Auftritt bereit ist.

Ich schaue zum Waldrand und muss lächeln. Klar, jetzt erwarte ich nicht mehr, *die Flüsterer* zu hören, aber ich werde auf jeden Fall weiter auf jedes Flüstern im Wind lauschen. Ob Mama jetzt im Wind ist oder eins höher im Himmel bei Jesus und Tucker – ich weiß, dass sie auf mich schaut und mit ihrem Lächeln immer bei mir ist. Und Papa, Danny, Oma, Opa und sogar mir –

uns wird es gut gehen. Mama hat sich ihr Leben lang um Leute gekümmert, da gibt es keinen Grund zu glauben, dass sie jetzt damit aufhört.

Es ist Zeit für die große Vorstellung. Ich habe den wichtigsten Solo-Part, also drehe ich mich zum Haus um. Die leere Verandaschaukel schwingt leise im Abendwind hin und her, genau wie beim letzten Mal, als ich mit Mama dort gesessen habe, an einem Abend wie diesem. Ich weiß es noch so genau, als ob es erst gestern passiert wäre.

»Lass uns reden über das im Schuppen«, sagt Mama.

Ich erstarre. Sogar mein Atem friert ein. Nie hätte ich gedacht, dass Mama darüber sprechen will. Ich will es nicht, das weiß ich sicher.

Nervös schaue ich sie an. »Kannst du mir das verzeihen?«

Sie wird ganz grau, und auf einmal stehen Tränen in ihren Augen.

»Mein Schatz«, sagt sie kopfschüttelnd. »Da gibt's nichts zu verzeihen. Ich war bloß überrascht.«

Jetzt kann ich wieder ein bisschen besser atmen. »Und hast du mich trotzdem noch lieb?«

Sie seufzt und lockert ihre Schultern. »Button, weißt du, was das Wort vorbehaltlos *bedeutet?«*

Das weiß ich schon irgendwie, aber ich höre ihre Erklärungen so gern, also schüttle ich den Kopf, als ob ich keine Ahnung hätte. Mama kneift die Augen gegen die unterge-

hende Sonne zusammen. Sie hat keine Haare mehr und versucht auch gar nicht, das zu verbergen. Ihr kahler Kopf ist ein Ehrenzeichen, sagt sie. Ich finde, sie sieht wie eine Schönheitskönigin aus, ob mit oder ohne Haare.

»Es bedeutet, dass es keine Regeln oder Grenzen gibt und auch keine Erwartungen, egal was ist.« Sie lächelt mich an. »Verstehst du?«

Ich nicke. »Verwend es in einem Satz, Mama.«

»Das geht leicht.« Sie nimmt mich in den Arm und zieht mich zu sich. »Meine Liebe für dich ist vorbehaltlos, Button.«

»Egal was ist?«, frage ich.

»Egal was ist.« Sie lächelt immer noch und nickt. Ein Mal nur, wie ein Punkt. Ende der Geschichte.

Mir wird ganz warm innendrin. Dann beginnt sie das Lied zu summen – das Schlaflied, das sie mir jeden Abend vorgesungen hat, wenn die Geschichte von den Flüsterern zu Ende war.

Die Erinnerung ist wie ein Auftakt für mein Solo, also räuspere ich mich, trete einen Schritt vor und singe die erste Strophe – so laut ich kann, damit sie mich hört, egal wo sie sein mag.

Schlaf gut, mein Schatz, der Abend ist da,
lass ruhig alles ziehn, was dich plagt.

Tränen kribbeln in meinen Augen und alles verschwimmt.

Wenn du wach wirst, bin ich hier bei dir,
wieg dich sanft in die Traumwelt zurück.
Denk du an mich, so hoch in den Sternen,
selbst wenn du in fernste Fernen entschwebst.

Ein Schluchzen schüttelt mich und stiehlt mir die Stimme. Auf einmal bezweifle ich, ob ich das überhaupt schaffe. Doch dann weht mir ein kräftiger Wind ins Gesicht und nimmt mich in die Arme, als ob Mama da wäre. Ich schließe die Augen und sauge den süßen Geißblattduft ein. Sie steht jetzt neben mir, genau wie früher, als wir zusammen den Maisfeld-Chor dirigiert haben. Ihre Haare sind wieder lang und lockig, ihr Gesicht hat eine rosige Farbe. Sie ist so jung und schön wie an dem Tag vom Weihnachtsumzug vor vielen Jahren. Dass sie da ist, gibt mir Kraft und ich finde meine Stimme wieder.

Was du mir bedeutest, das wirst du, so hoff ich, verstehn.

Die Sinfonie der Natur stimmt mit ein, genau an der richtigen Stelle. Mama und ich, wir drehen uns um und schauen die Maisfeld-Sänger an. Dann heben wir die Hände und geben ihnen den Einsatz für die nächste Strophe. Der Wind macht, dass sich die Chorsänger im Takt hin und her wiegen. Ihre Stimmen klingen großartig, besonders meine Tenöre und Bässe.

Schlaf gut, mein Schatz, die Zeit ist da,
im Mondlicht zu segeln auf magischem Meer.
Und falls Wellen wild wüten um dich her –
wenn du wach wirst, bist du sicher bei mir.

Ich gebe Mama den Einsatz für ihr Solo in der letzten Strophe, und als Begleitmusik schwillt die Sinfonie der Natur an. Ich stehe da und lausche, wie ihr Gesang in den dämmrigen Himmel steigt. Das klingt wie ein Flüstern von tausend Stimmen im Wind.

Und jetzt, mein Schatz, ist der Abschied da,
doch ich versprech dir, du bist nicht allein.
Ob durch Regen und Wind oder stürmische Nacht –
meine Stimme ist da und bringt dich nach Haus.

Dann ebbt das warme Geißblattwehen ab, streift ein letztes Mal meine Wangen und kitzelt mich in der Nase.

Schlaf gut, Button.

Ich kann nicht sicher sein, ob ich wirklich Mamas Stimme höre. Vielleicht denken sich mein Hirn und mein Herz auch nur wieder was aus. Aber ohne Hoffnung geht es nicht, oder?

Also flüstere ich zurück: »Schlaf gut, Mama.«

Nachbemerkung des Autors

Meine Mutter ist an Krebs gestorben, im Alter von sechsundzwanzig Jahren. Ich war damals fünf. Ich habe nicht recht verstanden, was da passiert, und die Erwachsenen waren so tief in ihre eigene Trauer abgetaucht, dass sie nicht einmal über meine Mutter reden konnten – und schon gar nicht konnten sie mir vermitteln, warum sie nicht mehr da war. Erst als ich selbst schon in meinen Vierzigern war, habe ich den Mut aufgebracht, meinen Vater zu fragen, was für eine Art Krebs sie überhaupt hatte. Nach Mamas Tod zog er sich emotional vollkommen zurück, und mein Bruder und ich mussten uns alleine in einem Leben ohne sie zurechtfinden. Fotos von ihr wurden abgehängt, weil der Anblick für die Erwachsenen kaum zu ertragen war. Familienalben verschwanden. Ihre Kleider und persönlichen Gegenstände wurden weggegeben. Als mein Vater ein paar Jahre später wieder heiratete, mussten mein Bruder und ich die fremde Frau in unserem Haus *Mama* nennen. Es war, als hätte es meine Mutter nie gegeben. Ich war ein Mamakind ohne Mama – ich hatte keinen Kompass mehr. Das plötzliche Abgeschnittensein von ihr und meinen Erinnerungen war verheerend.

Meine Kindheitstrauer über den Verlust meiner Mutter äußerte sich nicht so heftig wie bei Riley, aber auch ich habe mich in eine Fantasiewelt geflüchtet. Weil ich sonst nichts über sie zu hören bekam und die anderen Familienmitglieder ihre Erinnerungen nicht mit mir teilten, dachte ich mir Geschichten über sie aus. Eine Erinnerung war die an meine Mutter als Schönheitskönigin, wie sie beim Weihnachtsumzug als frisch gekrönte »Mrs Georgetown« in einem offenen Cabrio durch die Stadt gefahren wurde. Ihr Name stand auf dem Auto. Sie trug einen weißen Hut und weiße Handschuhe, und ihr Kleid war mit einer roten Ansteckblume geschmückt. Sie war wunderschön, eine Art Jackie Kennedy aus South Carolina. Jahrelang habe ich mich lebhaft daran erinnert, wie ich damals am Straßenrand stand und sie mir vom Rücksitz des Cabrios aus zuwinkte. Wie ich gestrahlt habe vor Stolz auf meine Mutter, Mrs Georgetown aus South Carolina, und wie wild ich zurückgewinkt habe. Diese Erinnerung war sehr tröstlich für mich.

Jahre später tauchte ein altes Familienfoto von diesem Tag auf. Ich weiß nicht mehr, auf welchem Weg, jedenfalls war ich schon erwachsen, als das Bild in meinen Besitz kam. Als ich es sah, wurde mir klar, dass meine

Erinnerung an diesen Tag reine Einbildung war. Ich hatte die verblichene alte Farbfotografie im Sinn gehabt, nicht das Ereignis selbst. Denn unten am Rand des Fotos stand in der Handschrift meines Vaters *Miss-Georgetown-Kandidatin* und ein Datum, das drei Jahre vor meiner Geburt lag.

Mama hatte also nur kandidiert, und es war nicht um *Mrs*, sondern um *Miss* Georgetown gegangen. Und vor allem: Ich war definitiv nicht dabei gewesen. Ich weiß nicht mal mit Sicherheit, ob es wirklich ein Weihnachtsumzug war.

Wenn ein Elternteil oder eine andere geliebte Person stirbt, egal ob durch einen Unfall oder nach langer Krankheit, kann das zu einer traumatischen Trauerreaktion führen. Manchmal wirkt sich das so aus, dass ein Kind sich eine alternative Geschichte zurechtlegt – eine, in der es die Hoffnung gibt, dass die geliebte Person wieder zurückkommt, so wie bei Riley in diesem Buch. Um es in seinen einfachen Worten auszudrücken: Der Kopf und das Herz erfinden eine andere Geschichte, um einen zu beschützen. Und genau wie Riley denke ich auch in meinem Fall, die beiden haben es nicht böse gemeint, als sie sich aus verblichenen Fotografien Erinnerungen für mich zurechtgereimt haben. Sie haben nur auf mich aufgepasst. Also verzeihe ich ihnen.

Dank

Ich danke Stacey Barney, meiner fantastischen Lektorin, dem Putnam Verlag und seinem ganzen Team, Brio Johnson, der besten Agentin in der Geschichte der Agenten, Cecilia de la Campa und allen Rechtekollegen bei Writers House, Courtney Gilfillian bei Putnam und Allie Levick bei Writers House, Emma Jones bei Puffin/ Random House UK, Mary Pender bei UTA, Luke McMaster, Arun Chaturvedi, allen Bibliothekaren, Buchhändlerinnen und Lehrerinnen und Lehrern, die »Ein Flüstern im Wind« empfohlen haben, und ganz besonders danke ich Steve, meinem Mann – meinem größten Fan und lautesten Cheerleader.